KB148101

간호사 출신 보험설계사

최서연의 보험이야기

# 행복을 퍼주는 여자

# 행복을 퍼주는 여자


| | |
|---|---|
| **초판인쇄** | 2017년 6월 17일 |
| **초판발행** | 2017년 6월 23일 |
| | |
| **지은이** | 최서연 |
| **발행인** | 조현수 |
| **펴낸곳** | 도서출판 더로드 |
| **마케팅** | 최관호 최문순 신성웅 |
| **편집교열** | 맹인남 |
| **표지 & 편집 디자인** | 오종국 Design CREO |
| **본문 일러스트** | 서설미 |
| | |
| **ADD** | 경기도 고양시 일산동구 백석2동 1301-2 넥스빌오피스텔 704호 |
| **전화** | 031-925-5366~7 |
| **팩스** | 031-925-5368 |
| **이메일** | provence70@naver.com |
| **등록번호** | 제2015-000135호 |
| **등록** | 2015년 06월 18일 |
| **ISBN** | 979-11-87340-36-2-03810 |

정가 15,000원



파본은 구입처나 본사에서 교환해드립니다.

간호사 출신 보험설계사

최서연의 보험이야기

# 행복을 퍼주는 여자

---

**최서연** 지음

Prologue | **들어가는 글**

# "시련을 회피하지 말고, 그 속에서 교훈을"

"나는 지금 대단한 성공 스토리를 적으려는 게 아니다. 간호사 출신 보험설계사 최서연의 소소한 삶의 여정을 나의 고객과 함께 이야기해보고자 하는 것이다."

## 보.험.

단 두 개의 음절로 이루어진 이 단어에는 참으로 많은 뜻이 숨겨져 있다. 그런데 실제로 보험이라는 단어에 대한 일반인들의 이해와 인식은 호의적이기보다는 일단 부정적인 측면이 강하다.

'돈이 아깝다, 해지하고 싶다, 더 이상 가입하고 싶지 않다, 보험사 좋은 일만 시키는 것 같다, 담당설계사가 누군지도 모른다, 가입시키기 전에는 입 안의 사탕처럼 굴더니 가입하고 나니까 연락 한 번 없더라.'

나는 이런 말을 새로운 고객을 만날 때마다 수없이 듣는다. 열 명의 고객을 상담하면 보험 옹호자는 겨우 한 명 정도에 불과하다. 특히 남성고객들의 경우 대학 선후배가 보험설계사로 둔갑하여 나타나면 '애물단지 같은 보험' 을 마지못해 한두 개는 꼭 들어주는데, 나중에 진단금이나 수술비 등을 받는 순간 비로소 그는 보험 극찬론자의 길로 들어선다.

전 국민의 90퍼센트 이상이 보험에 가입한 현실 속에서 왜 보험이라는 말만 들으면 이처럼 부정적인 이야기부터 먼저 꺼내게 되는 것일까?

많은 상담을 거치면서, 아홉 명의 보험 회피론자들을 양산한 것은 다름 아닌 '보험설계사와 보험사' 라고 결론지었다. 더 정확히 말하면, 그 결론은 내가 도출했다기보다는 고객들이 찾아낸 것이었다. 고객들의 대답에는 몇 가지 공통점이 있었고, 거기에 항상 위의 두 단어가 포함되어 있었다. '보험설계사만 믿고 가입했는데, 수당 챙겨먹으려고 대충 가입시켰다.' '제가 잘 관리해드리겠습니다 라고 말하고 그만 둔 담당자가 벌써 열 명이 넘는다.' '가입시킬 때는 다 되는 것처럼 설명해놓고, 막상 아파서 보험 청구하려고 하니 자기는 그런 말 한 적 없다며 발뺌하기 일쑤이다.' '보험금 청구하려고 했는데, 약관을 들먹이며 해당사항이 없다고 지급해주지 않아서 상처 받았다.'

보험회사는 보험설계사를 제대로 관리할 의무가 있기 때문에, 고객에 대한 연대책임을 보험설계사와 함께 져야한다고 생각한다.

내가 글을 쓰게 된 계기는 이러한 이유에서 시작되었다. 상처 받은 고객들에게 따뜻한 위로의 손길을 주고, 일반인이 알지 못하는 보험설계사의 뒷이야기를 하나씩 꺼내며 오해를 풀고 싶었다. 평범한 보험설계사, 바로 '나' 라는 사람을 통해서 말이다.

오늘도 대한민국의 보험설계사들은 한 명의 고객이라도 더 만나기 위해 약속을 잡고 부족한 보장을 채우기 위해 목이 쉴 정도로 제안을 하지만, 매일 '거절' 이라는 비를 우산도 없이 맞는다. 비와 함께 눈물이 쏟아지는 날을 견디며, 드디어 고객의 '청약' 이라는 우산을 쓴다. 제대로 된 보장을 전달하기 위해 고객과 함께 신성한 전쟁터에 입성하여 둘 다 승리자가 되는 것이다.

나는 보험 파는 영업인이며, 간호사 출신 보험설계사, '간호설계사' 라는 타이틀로 온오프라인에서 활동하고 있다. 애석하게도 나는 뛰어난 실적으로 회사에서 두각을 나타내는 억대 연봉 보험설계사는 아니다. 물론 10년 이내에 회사에서 상위 10퍼센트 그룹에 속하겠다는 멋진 목표를 가지고 있기 때문에, 그렇게 될 거라 확신한다.

내가 아는 99퍼센트의 보험설계사 선배들은 묵묵히 이 길을 걸어가며, 어떻게 하면 고객에게 도움을 줄 수 있을지 고민하는 분들이다. 고객의 경사는 내 일인 것처럼 기뻐하고, 고객의 아픔은 마치 내 가족의 일처럼 같이 아파하는 고객중심의 업무를 지향하는 분들이다. 나 또한 선배들의 발자국을 따라 '고객바라기'가 되고 있다.

내 버킷리스트에는 〈생애 10권의 책 출판〉이라는 꿈이 적혀 있었다. 영화 버킷리스트에서 잭 니콜슨과 모건 프리먼은 '세렝게티에서 사냥하기, 문신하기, 카레이싱과 스카이다이빙, 눈물 날 때까지 웃어보기, 가장 아름다운 소녀와 키스하기' 등의 버킷리스트를 미션 클리어하며 하나씩 지워나간다. 정말 죽기 전에 일어나는 일들이기에 영화를 보는 내내 그들의 행동에서 삶에 대한 집착이 아닌 남은 시간에 대한 감사가 묻어났다.

오바마 대통령이 건강보험 개혁안 홍보를 할 때 'YOLO (You Only Live Once. 인생은 한 번 뿐이다)'라는 단어를 쓰면서 전 세계의 젊은이들이 욜로 라이프를 동경하며 따라하고 있다. 혹시라도 그 의미가

'언제 죽을지 모르니 즐길 수 있을 때 즐기자' 로 변질되어 저축도 하지 않고, 당장의 즐거움만 추구하는 어리석은 사태로 이어지지는 않기를 바란다.

하늘이 내게 주신 한 번뿐인 삶을 어떻게 살아나가야 하고, 나에게 주어진 달란트는 무엇인지 고민한 적이 있다. 내가 할 수 있는 것과 하고 싶은 것은 무엇인지 적어보기도 했다. 힘들게 사는 삶은 어렸을 때 이미 겪어봤기에, 이따위 고민은 하지 말고 되는대로 살자고 생각한 적도 있다. 일시적인 즐거움은 나에게 행복함을 주지 않았고, 나를 더 깊은 수렁으로 끌고 들어가 불안감을 선물로 줬다. 이때부터 책을 읽기 시작했다. 어느 책에서 어린 소년이 적은 버킷리스트가 그가 성인이 되었을 때 거의 다 이루어졌다는 글귀를 접했다. 그냥 적기만 했는데도 하고자 하는 것이 다 이루어졌다고? 밑져야 본전이라는 생각에 하나씩 내가 하고 싶은 것을 적기 시작했고, 적다보니 삶을 대하는 태도가 달라졌다. 목표를 가지고 제대로 사는 것, 가치 있는 삶을 사는 것, 이타적인 삶을 사는 것에 중심을 두게 되었다. 이렇게 나도 욜로족이 되어, 버킷리스트 중 하나를 지금 실행에 옮기고 있다.

사람은 누구나 가슴 속에 내 책 한 권씩은 품고 다닌다고 했다. 그런데 책을 내는 시기에 대해서는 내 마음 속에 있는 '도전' 이라는 천사와 '두려움' 이라는 악마가 서로 줄다리기를 하고 있었다.

《고객은 언제나 떠날 준비를 한다_예영숙 저》라는 책을 읽었다. 보험업계 16년차 대선배님의 글은 읽는 자체만으로도 감사했고, 같은 여성으로서 충분히 존경할 만했다. 저자의 보험에 대한 사명감, 고객을 생각하는 따뜻한 마음, 마케팅 성공 노하우 공유 등은 그냥 나오는 것이 아니리라. 역시 책을 낸다는 것은 이 정도 연륜은 있어야 가능한 것이라고 '두려움', '안전', '변명', '회피' 의 감정들이 앞서나가면서, '도전', '셀렘', '행복감' 은 슬그머니 내 등 뒤로 숨겨두었다.

운명처럼 접하게 된 글쓰기 강의에서 나는 단순히 글 쓰는 방법이 아닌, 삶에 대한 의지와 감사를 배웠다. 나의 지나온 삶은 힘들고 우울하다고 스스로 피해자를 자처했는데, 글을 쓰면서 내 무의식 속에 감춰져 있던 진주를 하나씩 발견하게 되는 치유를 경험했다. 무채색의 내 삶이 크레파스로 색칠놀이를 하듯 하루하루 생동감으로 넘쳐났다.

글쓰기 자체가 좋았고, 글 쓰는 동안 몰입하는 나의 또 다른 모습을 만날 수 있었으며 글을 쓰면 쓸수록 내가 만나는 사람, 먹는 음식, 눈에 보이는 사물들의 좋은 면이 내 마음을 사로잡고, 내 눈을 빛나게 했다. 분명 글쓰기 이전에는 느낄 수 없었던 풍요롭고 평안한 감정이 찾아든 것이다.

나는 지금 성공 스토리를 적으려는 것이 아니다. 최서연 보험설계사라는 사람이 하루를 어떻게 보내고, 고객님과 어떤 이야기를 나누는지 내 이야기를 소소하고 진실되게 적어보려는 것이다. 내 고객들에게는 추억 선물, 나와 같은 신입 보험설계사에게는 따뜻한 응원, 보험으로 상처받는 분들에게는 연고처방, 간호사 후배들에게는 특이한 선배라고 기억되어도 좋겠다.

책 내용은 내가 자라온 환경을 시작으로 간호사 최서연, 의료심사 담당자 최서연, 보험설계사 최서연이 어떻게 살아왔고, 어떤 생각을 가지고 일을 하고 있으며, 어떤 삶을 추구하는지 조금은 투박하고 덜 포장된 날 것으로 보여드릴 것 이다.

《꿈은 삼키는 게 아니라 뱉어내는 거다》의 홍승훈 저자는 말한다.

"당신이 겪는 시련에는 이유가 존재한다. 그리고 그 이유는 이 우주가 당신으로 하여금 삶에 대해 그리고 당신 자신에 대해 이전과 다른 경험을 하도록 만들기 위해서다. 삶이 시련을 통해 당신에게 다음과 같은 사실을 따끔하게 일러주는 것이다.

삶은 오래된 시에 나오는 구절처럼 '인생은 벌고 쓰는 게' 전부라고도 하지만, 사실 우리의 자아를 최대한 발견하는 과정, 삶이라는 지도 위에 나있는 당신만의 길을 발견하고 당신이 이뤄야 할 목적을 발견하는 과정이라는 사실이다"

시련을 회피하지 말고, 그 속에서도 교훈을 얻어 앞으로 한 발자국 나가야 한다. 오늘의 나는 어제의 천 번의 실패가 만들어 낸 아름다운 창조물이다. 오늘, 한 달 뒤, 일 년 뒤 시련의 횟수가 눈덩이처럼 복리로 불어나면 나는 한 뼘 더 성숙한 인격체로 성장할 것이다. 감히 이 책을 통해 여러분들에게 고한다.

글 쓰는 보험설계사로 선한 영향력을 가슴 속에 품고 제대로 일하는 모습을 보여드리겠노라고 말이다. 간호설계사는 간호사가 환자의 아픔을 간호하듯, 보험을 간호하는 사람으로 일하겠다는 뜻의 내 퍼스널브랜드이다.

나는 일생을 의롭게 살며 전문 간호 직에 최선을 다할 것을 하느님과 여러분 앞에 선서합니다.

나는 인간의 생명에 해로운 일은 어떤 상황에서나 절대 하지 않겠습니다.

나는 간호 수준을 높이기 위하여 전력을 다하겠으며 간호하면서 알게 된 개인이나 가족의 사정은 비밀로 하겠습니다.

나는 성심으로 보건의료인과 협조하겠으며 나의 간호를 받는 사람들의 안녕을 위하여 헌신하겠습니다.

지금은 없어진 간호사 캡을 쓰고, 간호대학교 강당에 모여 촛불 하나씩 들고 우리는 나이팅게일 선서를 했다. 사람의 생명도 중요하지만, 그 생명이 제대로 치료에 전념할 수 있도록 경제적 자유와 심리적 안정감을 주는 것은 다시 한 번 말하지만 '보험'이다. 보험업계의 나이팅게일이 되어 당신의 보험을 간호해드리는 버킷리스트를 또 한 줄 추가하며...

2017년 6월

저자 **최서연**

책 내용은 내가 자라온 환경을 시작으로 간호사 최서연,
의료심사 담당자 최서연, 보험설계사 최서연이 어떻게 살아왔고,
어떤 생각을 가지고 일을 하고 있으며,
어떤 삶을 추구하는지 조금은 투박하고 덜 포장된
날 것으로 보여드릴 것 이다.

## 추천사

# "또 다른 꿈을 향한 아름다운 그녀"

그녀의 타고난 성실성과 순수한 열정, 과감한 실행력 앞에 감탄하게 된다.
그게 도전과 모험을 두려워하지 않는 젊은이들, 인생의 터닝포인트 앞에서 망설이는 사람들, 계약만 했을 뿐 보험 약관에 대해 관심 없는 시니어들에게 이 책을 권하는 이유다.

"간호사 일을 계속 하시지 왜 보험설계사를 선택했어요?" 나 역시 최서연 간호설계사를 처음 만났을 때 그렇게 물어봤다. 내 상식으론 대학병원 간호사 출신이 그 힘들다는 보험 영업 일을 원했다는 것이 이해되지 않았기 때문이다. 그녀는 살짝 미소만 띠었을 뿐 대답을 하지 않았다. 나도 더 묻지 않고 새 담당자로 그녀를 소개시켜준 남자 팀장과 이야기를 나눴다. 그 후 내가 대학병원에 입원하는 일이 잦아지고 챙겨야 할 보험금이 많아지면서 우린 자연스럽게 자주 만나게 됐다. 그러면서 알게 된 사실. 매트라이프의 최서연 간호설계사는 고객들이 보험 약관에 대해 무지할 경우 알아서 꼼꼼하게 체크한다는 것. 워낙 스피디하게 일 처리를 하기 때문에 보험비 정산이 무척 빠르다는 것. 간호사 출신이라 어떤 치료를 받고 어떤 약을 먹고 있다고만 말하면 척척 알아듣는다는 것. 여기까지는 다른 간호설계사들도 해내는 의무사항일 뿐 별로 대단한 일이 아닐지도 모른다. 진짜 감탄할 부분은 최서연이란 간호설계사가 이관 고객인 내게 보여준 타고난 성실성과 순수한 열정, 넘치는 에너지와 그 실행력에 있다.

잡지사 기자 생활을 거쳐 20년 넘게 패션지 편집장 일을 하며 나는 별종 인간 유형들을 많이 만나봤다. 다들 튀는 개성의 초능력자들이라 할 수 있지만, 자신의 신념을 위해 인생의 방향을 전환시키고, 이를 실제로 행동으로 옮기는 이들은 별로 보지 못했다. 다들 순간 집중력과 톡톡 튀는 기발함은 최고지만, 인생의 터닝포인트를 재빨리 찾는 능력은 부족했다. 나 역시 그랬다.

최서연 간호설계사에게 가장 놀라운 점은 그녀 자신의 순수한 열정, 용감무쌍한 실행력과 함께, 그때그때 인생의 터닝포인트를 놓치지 않는다는 것. 대학병원 중환자실 간호사 생활을 과감히 접고 나와 법의학연구소 부검 보조, 자동차보험사 의료심사직을 거쳐, 지금 메트라이프 간호설계사로 안착하기까지, 가족들과 주변 지인들의 반대, 보험 영업에 대한 사람들의 불편한 시선, 익숙한 일에 대한 미련이 왜 걸림돌이 되지 않았을까? 그렇지만 최서연은 절대 긍정 마인드의 소유자. 그녀에겐 매 순간이 즐거운 도전이었다. 그녀 삶에 모토가 있다면 Just Do It! 무엇보다 남들이 마다하는 보험회사 영업 일을 캐리어의 정점이 시작되는 35세에 시작한 점, 책을 쓰겠다는 남다르고 엉뚱한 꿈의 실현에 매달린 점이 그녀의 캐릭터를 잘 설명해준다.

자신만의 남다른 장기를 갖춰 꿈 대신 행동으로 모든 걸 보여주려는 젊은 여자 최서연. 책에 또박또박 씌여진 최서연의 2017년 꿈은 단순한 꿈이 아니라 그녀의 올해 실천과제인 셈이다. 증권투자 권유 대행인 시험 합격, 자격증 통한 강사 도전, 출판사 계약과 발행, 후배 설계사들과 보험금 청구 카운터 업무 개시, 숨은 보험금 찾기 소그룹 세미나 개최, 온라인 통한 보험상담 재능 기부… 머리 속에 떠오르는 건 뭐든 해봐야 직성이 풀리는 여자 최서연. 그녀가 인생의 꿈 하나를 실천한 책 〈행복을 퍼주는 여자〉를 읽으면, 보험설계에 왜 간호설계사가 절실히 필요한지 깨닫게 되고, 한 페이지 한 페이지 넘기다 보면 그녀의 타고난 성실성과 순수한 열정, 과감한 실행력 앞에 감탄하게 된다.

그게 도전과 모험을 두려워하지 않는 젊은이들, 인생의 터닝포인트 앞에서 망설이는 사람들, 계약만 했을 뿐 보험 약관에 대해 관심 없는 시니어들에게 이 책 〈행복을 퍼주는 여자〉를 권하는 이유다.

2017년 6월

**이명희**(前 『보그코리아』 편집장, 현 두산매거진 자문)

Contents | **차 례**

들어가는 글 _ 4　추천서 | 이명희 _ 14

Chapter 01

**[ 제 1 장 ]**

## 반갑습니다, 고객님 _ 21

01　세상을 향해 한 걸음 내딛다 _ 23

02　뭔가 부족한 나의 삶을 느끼다 _ 31

03　일상이 도전이다 _ 42

04　지금, 당신을 만나러 갑니다 _ 53

05　내가 당신을 부르는 이름 _ 60

06　당신의 보험을 간호해드립니다 _ 68

07　글 쓰는 보험설계사입니다 _ 77

**[ 제 2 장 ]**

## 우리는 이렇게 살아갑니다 _ 85

01　영업의 목적은 돈이 아니다 _ 87

02　꼭 필요한 사람이 되겠습니다 _ 94

03　영업은 구걸이 아니다 _ 101

04　보험의 가치를 나누겠습니다 _ 107

05　나는 마라톤 중이다 _ 115

06　1도만 더 끓으면 된다 _ 123

Chapter 03 [ 제 3 장 ]
당신을 만나 행복합니다 _ 129

01 내가 영업을 하는 이유 _ 131
02 사람을 만나면 눈물이 난다 _ 138
03 누구나 위기를 만난다 _ 146
04 그 때 함께 하겠습니다 _ 154
05 두근두근 첫 느낌으로 _ 160
06 린치핀이라고 들어보셨나요 _ 166

Chapter 04 [ 제 4 장 ]
인생은 선택입니다 _ 173

01 옳다고 생각된다면 _ 175
02 지금 결정해야 합니다 _ 182
03 무엇이 당신을 망설이게 하는가 _ 189
04 작지만 위대한 약속 하나 _ 196
05 아름다운 동행 _ 203
06 승자가 모든 것을 가진다 _ 212
07 즉시, 반드시, 될 때까지 _ 220

Chapter 05

[ 제 5 장 ]
감사합니다, 고객님 _ 227

01 지금 할 수 있는 일 _ 229

02 누군가에게 도움을 줄 수 있는 삶 _ 236

03 보험은 끝이 아니라 시작이다 _ 246

04 내가 행복해야 고객이 행복할 수 있다 _ 255

05 보험설계사라고 말하라 _ 262

06 선한 영향력을 가진 자 _ 272

07 You raise me up _ 279

마치는 글 _ 286

Chapter 01

[ 제 1 장 ]

# 반갑습니다, 고객님

"대학병원에서 응급중환자실, 신경과,
정형외과 근무를 마지막으로 생과 사의 갈림길에서
나는 5년 동안 간호사로 근무했다."

# 세상을 향해 한 걸음 내딛다

"간호학과를 졸업하고 대학병원에 들어갔다.
첫 발령지는 응급중환자실이었는데, 업무에 대한 스트레스로 출근만 하면 배탈이 나서 화장실로 달려가는 게 일상이었다."

지금이야 배우고 싶은 것도 많고, 하고 싶은 일들로 버킷리스트가 넘쳐나는 늦깎이 꿈소녀이지만, 대학교 진학을 준비하는 시절에 나는 딱히 어느 과를 가야겠다는 목표도 없는 여자아이였다. '여자는 약사가 최고' 라는 엄마의 말에 약대를 가야겠다고 막연하게 생각했고, 무난하게 합격하리라 믿었던 약대는 수능점수 미달로 응시조차 할 수 없었다. 약대가 아니라면, 또 다른 전문직으로 무엇이 있고, 내가 응시할 수 있는 것이 어떤 과인지 알아보던 중 간호학과라면 괜찮겠다 싶었다. 나는 어렸을 적 각종 피부병에 배탈을 달고 살았는데, 마침 엄마는 여러 민간요법에 관심이 많아서 종종 내가 그 실험대상이 되었고, 그 덕분에 나도 인체에 관심이 많아졌다. 특히 아빠가 일찍 돌아가신 것도 내가 간호학과를 선택하게 된 계기였다.

감사하게도 간호학과는 무난하게 입학했다. 어렵고 헷갈리는 의학 용어들과 넘쳐나는 간호이론들, 각종 화학원소들의 의미, 해부학 등 다양한 과목을 공부하면서 많은 것을 느꼈다. 내가 평상시 병원에서 보는 간호사 선생님들은 '주사만 잘 놓으면 되는 줄 알았는데 이렇게 많은 공부를 해야 간호사가 되는구나' 하고 놀란 적이 한두 번이 아니다. 간호학과 무용패 단원으로 학교축제 무대에도 서보고, 의대-간호학과 연합동호회 활동을 하며 음주의 세계에도 푹 빠져보고, 간호학생으로 병원실습을 하며 간호사가 되어갈 준비를 했다.

입사한 대학병원의 첫 발령지는 EICU(응급중환자실)이었다. 응.급.중.환.자.실. 그냥 중환자실도 아니고, 응급이라는 단어가 신규간호사인 내 가슴을 망치질했다. '나 같은 초짜를 왜 중환자실에 발령 낸 걸까, 그만두게 하려는 속셈인걸까, 내가 잘 해낼 수 있을까, 중환자실 선배들은 특히 더 무섭다던데, 과연 내가 얼마나 버틸 수 있을까' 입사의 기쁨도 잠시, 초조한 생각뿐이었다.

입사 후 3, 4개월 동안은 스트레스로 인해 출근만 하면 배탈이 나서 화장실로 달려가는 게 일상이었다. 신입간호사인 나는 내 전담환자 뿐만 아니라 선배들 환자 자리의 중환자실 기계 알람소리가 울리면 바로 달려가서, 알람내용을 확인 후 처치해야 했다. 인공호흡기 사이에 중

류수가 다 떨어져 알람이 울리면 바로 증류수를 채워 넣었고, 인퓨전 기계 안의 수액줄에 공기가 차서 알람이 울리면 공기를 바로 빼내고, 진정 상태의 환자의 목에 가래가 차서 알람이 울리면 곧장 달려가 석션을 했다. 마치 파블로프의 개처럼 알람소리에 맞춰 무조건 달려가는 신입간호사에게 중환자실 기계의 알람소리는 노이로제 그 자체였다. 그 알람소리로 인해, 집에서 자다가도 집 전화소리에 벌떡 일어났던 건 나뿐이 아니었겠지.

중환자실의 특성상 환자에게 진정제를 투여한 후 수면상태로 치료를 하기 때문에, 환자를 가만히 눕혀놓으면 눈 깜짝할 사이 엉덩이에 욕창이 생겨 버린다. 중환자실에서 중요한 업무는 두 시간마다 통나무 굴리듯 환자의 체위를 변경해서 욕창을 예방하는 것이고, 그 외에 면도, 얼굴 닦기, 이 닦기, 기저귀 갈기 등 위생관리가 가장 기본적인 업무이다. '아이고, 우리 엄마 얼굴 한 번 닦아드려 본 적도 없고, 조카 기저귀 좀 갈아달라는 언니 부탁에도 손사래를 치던 나였는데, 간호사가 되고 나니 이런 일을 하게 되는구나' 이런 내 모습이 어색하기만 했다. 스물세 살 어린 나에게는 선택의 여지가 없는, 여느 간호사와 마찬가지의 일상이 되어버린 모습들이다. 응급중환자실, 신경과, 정형외과 근무를 마지막으로 생과 사의 갈림길에서 나는 5년 동안 간호사로 근무했다.

간호사의 이직 주기는 입사 첫 3개월, 6개월, 1년, 3년, 5년이다. 나는 그 어렵다는 슬럼프를 다 넘기고, 간호사 5년차 때 독립에 대한 열망과 미지의 세계에 대한 호기심에 사로잡혀 퇴사 후 무작정 서울행 버스에 몸을 실었다.

엄마 품을 떠나 가족과 떨어져 처음으로 시도하는 독립이라 설레었다. 그런 한편으로 '잘 해낼 수 있을까' 하는 두려움이 동시에 몰려왔다. 역삼동에 책상 한 개, 침대 한 개 겨우 들어가는 화장실 사이즈의 원룸에 방을 구하고, 고향집에서 사과상자 두 개 분의 짐을 택배로 받아 드디어 서울생활을 시작했다. 간호사 경력을 바탕으로 좀 색다른 업무를 하고 싶었는데, 마침 법의학연구소에서 간호사를 뽑는다는 공고를 보자마자 고민 없이 바로 지원했다. 무슨 일을 하는지 알지도 못하면서, '법의학'이라는 매력적인 단어에만 올인했다. 법의학연구소에 이력서를 넣고 하루가 지나 전화를 했다. 내 이력서는 보았는지, 언제 합격발표가 나는지, 나 말고 지원한 사람은 있는지 등등 간절함이 묻어나는 질문을 따발총처럼 쏟아냈다. 지금도 법의학연구소 실장님은 그 때를 이렇게 이야기하신다.

"서연 씨가 무척 적극적이었고, 이 일을 하고 싶어 하는 것 같아서 뽑았어요."

법의학연구소 업무는 보험회사에서 의뢰하는 사망사건과 사망의 인과관계를 규명하는 의료자문이 90퍼센트를 차지했다. 그 외에도 사망원인을 확인하기 위한 부검 업무 시 원장님 옆에서 결과를 기록하고, 보험사 직원들에게 연구소 홍보하는 일을 맡았다.

교통사고 사망사건으로 고객과 분쟁이 생기면 보험사에서 법의학연구소에 의료자문을 많이 의뢰하다 보니, 자연스레 보험사 직원들과 이야기할 기회도 많아졌다. 마침 서울에 위치한 K사에서 의료심사 담당자를 뽑는다는 소식을 접하고, 혹시나 하는 마음에 지원을 했다. 연구소 업무 중 만났던 보험회사 의료심사 선생님들의 모습은 하나같이 자신감이 넘쳤고, 자신의 삶과 일에 최선을 다하는 모습이었다. 나는 간호사 출신 후배로서 선배들의 모습을 닮고 싶었고, 의료심사 일을 하다보면 그런 삶을 살 수 있을 것이라는 희망을 품게 되었다. 보험회사의 생리, 의료심사의 업무, 장해판정 등에 대해서는 아는 바가 거의 없었으나, 모르는 것은 배우고 공부하면서 열심히 일하겠다는 전라도 여자의 뚝심이 통했는지 바로 채용이 되었다.

자동차보험회사 의료심사 업무는 교통사고 피해자들이 자동차보험의 틀 안에서 적정한 치료가 이루어지도록 치료비 심사, 피해자 관리, 합의금 산출 시 장해 적정성 판단에 대한 의료적 검토를 하는 것이다.

또 한 번의 도전이었다. 의사만 보는 줄로 알았던 CT, MRI, X-ray 영상을 컴퓨터에 띄워놓고 셜록 홈즈처럼 들여다본다. 어느 부위에 골절이 있는지, 골절은 완전 골절인지 불완전 골절인지 알아야 상해급수를 적용하고 추산을 뗄 수 있다. 무릎 인대파열은 교통사고로 인한 것인지, 과거에 이미 발생한 것인지 영상을 확인 후 사고인과관계 의견을 적어야 한다. 자동차보험 상해급수, 맥브라이드 장해 판정 방법, 피해자 관리 요령 등 끊임없이 배우고 공부하다보니 2년 이라는 시간이 훌쩍 지나갔다.

K사에 근무하며 스물아홉 살 후반부를 얼마 남겨두지 않은 날, 혼자 10일 정도 파리여행 계획을 세웠으나 불가피하게 회사사정으로 여행 이틀 전에 파리행을 취소해야만 했다. 여자 나이 스물아홉 살의 의미는 지나 본 사람은 다 알 것이다. 왠지 그 때 뭔가를 하지 않으면 세상이 끝날 것 같은 허무함과 초조함으로 나에게 선물을 주고 싶었고, 도전해보고 싶었던 게 첫 유럽여행이었다. 여행이 무산되고 나니 몇 달 동안 일이 손에 잡히지 않았다. 컴퓨터 배경화면에 에펠탑을 띄워놓고 멍하니 쳐다보다가 주르륵 눈물이 흐르면 보상담당자들이 볼까봐 화장실로 달려가 펑펑 울기 일쑤였다.

이 병을 치유할 방법은 여행밖에 없다는 자가진단을 내리고 치료방법 결정했다. 마음이 후련하고 안정되었다. '그래, 더 늦기 전에 떠나자. 하고 싶은 건 해봐야 하지 않겠니?' K사를 퇴사하고 서른한 살, 직장생활 8년 만에 유럽 배낭여행을 나섰다.

2011년 4월 중순부터 7월 초까지 약 75일의 유럽 배낭여행은 내 마음 속 가장 큰 방을 기꺼이 내어 고이 간직해두고 언제든 꺼내보고 싶은 소중한 추억이며, 삶의 영양분이다. 배낭하나 메고 캐리어를 끌며 누볐던 아름다운 유럽의 풍경은 지금도 나의 마음을 따뜻하게 하며, 미소 짓게 한다.

아이슈타인은 말한다. "삶을 사는 방법은 딱 두 가지이다. 하나는 아무 것도 기적이 아닌 것처럼 사는 것이다. 다른 하나는 모든 것이 기적인 것처럼 사는 것이다."

전라도 광주에서 간호사로 일하다가, 무작정 서울로 올라와 직장을 구하고, 알지 못한 전혀 새로운 일을 배워가며 서울생활에 적응해 갔던 내 과거의 모습뿐만 아니라, 오늘을 살아가는 내 삶도 매일이 기적과 같다.

나에게 질문해본다. "최서연, 간호사 시절로 다시 돌아간다면 또 병원을 그만두고 무작정 서울로 올라올 건가?" 대답은 단연코 "No"이다. 간호사로 근무하며 내가 일상에서 이뤄낼 또 다른 기적이 기대되기 때문이다. 내가 경험해보지 못한 다른 삶의 기회가 주어진다면, 나는 언제든 기쁜 마음으로 기회를 냉큼 잡을 것이다.

〈Occasion〉은 '기회' 라는 뜻의 단어이다. 그 어원은 그리스의 기회의 여신 '오카시오(Occasio)' 에서 유래한다. 여신의 동상을 보면 앞머리는 풍성하고 뒷머리는 머리카락이 한 올도 없으며, 양쪽 발꿈치에는 날개가 달려있다. 오카시오 동상 아래에 그 뜻이 담겨있다고 한다. '앞머리에 머리숱이 풍성한 이유는 사람들이 보자마자 잡을 수 있도록 하기 위함이고, 뒷머리가 대머리인 이유는 일단 지나친 이후에는 잡을 수 없도록 함이며, 발뒤꿈치에 날개가 달린 것은 최대한 빨리 사라지기 위함인 것이다.'

인생을 살아가는 동안에 언제 어디서 기회의 여신이 나에게 번개처럼 나타날지 알 수 없다. 다만, 그 순간 나는 잽싸게 그녀의 풍성한 앞머리를 확 낚아채 훨훨 날아 그녀가 내게 안내한 곳에서 매일을 기적처럼 살아나갈 것이다. 아직 준비가 되지 않았다고, 지금이 그때인지 모르겠다고, 정말 기회의 여신이 맞는지 의심하다가 그녀의 맨들거리는 뒷머리에 미끄러져서 기회를 놓치는 우는 범하지 말아야겠다.

# 뭔가 부족한 나의 삶을 느끼다

"간호사 생활과 자동차보험 의료심사 업무를 거치며
주위의 인정을 받았으나 만족감을 느낄 수는 없었다. 그러던 중 어느 날
내 인생의 전환이 될 기회가 찾아왔다."

신규 간호사로 6개월 동안 응급중환자실에서 내과, 정형외과, 신경외과, 성형외과 등 많은 과의 환자들을 간호했다. 그러다보니 배울 점도 많았고 동기들보다 더 노련해지는 간호스킬을 느끼며, 중환자실 근무도 썩 괜찮다고 느낄 정도로 업무와 병원환경에 적응해가고 있었다. 내 뒤를 쫓아다니며 일거수일투족을 혼내던 무서운 선배와도 가벼운 농담을 하는 사이가 되었고, 중환자실 환자들의 케어도 손에 익어 실수도 줄었다. 면회시간에 보호자의 질문에 쩔쩔매던 나의 모습도 찾아볼 수 없었다. 간호사 근무 로테이션은 대부분 2년에서 3년 정도였고, 그 당시 임신을 위해 중환자실에서 병동으로 나오고 싶어 하는 선배도 있었는데, 중환자실 막내인 내가 딱 6개월 만에 신경과 병동으로 다시 발령이 나고 말았다. 지금에야 감정회복

탄력성도 빠르고 긍정적인 면을 보기 위해 노력하지만, 그때 나에게 '하늘은 사람이 견딜만한 시련을 내린다' 는 명언은 벽에 걸린 죽어있는 글자에 불과했다.

신경과 병동의 중요한 업무는 환자의 motor, 혈당과 고혈압 체크이다. 신경과 환자들은 대부분 고혈압과 당뇨를 기저질환으로 가지고 있기 때문이다. 혈당은 식전, 오전 10시, 오후 4시 등 정해진 시간 이외에도 환자들의 요청이 있을 때마다 수시로 체크해야 한다. 저혈당 쇼크에 의해 의식을 잃는 경우가 제일 위험하다. 두통이나 어지럼증이 있을 경우 혈압을 재면서 약물로 혈압을 낮추거나, 상승한 혈압으로 인해 뇌 쪽에 문제가 발생할 경우에는 신경외과로 전과하여 수술까지 해야 한다. 역시 고혈압과 당뇨는 성인병의 기본이 맞다. 그로 인해 발생하는 합병증-당뇨병성 망막병증, 당뇨족, 당뇨병성 신경병증, 당뇨로 인한 비뇨기계 장애, 저혈당성 쇼크, 뇌출혈-은 어마무시하다. (지금 당장 내 보험증권을 열어보자. 성인병 관련 특약이 가입되어 있는지 확인해봐야 한다. 진단금은 최초 1회 지급되지만, 성인병은 만성질환이기 때문에 입원과 수술을 할 때마다 보상되므로 아주 좋은 특약이다.) 신경과 환자들은 매 듀티 라운딩을 할 때마다 근력이 떨어졌는지 확인하기 위해 손이나 발을 들어보게 하고, 의식이 없는 환자는 펜라이트로 동공 축소반응을 보고, 유두를 꼬집거나 발바닥을 간질여서 반응이 없으면 정밀검사를 의뢰하고 또 다시 수술을 위해 신경외과로 옮겨진다.

이제는 누가 봐도 간호사 티가 팍팍 나는 5년차가 되고 보니, 병원을 그만둘 생각이 아니었기에 출신대학교 대학원을 다니며 스펙을 쌓아야겠다는 의무감에 사로잡혔다. 대학원 입학을 결심하고 약 한 달 정도 집중적으로 시험과 면접을 준비했고 기쁨의 대학원 합격통지를 받았다. 그런데 이게 무슨 감정의 장난일까. 대학원에 가서 무엇을 배우고 싶다는 뚜렷한 목표를 가지고 지원한 것이 아니라, 그저 대학원이라도 가야한다는 소극적인 판단 때문이었을까. 막상 합격하고 나니, 내 일에 대해서 뒤돌아보게 되고 올바른 결정인지 의문이 들었다.

내가 바라본 대학병원 간호사의 삶은 10년, 15년이 지나도 대학원 석사, 박사를 따지 않으면 진급(수간호사, 간호부장)은 꿈에도 꿀 수 없었다. 자녀를 키우는 선배들은 교대근무로 인해 아이들 맡길 곳을 찾기 바빴고, 퇴근 무렵 응급상황이 발생하면 발 동동 구르며 처치하고는 황급히 병원을 빠져나가기 일쑤였다. 새 생명을 잉태하면 축하받기보다는 병동 근무에 영향을 준다는 오명을 뒤집어 쓸까봐 말도 꺼내지 못해 전전긍긍하던 후배의 모습에 내 미래의 모습이 오버랩 되어 혼란스러웠다.

5년의 병원생활은 스스로도 만족할 만큼 충실했다. 환자가 내 가족이라면 이렇게 간호를 받고 싶다는 황금률대로 일하려 노력했고, 차지 간호사를 맡았을 때도 내 환자 컴플레인은 액팅간호사에게 맡기지 않고, 직접 혈압계를 들고 가서 체크를 할 만큼 강박적으로 일했다. 간호사 이외에 다른 직업에 대해 고민해 본 적도 없었고, 고향을 떠나 독립을 해야겠다는 의지도 없었던 나에게, 대학원 진학은 터닝 포인트가 되었다.

'간호사 경력을 활용할 수 있는 일은 뭐가 있을까. 서울에서 내가 할 수 있는 일은 어떤 게 있을까' 하는 생각의 역발상이었다.

자동차보험회사는 서울로 올라와 입사한 두번째회사이다. 자동차 보상관련 지식을 공부하고 업무에 적응해나갈수록 참 보람된 직종이라는 생각이 들었다. '간호사가 이런 일도 할 수 있구나, 내 의료지식이 보상분야에도 도움이 되는구나.' 하는 긍정적인 생각이 들면서 '의료심사 최서연' 으로 더 열심히 일하는 모습을 보여주고 싶었다. 보상직원들 사이에서 같이 일하고 싶은 사람으로 불리기를 원했다. 담당자들이 요청하는 업무는 즉각적으로, 최대한 빨리 답변을 하기 위해 노력했고, 대중교통으로 하루에 서너 곳의 병원을 다니며 피해자 면담을 했다. 면담 후 사무실에 복귀해서 피해자 관리보고서를 작성하고, 담당자와 합의시점, 의료자문 필요성 등에 대해 이야기를 나눴다.

의료심사의 업무가 전문적이고, 보람되며, 회사를 대표해서 피해자를 만난다는 사명감에 꽤 열심히 일했으나, 그럴수록 고민되는 일이 하나 있었다. 바로 승진문제였다.

여성 특수직군은 승진의 제한이 심했고, 상당한 연차의 의료심사 선배들도 거의 대리직급에 머물러야만 했다. 간호사일 때와 별반 다를 게 없었다. 실수투성이 레지던트가 매번 교수에게 혼나는 게 안쓰러워 커피 한잔 타주면서 괜찮다고 위로의 말을 건넨다. 병동 정보도 주면서 친해졌다가도 어느 순간 그가 연차가 올라가면 예전과 같은 친밀함을 상대편에서 먼저 밀어낸다. 그도 자연스레 펠로우가 되어 후배들을 거느리며 예전의 그와 같았던 레지던트를 혼내는 모습을 보면, 격세지감이란 단어가 떠올랐다. 역시 그들만의 리그인건가. 보상과도 마찬가지이다. 나는 여전히 의료담당 주임 직급이고 신입사원은 시간의 순리대로 주임, 대리, 과장으로 승진하는 모습을 보며, 나는 보이지 않는 투명유리에 갇혀 올라갈 수 없는 하늘만 바라보는 해바라기 신세가 되었다.

그래도 간호사를 그만둘 때처럼 박차고 나오지 못했던 솔직한 이유는 안정적인 급여 때문이었다. 타 회사에 비해서 급여수준도 좋았고, 정규직이라는 점, 회사의 네임 밸류 또한 놓칠 수 없었다. 직장생활 12

년차, '안정' 이라는 단 꿈에 젖어 승진제한은 모든 의료심사에게 포함되는 일이고 내가 어쩔 수 없는 상황이며, 그쯤은 포기하더라도 일 자체가 보람되니 안정적인 급여에 감사하며 향후 10년 정도만 더 다녀도 괜찮겠다고 나와 타협해버렸다.

그러던 찰나 회사에서 대대적인 인사발령이 났다. 보상과 직원들의 희망퇴직과 의료심사자들의 계약직 전환이 그것이다. 100만원이나 줄어든 급여가 통장에 찍히고, 내가 누렸던 회사 복지는 남의 떡이 되었으나, 보상담당자들은 여전히 정규직일 때와 같은 업무를 요청해왔다.

"연봉의 3~5배는 손해감소를 위해 일해야, 네가 그 돈을 받을만한 가치가 있는 거다." 라고 내 멘토 선생님은 항상 말씀하셨다. 급여 이상의 일을 하기 위해 열심히 뛰어다녔던 나에게, 계약직 전환은 단순히 돈의 수치로 따질 수 없는 그 무엇인가가 있었다. 내가 필요 없는 사람으로 느껴졌다는 배신감이다. 물론 내가 만들어낸 잘못된 판단이며, 잘못 단정한 사고의 오류라는 것을 이제는 안다. 그러나 그 때는 억누를 수 없는 감정에 나 스스로를 몰아넣고 늪에서 빠져나올 수 없다고 주변을 탓하기도 했다.

게리 채프먼은 《5가지 사랑의 언어》에서 '인정하는 말, 함께하는 시간, 선물, 봉사, 스킨십' 에 대해 이야기한다. 나는 반짝이는 귀금속 선물이나 짜릿한 스킨십보다 '수고했어' 라는 짧지만 따뜻한 말 한마디를 원했다. 나는 '너라면 잘 할 수 있어' 라는 격려에 더 힘이 나는 '인정하는 말' 에 약한 사람이다. 그래서 더욱 회사의 처사에 반감이 커져서 내 감정을 주체할 수 없었던 듯하다.

계약직 전환 후 한 달을 일해 보았지만, 예전처럼 자신감과 열정을 가지고 일할 수 없었다. 그럴 마음은 이미 증발해버렸다. 회사에서 인정받지 못한 사람이라는 오명을 스스로 뒤집어쓰고, 그 안에서 허우적거리고만 있었다. '언제까지 한숨만 짓고 있어야 할까. 사업을 해야 하나. 사업은 돈이 있어야 하는데, 돈이 있어도 무슨 사업을 할 수 있나.'

누군가의 잣대에 좌지우지 당하지 않고 내가 주도적으로 할 수 있는 일을 찾다가, 문득 머릿속에 스치는 영상에 무릎을 쳤다. 이거다!

M사의 아침방송에는 한 달에 한 번 영업방송이 나왔다. 나는 보상근무였기 때문에 영업방송에는 거의 관심이 없었다. 보상팀에 영업방송을 틀어주는 것도 이해가 안 됐다. 친구들은 내가 보험사에 영업하러 다니는 줄로 알고, 보험 상품이라도 문의할라치면 "나는 영업하는 일 아니야" 라고 콕 찍어 이야기했다. 그 정도로 나 또한 보험영업에 대

해서 그다지 긍정적인 시선으로 바라보지 않았던 것 같다.

그러던 중에 어느 날 문득 내 생각의 전환이 되는 기회가 찾아왔다. 그날도 여느 때처럼 외근 준비를 하며 바쁜 아침을 보내던 와중이었다. 슬쩍 눈길을 돌린 영업방송에는 멋진 중년 여성들의 아름다운 모습이 비춰졌다. 어깨 드러난 반짝이는 드레스를 입고, 내가 평생에 한 번 해볼까 싶은 두터운 화장을 곱게 하고 상을 받는 모습이었다. 저게 어느 나라 이야기란 말인가. 마치 연예인들의 연말 행사장을 방불케 하는 휘황찬란한 축하공연과 시상식이 펼쳐지는 저 곳이 과연 내가 근무하는 회사 내 또 다른 조직의 모습이라고 상상조차 할 수 없었다. 40대 여성과 50대의 남성이 연도대상을 받았는데, 그들의 얼굴에서는 광채로 빛이 났고 자신감이 넘쳐보였다. 바로 이때부터 보험영업이라는 분야에 관심이 생겼다. 그리고 곧바로 실행에 옮길 때가 되었다는 것을 직감적으로 느낄 수 있었다.

영업을 해본 적은 없지만, 이전의 경력으로 보면 사람 상대하는 일은 계속 해왔었다. 또한, 다른 사업처럼 공간을 마련하고 인테리어를 해야 하는 등 자본이 크게 들어가는 일도 아니라는 생각에 점점 마음이 기울었다.

"그래, 보험영업을 해보자. 간호사 출신의 보험설계사로."

취업사이트에 보험설계사 공고를 찾아 이력서를 넣었다.

"최서연 선생님, 안녕하세요. 메트라이프 채용담당자입니다. 저희는 영업하실 분을 뽑고 있는데요, 채용공고는 잘 보고 지원하신건가요?"

"네, 보험설계사 지원한 거 맞아요. 저 영업하려고요."

이때 나는 오기와 독기가 가득 찬 상태라, 뭐든 못할 게 없었다. 내 능력을 평가 절하한 그들에게 성공해보이겠고, 나를 밖으로 내몰았던 당신들을 후회하게 만들 거라고 혼자만의 복수극을 준비한 것이다. 보험설계사 한 분 한 분 모두 말 못할 사연이 있다. 남편의 사별로 가장의 역할을 하기 위해, 갑작스런 빚더미에 떠안게 되어 돈을 벌기 위해, 가족이 암에 걸리고 보니 보험이 무척 중요하다는 것을 깨닫고 주변에 제대로 보험을 가입시키기 위해... 그 중에는 나와 같은 케이스도 있을 것이다.

시작은 다소 공격적이고 마이너스의 감정이 폭발했지만, 감사하게도 나에게 이런 경험들이 있었기에 보험설계사로 일하기에는 충분한 조건이 되었다고 생각한다. 간호사로서 의료지식을 가졌고, 의료심사 업무를 통해 보상과 장해에 대해서도 공부했고 사회의 쓴맛도 봤다. 이제는 고객들에게 제대로 된 보장을 준비해드릴 수 있는 만능비서가 된 것이다.

정주영 회장의《이 땅에 태어나서》는 지금도 내 삶의 강력한 방향잡이가 되어주는 책이다. 정주영 회장은 가난한 소작농의 아들로 태어나, 초등학교 졸업이 학력의 전부이다. 그는 끊임없이 도전하고, 모두가 안 된다고 시도조차 하지 않은 일에 대해 행동으로 모범을 보이며, 결국은 되게 만들어내는 사람이다. 확고한 신념과 최선을 다하는 노력만 있다면 누구나 성공의 기회는 있다고 말한다. 책을 보며 수없이 되물었다. 정주영 회장이니까 가능했던 것일까. 아니다. 나도 간절히 하고자 하고, 도전하면 된다. 그 증인이 정주영 회장이다. 나도 분명 달란트가 있을 것이다.

보험설계사를 한다고 회사를 그만두고 나니, 지인 분들이 참 안타까워했다. 엄마 친구는 "간호사가 뭐 할 게 없어서 설계사냐. 병원이나 다니지."라고 하셨다. 엄마는 내가 대학병원 간호사라고 동네방네 자랑하셨고, M사에 다닐 때는 급여도 오르고 조금씩 안정을 찾아가는 모습을 보며 본인의 기도가 이루어졌다고 기뻐하셨는데, 보험설계사가 되고 나니 "돈은 조금 받아도 좋으니, 제발 안정적인 회사에 들어가라"고 몇 번이고 타이르셨다. 왕년에 영업 한 번 해보셨다는 지인들은 "그 힘든 걸 왜해? 똥인지 된장인지 먹어봐야 알아?" 버텨봤자 몇 개월이라며, 처음부터 다른 회사로의 이직을 권하시는 분도 있었다.

나는 묵묵히 듣고만 있었다. 말로 반박하고 싶지 않았다. 그럴 필요가 없었기 때문이다. 보험영업에 대한 부정적인 말이 나올수록, 힘들어서 버틸 수 없을 것이라는 사람들의 수군거림에 대한 대답으로 나는 더 즐겁게 일하고, 제대로 일하는 모습을 그들에게 보여주고 있다.

얼굴도 모르는 간호사 후배들이 온라인의 내 글을 보고 연락을 해온다. '보험설계사에 관심 있어요. 재미있을 것 같아요' 호기심에 당장이라도 입사할 것처럼 하다가도, 막상 영업에 대한 두려움으로 시작조차 해보지 못했던 많은 후배들이 떠오른다. "제대로 준비하고 시작하고 싶어요." 라는 대답이 제일 많았다.

어떤 일이든 하고 싶으면 먼저 행동을 취하고, 그 안에서 하나씩 내 것으로 만들고 배워나가면 된다. 포인트는 내가 진정 이 일을 원하는가에 대한 대답이다.

# 일상이 도전이다

"도전이란 게 별거 아니다. 어제와는 다른 길로 걸어보는 것,
남의 시선을 의식하지 않고 새빨간 립스틱을 입술에 입히는 것,
그런 일상의 소소한 실천이 도전이다."

도전 아닌 삶이 있을까. 도전이 별거인가. 도전(挑戰)의 사전적 의미는 ①정면으로 맞서 싸움을 겖 ②어려운 사업이나 기록 경신 따위에 맞섬을 비유적으로 이르는 말로 기록되어 있지만, 나는 도전은 쉽고 일상에서도 얼마든지 일어날 수 있는 일이라고 여긴다.

어제와는 다른 길로 걸어보고, 더 이상 맞지 않아 옷장에 장식품처럼 걸어놓은 옷을 언젠가는 입고 말겠다는 집착에서 벗어나 과감히 재활용통에 집어넣는 것, 남들이 쥐 잡아 먹은 것 같다고 놀릴까봐 바르지 못했던 새빨간 립스틱을 내 입술에 입히는 것, 이런 소소한 일들 모두가 일상에서 일어나는 도전이며 행복이다. 도전하기 전에는 두려움과 걱정이 앞서지만, 해내고 나면 결국 승리의 기쁨이 '하길 잘했어'

라며 두려움을 깡그리 몰아낸다. 내 일상에도 도전이라 불릴 만한 일들이 있다. 서울살이, 유럽 배낭여행, 보험설계사 입사, 그리고 글쓰기가 그것이다. 나는 간절히 바란다. 내 얼굴에 주름살이 하나씩 더 깊어질수록, 주름살의 개수와 깊이만큼 나의 아름다운 도전 또한 쌓여가고 풍성해지기를 기도해본다.

〈첫 번째 이야기, 서울살이〉

엄마의 품이 세상에서 제일 안전하고 편하다는 것을 나는 왜 몰랐을까. 서울에서 맞이하는 첫 해 겨울은 뼈마디가 시릴 정도로 추웠다. 역삼동 원룸에서 한 달을 살다가 취사문제 등으로 좀 더 넓은 방이 필요해 낙성대 반지하로 이사를 했다. 처음 타보는 마을버스도 신기했고, 동네 굽이굽이를 지나 관악산 아래까지 집이 빼곡하게 들어차 있는 것도 놀라웠고, 반지하라는 주택형태도 처음 보는 것이었다. 직장생활 5년을 했지만, 학자금 대출을 갚고 나니 수중에는 2천 만 원이 전부였다. 소중한 나의 첫 종자돈으로 터를 잡을 수 있는 곳은 기껏해야 반지하 뿐이었다. 창문을 열면 오고가는 사람들의 굵고 가는 종아리만 보이는 곳이었다.

환경의 변화가 인체에 미치는 영향에 대한 논문을 임상실험 하듯,

나름 고왔던 내 얼굴은 여드름이라고 부르기도 무서운 딱딱한 종기들이 뒤덮었다. 대인기피증까지 생길 정도로 얼굴에는 터지기 직전의 활화산들이 양 볼에 포진하고 있었다. 어른들 말로 아마 물갈이를 심하게 한 듯했다.

지금은 다들 휴대폰을 보느라 걸음걸이가 느릿느릿하지만, 내가 처음 지하철을 경험했을 때만 해도 지하철 문이 열리자마자 사방으로 사람들이 정신없이 뛰어다녔다. 그런 모습을 나는 이해할 수가 없었다. 에스컬레이터는 편하게 서서 가라는 이동기계인데, 에스컬레이터 위에서조차 앞에 서있는 사람을 밀치면서까지 서둘러 걸어 올라가는 모습은 삭막하기 짝이 없었다.

법의학연구소를 다니면서 텅 빈 지갑을 채우기 위해 주말에는 백화점 의무실에서 아르바이트를 했다. 직원들에게 간단한 약 처방이나 소독을 해주고, 응급상황 시에는 병원에 동행하는 것이 주 업무였는데, 비교적 시간활용이 여유로운 곳이었다. 주말 저녁 아르바이트가 끝나면 밤 8시 30분쯤 집으로 걸어 올라가는데, 순대가게 앞을 지나칠 때면 순대가 정말 먹고 싶었다. 순대집 앞에서 똥마려운 강아지마냥 몇 번이나 들어갈까 말까, 지갑을 넣었다 뺐다 하다가 결국은 순대 한 점 입에 넣지 못하고 털레털레 집으로 들어갔다. 그리고는 집에 들어가자마자 언니에게 전화해서 한없이 울었다. 순대가 먹고 싶어서라기보다는 내 상황이 뭔가 뜻대로 풀리지 않는 것 같았고, 먹고 싶은 것 하나 사먹지 못하는 내 처지에 화가 났다. 언니는 그렇게 힘들면 내려와도 된다고 몇 번이나 말했지만 이왕 시작했으니 끝을 보고 싶었다.

**〈두 번째 이야기, 유럽 배낭여행〉**

K회사를 그만둔 후, 가산디지털단지에 있던 일본계 산업체에서 분만휴가 대체 의무실 간호사로 6개월을 근무하며 유럽여행을 준비했다. 처음부터 두 달 이상을 갈 생각은 전혀 아니었다. 여행하기 좋은 4월에 출발해서 한 달 정도 머물 계획이었는데, 내가 또 언제 유럽을 가보겠나 싶은 욕심이 들었다. 그러면서 비행기 티켓 값이 가장 많이 오르기 직전까지의 날짜를 최대한으로 검색해보았더니 그 시점이 7월 초까지여서 그렇게 여정이 길어지게 된 것이었다.

첫 여행지 런던에서는 빌리엘리엇, 맘마미아, 라이언킹, 위키드의 뮤지컬을 매일 하나씩 관람하면서 여행의 출발을 여유롭게 시작했다. 런던아이를 타며 영화 이프온리의 가슴 아픈 사랑이 떠올라 눈시울을 적셨고, 남몰래 여행지의 풋사랑을 꿈꿔보기도 했다. 주말에는 노팅힐을 걸으며 톡톡 튀는 줄리아 로버츠와 부드러운 휴 그랜트의 발자국을 따라 아기자기한 소품들을 맘껏 구경했고, 런던의 빨간 2층 버스를 타고 관광객놀이에 빠져 카메라의 셔터를 눌러대기 바빴다. 회색빛의 런던과 빨간색의 버스는 연인으로는 찰떡궁합, 와인으로는 마리아주로 불릴 만했다. 뮌헨에서 맛본 학센 요리는 그 짭조름함과 적당한 바삭함이 지금도 혀끝에서 감돌며, 맥주 한 모금이 간절해진다. 런던에서는 한인 민박에서 묵다가, 뮌헨으로 이동해서는 움밧이라는 게스트하우스에서 처음으로 외국인들과 숙소를 같이 썼는데, 외국인들이 말이라도 걸까봐 숙소에 있을 때는 침대 밖으로 나오지도 못했다. 우리나라 영어 교육의 피해자는 바로 나라며, 귀국하면 영어공부를 해야겠다고 마음먹었지만, 나는 지금도 다짐만 백 번째 하고 있다.

오스트리아 빈의 벨베데레궁전은 '클림트의 키스' 명작이 있는 곳이다. 황금빛의 남녀가 포옹을 한 채로 키스를 나누지만, 왠지 여자의 오묘한 표정과 낭떠러지에 걸쳐있는 아슬아슬한 두 발이 자꾸만 나를 그림 속에 머물게 했다.

할슈타트는 너무나 평온한 마을이었다. 할슈타트에 들어가기 위해 배를 타고 이동하는 동안 강물에 비쳐 보이던 마을의 광경은 마치 엽서의 그림처럼 아름다웠다.

피렌체 미켈란젤로 언덕에 내려앉은 보랏빛 석양은 하늘이 내게 준 자연의 선물이었고, 아카데미 미술관에 전시된 다비드상의 섬세함은 마치 성경에서 골리앗과 대치하고 있는 듯한 긴장감마저 감돌았다. 피렌체 하면 역시 핑크빛 벽돌로 지어진 두오모 성당이 제일 먼저 떠오른다. 소용돌이치듯 뱅글뱅글 연결된 몇 백 개의 계단을 따라 두오모 성당 옥상에 도착하면 쥰세이와 아오이가 나를 기다리고 있지 않을까. 헐떡이는 숨을 겨우 진정시키며 귀에 이어폰을 꽂으면 '냉정과 열정 사이' 영화 OST 'What a coincidence'가 흐르고, 어느덧 나는 아오이가 되어 누군가를 하염없이 기다리게 된다.

아시시는 로마에서 기차로 이동하는 소도시이다. 성지순례지로도 유명한 아시시 수녀원에서 수녀님이 직접 만들어주신 정갈한 저녁식사를 마치고, 수녀원 테라스로 나와 토스카나 지방의 석양을 바라보다가, 이 자리에 있는 것이 너무나 꿈만 같고 감사해서 동영상을 찍기도 했다.

우리는 너무나 새것만을 추구하고 새것에 열광한 나머지 과거는 고리타분한 것으로 여긴다. 뚝딱하면 건물 하나가 완성되고, 예전의 것은 허물기 바쁘다. 그런데 로마는 새로운 것을 위해서 옛것을 허물지 않고, 자연적으로 허물어진 돌덩이까지 그대로 껴안고 있었다. 로마에서는 길바닥의 돌을 참 많이 바라보고, 내 발을 돌에 문지르며 어떠한 의식을 시행했다. 내가 걸었을 이 길을 키케로가 사색하며 걷지 않았을까. 예수님이 설교를 하던 곳이나 또는 박해를 당하던 곳은 아닐까. 맨들거리는 돌일수록 돌이 품고 있는 사연을 듣고 싶어서 발로 문지르고 또 문질렀다.

피렌체와 로마에서 1유로도 안 하는 에스프레소의 맛을 보고, 아침마다 에스프레소 먹는 재미에 빠졌다. 그 전까지 한국에서 에스프레소를 마시는 사람들은 잘난 척하는 부류가 아닐까 생각했던 나의 고정관념을 철저하게 깨게 되었다. 한 모금에서 어우러지는 쌉싸름함과 단백함, 고소함은 지친 여행의 선물과도 같았다.

스위스의 살인적인 물가로 그 흔한 퐁듀 한번 먹어보지 못했지만, 컵라면과 샌드위치로 끼니를 해결하면서도 아름답고 깨끗한 스위스의 대자연을 보기 위해 걷고 또 걸었다. 오늘처럼 봄 햇빛이 좋은 날이면 스위스의 어느 산자락에서 하이킹을 하고 있을 그 누군가가 부러워진다.

카프리의 푸른동굴은 배를 타고 들어가는데, 이때 뱃사람들이 'O Sole Mio'를 멋들어지게 불러서 관광객들이 푸른동굴과 사랑에 빠지도록 주문을 걸어버렸다.

마지막 여행지 파리는 아쉬움 그 자체였다. 75일 간의 유럽 여행 중 마지막 7일 정도를 이곳에서 보냈는데, 혼자만의 긴 여행으로 이미 향수병까지 생겼다. 어느 명소를 가도 감흥이 없고 그저 눈도장 찍기에 지나지 않았다. 그토록 오매불망 바라던 파리였는데, 오후 4시면 숙소에 들어와 하루빨리 귀국하고 싶어 달력만 쳐다보다 잠드는 날들이 귀국 직전까지 이어졌다. 파리까지 가서 에펠탑의 야경도 못 봤다면 할 말 다 한 거다. 그러기에 파리는 또 다시 위시리스트 여행지가 되고 말았다. 덕분에 다시 한 번 파리를 가게 된다면, 이번에야 말로 파리의 숨결, 냄새 하나까지 놓치지 않고 내 눈과 마음에 가득 담아와야겠다.

〈세 번째 이야기, 보험설계사〉

나는 이제 막 부화한 햇병아리 보험설계사다. 짧은 입사 연차의 공백은 열정으로 채워 넣으면 된다. 고객과 상담할 때는 내가 제안 드리는 보장에 대해 자부심을 가지고 목이 쉴 정도로 설명을 한다. 고객님께 하고 싶은 말을 제대로 전달하는 언변은 부족하지만, 이제껏 내 진심이 통해서 계약이 이루어졌다고 생각하고, 귀 기울여 주신 고객님들께도 감사하다.

병원에 입원한 환자 중 어느 누구도, "내가 올해 3월에 암이 걸릴 줄 알았다니까요" 라고 말하는 사람이 있을까. 암 진단을 받은 환자는 "왜 하필 나에게 이런 일이 생기느냐"고 울분을 토한다. 그러다가 점차 상태가 호전되면 병실 사람들끼리 서로 보험에 관한 이야기를 나눈다. "나는 이번에 입원해서 수술한 거 한 2백만 원 나오더라구요. 이럴 줄 알았으면 그때 더 가입할 걸 그랬어요." 라는 후회스런 목소리도 들린다.

고객의 거절 멘트 1순위는 '생각해 보겠다' 이다. 진정한 거절인지,

제안에 대해 검토해볼 시간을 달라는 의미인지는 상담을 하다보면 감이 온다. 고객의 한 마디에 나는 일보후퇴 이보전진을 계획한다. 내가 제대로 설명을 하지 못했던 부분이 무엇인지 고민해보고, 어떻게 하면 쉽게 설명해드릴지 연구한다. 얼마 전 암 가족력이 있는 여성고객님의 보장을 준비해드렸는데, 며칠 뒤 아직은 필요 없을 것 같다며 철회를 했다. 아직 건강하니까, 미래를 위해 지금부터 돈을 낼 필요가 없을 것 같다는 말씀만 반복했다. 며칠 전에도 전화를 드렸지만, 좀 더 시간을 달라고 했다. 고객은 보험을 포기해도, 나는 절대 고객을 포기할 수 없다. 고객에게 '그 때 왜 더 많이 가입하라고 하지 않았어?' 라는 타박은 나중에 들을지언정, '왜 더 빨리 가입하라고 하지 않았어? 정말 필요하다고 나를 설득시켰어야지' 라는 말은 듣고 싶지 않은 두려운 말이다.

"왜 그 좋은 간호사 그만두고 보험설계사를 하세요?" 새로운 고객을 만날 때마다 듣는 말이다. 간호사니까 보험설계사가 딱이다. 간호사 출신이니까 고객 자신에게 더 좋다는 것을 왜 모르실까. 보험은 아프고 다쳐야 혜택을 본다. 사람 몸에 대해서 의사 다음으로 간호사만큼 잘 아는 사람이 있을까. 입사 1년 정도는 보험금 청구할 일이 거의 없어서, 고객들이 다 건강한 줄로만 알았다. 현재는 한 달 평균 20건의 보험금 청구를 도와드리고, 고객님들도 병원에 가기 전에 먼저 연락을 주시고, 다녀와서도 연락을 하며 다음 치료에 대해서 이야기를 나눈다.

〈네 번째 이야기, 글쓰기〉

조심스럽지만, 글 쓰는 것이 지금까지의 어떤 도전 상대에도 비교되지 않을 만한 막강한 작업이다. 2014년도부터 자기계발서와 인문학을 꾸준히 봐왔는데, 저마다 책에서는 성공한 사람은 언젠가 책을 낸다고 했다. 책을 아무리 많이 봐도 책 한권 쓰는 것이 더 낫다는 누군가의 말도 기억난다. 나도 보험업계에서 10년 정도는 일하고, 후배들에게 도움을 줄 만한 책을 쓰겠다고 버킷리스트에 적어 놨다. 그런데 왜 햇병아리 주제에 지금 이 책을 쓰는지 궁금해 하셨으면 좋겠다. 다른 지면을 통해 글쓰기 이야기를 나누기 전까지 호기심 가득 찬 눈빛으로 이 글들을 읽어주시길 바란다.

지그 지글러의 《시도하지 않으면 아무 것도 할 수 없다》 중 '운명은 소망으로 한정된다' 는 글이 있다. 지금의 지리적인 위치에 상관없이, 뭔가 이루기를 간절히 원하는 의지만 있으면 그것을 하기 위한 방법을 찾게 된다는 것이다. 인간의 운명은 자신의 소망에 따라 한정된다는 말은 참 희망적이면서도 무서운 말이다. 결국 '두려움' 의 극복이 관건이다.

아브라함 매슬로는 "누구나 안전한 현재에 머물러 있을 수도, 발전을 위해 앞으로 나아갈 수도 있다. 그러나 발전은 지속적이고도 반복적으로 이루어져야 하며, 두려움은 지속적이고도 반복적으로 극복되어야 한다."고 말한다.

너무 추상적이고 애매모호해서 도대체 어떻게 극복하라는 것인지 모르겠다면, 'JUST DO IT!' 나를 두렵게 하는 경계선을 눈 딱 감고 한 걸음 넘어서기만 하면 된다. 하고 나면 별거 아니다. 도전도 습관이 되면 즐겁다.

고향집에 내려가면 빨리 서울로 올라오고 싶다는 마음이 들 정도로 서울은 제2의 고향이 되었다. 유럽 배낭여행은 내 마음사진관에 액자로 걸려있다. 보험설계사인 나는, 13년 직장생활 어느 때보다 사명감을 가지고 일한다. 내가 좋아서 하는 일이고, 누군가에게 도움이 되고, 내가 행복함을 느낀다는 것만으로 충분하다.

보험설계사나 보험영업, 보험의 '보' 만 들어도 거부감을 느낀다는 분들이 있다. 보험설계사의 잘못으로 고객이 상처를 입고, 보험에 대해 부정적인 이미지를 심어준 결과이다. 그러기에 나는 그들의 쓰라린 상처를 보듬고 소독해 줄 수 있는 간호설계사가 되고자 일상이 도전인 삶을 살아간다.

# 지금, 당신을 만나러 갑니다

"고객을 만나 사인을 받는 일은 삽으로 산을 쌓는 것처럼 어렵다.
서로에 대한 신뢰를 밑바탕으로 삼아
오늘도 나는 삽 하나 들고 고객을 만나러 길을 나선다."

내가 입사한 메트라이프 생명보험회사는 신입 사원이 입사하면 한 달간 본사, 본부, 지점교육을 통해 세일즈 쉽, 보험 상품에 대한 다양한 교육 후 보험설계사 코드를 내어준다. 나는 교육 중 동기들 앞에서 몇 번이나 눈물을 보여야만 했다. 보험이라 함은 사람의 생명을 이야기하는 것인데, 그러다 보면 내 경험에 비추어 자꾸 어렸을 적 기억이 떠올라 감정을 추스르기 힘들었기 때문이다.

나에게 '아빠'라는 단어는 참으로 어색하다. 이처럼 감정을 느끼지 못하는 단어가 또 있을까 싶을 정도이다. 엄마 말씀에 의하면 아빠는 학교 선생님이셨다고 한다. 무슨 연유로, 정확히 언제 그만두셨는지는 잘 모르겠지만, 내가 어릴 때는 딱히 하시는 일 없이 술만 드신 것으로 기억된다. 내 기억 속의 아빠는 필름사진처럼 단편적이고, 흑백사진처럼 꺼내 봐도 어둡기만 한 존재였다. 아빠는 무책임한 가장이라는 인식이 나도 모르는 사이 뇌리에 깊숙하게 박혔다. 친구들이 "넌 어떤 남자와 결혼하고 싶어?" 라는 질문을 하면 "우리 아빠 같은 사람만 아니면 돼." 라고 서슴없이 대답할 정도였다. 술을 진탕 드시고 오셔서 엄마와 다투시던 모습, 과음으로 인해 간이 나빠져서 세수를 하다가 자주 코피를 흘리시던 아빠의 모습이 무서워 가까이 가지 못하고 멀리서 바라만 보던 어린 내가, 이제는 아빠를 용서하기로 했다. 아빠에 대한 미움을 켜켜이 쌓아놓은들, 달라질 것은 아무 것도 없었다. 그저 미워하는 사람만 더 힘들어질 뿐이라는 것을 아는 나이가 되어버렸다.

딸 다섯 중 막내인 나는, 아빠와의 추억이라고 부를 만한 것이 딱 하나 있다. 가족들이 텔레비전을 보는 저녁에 아빠와 같이 쓰레기를 버리러 가던 일이다. 아빠는 당시 유행하던 엄지손톱만한 플라스틱 인형이 들어있는 캐러멜을 사준다고 자주 나를 유혹했고, 인형을 모으는 재미에 나도 기꺼이 아빠를 따라나섰다. 아빠는 쓰레기를 버린 다음 동네 작은 슈퍼에 가서 소주 한두 잔을 사드셨다. 그걸 아마 잔술이라고 불렀나보다. 술 드시는 아빠가 싫었지만, 달콤한 캐러멜과 플라스틱 인형은 포기할 수 없었기에 아빠 옆에 잠자코 앉아 있었다. 동네 슈퍼 한 구석의 식탁이 아빠와 내가 단 둘이 있었던 최초의 공간이었기에, 나를 감싸던 그 당시의 분위기는 지금도 온전히 느낄 수 있다.

나와 열여덟 살 터울인 큰언니는 내가 초등학교 4학년 때 결혼을 했다. 그리고 결혼식 날 저녁에 아빠는 집에 돌아오지 못하셨다. 결혼식을 치룬 후 다들 피곤한 상태로 집에서 쉬고 있었고, 나도 쓰레기를 버리러 동행할 아빠가 오시지 않아서 혼자 놀고 있었는데, 동네분이 아빠가 쓰러졌다며 다급하게 집으로 찾아오셨다.

뇌출혈이었다. 간도 안 좋은 상태라 뇌출혈 수술도 하지 못하고 대학병원 중환자실에 누워만 계시다가 며칠 만에 돌아가셨다. 아빠 장례식은 집에서 치러졌다. 아빠가 돌아가셔서 슬프다는 감정보다는, 시신이 집에 있다는 무서움이 더 컸다. 나는 그렇게 아직 철없는 어린아이일 뿐이었다. 그러고 보니 텔레비전에서도 그런 장면이 많이 나오는 것 같다. 부모가 사망해서 어린 자녀들만 덩그러니 장례식장을 지키는 장면을 보면, 목을 놓아 펑펑 우는 아이는 없다. 대개는 천진난만하게 웃으며 뛰어다니는 게 보통이다. 사람이 죽었다는 것은 느끼지만, 그로 인한 걱정이나 슬픔의 감정이 아직 일어나지 않는 덜 여문 시기이기 때문일 것이다. 그 무렵에는 나도 그랬다. 평상시 잘 먹지 못하는 탄산음료수를 맘껏 마실 수 있다는 기쁨에, 어른들 틈을 개구지게 돌아다니며 음료수를 먹느라 정신이 없었다. 아빠의 사망 사실은 알았지만, 아빠가 돌아가신 후 우리 가족이 어떻게 살아가야 할 건지를 구체

적으로 알기에는 아직 나는 너무 어렸다.

딸 다섯 중 큰 언니만 막 신혼생활을 시작했고, 그 아래 줄줄이 대학생, 고등학생, 중학생, 초등학생이 50대의 엄마 어깨를 사정없이 무겁게 짓누르고 있었다. 엄마가 우리를 버려도, 학교교육을 중단하고 공장을 보내도, 무엇을 해도 누가 욕할 사람이 없을 상황이었다. 하지만 엄마는 전쟁터의 장군처럼 마지막 기운이 다 할 때까지 본인의 몸은 돌보지 않고 고지를 향해서 앞만 보고 달려 나갔고, 악착같이 나머지 딸들을 모두 대학교에 입학시켰다.

결혼할 나이가 훌쩍 지나고, 혼자 서울살이를 하면서 엄마생각이 참 많이 났다. 내 몸 하나 건사하기도 힘든데, 어떻게 자식들을 그렇게 키워낼 수가 있었을까. 시장에서 옷 장사를 하기 위해 새벽버스를 타고 서울로 물건을 떼러갈 때마다 엄마는 세상에서 서울처럼 추운 곳은 없다고 자주 말씀하셨다. 유과, 약과, 강정, 부곽 등 집안 한구석에서 엄마를 도와 언니들과 튀기고 볶고 자르며 만든 한과는 엄마의 두 손에서 생활비가 되어 다시 돌아왔다.

엄마는 어렸을 때 공부가 무척 하고 싶었다고 한다. 외삼촌은 의대에 다닐 만큼 외갓집 형편은 좋았는데, 여자가 무슨 공부냐며 할아버지가 반대하셔서 겨우 중학교만 졸업하신 엄마는 그 소망을 우리에게 이루기 위해 여자가 아닌 모진 엄마의 삶을 선택했다. 옷 장사, 한과 장사, 돌침대 장사, 다단계 등등, 밑 빠진 독에 물 붓기처럼 번 돈보다 더 많은 빚을 져가면서도, 한 번도 우리를 포기하지 않으셨다. 그런 엄마에게 감사할 따름이다.

가끔 이런 상상을 한다. 미래의 남편이 장인어른과 술 한 잔 하면서 즐겁게 대화를 나누는 모습을 곁에서 흐뭇하게 바라보는 내 모습도 참 좋겠다고 말이다. 분명 '아빠라는 존재'가 있는 것만으로도 큰 힘이 되었을 것이다. 가장의 부재가 한 집안을 얼마나 어떻게 몸서리 칠 만큼 힘들게 하는지 나는 직접 겪어봤다. 뇌출혈이라는 질병의 무서움에 대해서도.

한 가정을 이끌어가는 가장의 사망은 죽음 자체로 끝나지 않는다. 살아가야 할 남은 가족들에게는 하루하루가 전쟁이다. 그 전쟁은 경제, 즉 돈의 문제와 직결된다. 당신은 가족들에게 그 전쟁 같은 하루하루를 살게 할 것인가? 우리나라에서 종신보험의 이미지는 이렇다. '내가 죽어야 받는 돈'

유독 생명보험에 대해서 우리나라 사람들이 더 거부감을 갖는 이유는 무엇일까. 사람들은 아직 경험해보지 않은 '죽음'에 대한 두려움과 나는 괜찮을 것이라는 안일함을 꼽고 싶다. '죽는 이야기는 재수 없다, 보험을 가입하면 왠지 아픈 일이 생길 것 같아서 싫다, 지금 먹고 살기도 빠듯하다.'는 이유로 오늘도 고객들은 동굴 안으로 들어간다. 동굴 밖으로 나와서 따뜻한 햇살의 포근함을 누리면 좋으련만, 눈이 부시다는 이유만으로 나오기를 거부한다.

부모는 자식의 몸과 마음이 잘 자라도록 지켜줘야 하며, 그러기 위해서는 내 건강을 챙기면서 사회생활을 통해 돈도 벌어야 한다. 위험에 닥쳤을 때 나를 대신해서 가족들을 지켜 줄 보험도 준비해 놓아야 한다. 그러나 아직도 보험에 대한 인식은 암담하고 부정적이기만 하다. 그렇다고 보험설계사로서 한숨만 짓고 있을 수만은 없다. 내가 그 인식을 긍정적으로 바꿔드려야 하니까.

배리 파버의 《지금 당장 시작하라》에 나오는 말이다.

"누구든 삶의 전 과정을 평탄하게 보낼 수는 없다. 모든 사람에게는 삽을 가지고 일해야 할 자신의 몫이 있다. 삽으로 구멍을 파는 데 전념하는 사람이 있는가 하면 산을 쌓아 올리는 사람이 있다. 구멍이 의미하는 것은 인생의 지름길, 순간적인 만족, 속임수, 단기적 이익 등이다. 산이 의미하는 것은 정직, 노력, 기본 업무, 장기적 이익 등이며, 우리가 항상 실천하는 모든 작은 일들이다. 산을 쌓기는 구멍을 파기보다 훨씬 어려운 일이다. 그러나 일단 정상에 이르면 자신의 손으로 이룩한 성과에 자부심을 가질 수 있다."

한 명의 고객을 만나 청약서에 사인을 받기까지는 삽으로 산을 쌓는 것처럼 어려운 일이다. 그 속에는 서로에 대한 신뢰가 밑바탕이 되어야 하기 때문이다. 오늘도 나는 삽 하나를 들고 거절로 가득 찬 구멍을 채우기 위해, 사무실 문을 나선다.

"안녕하세요, 최서연 설계사입니다."

지금 당신을 만나러 가는 최서연 보험설계사의 과거 모습을 보여드렸으니, 당신도 조금은 마음을 열어주었으면 한다. 이제는 따뜻한 햇살이 비추는 동굴 밖에서 당신과 소중한 인연을 만들고 싶다.

# 내가 당신을 부르는 이름

"내 인생 세 가지 키워드는 환자, 피해자, 고객이다.
그러나 그 세 가지는 서로 표현만 다를 뿐 본질은 사람이다.
나는 그들 안에서 좋은 기억으로 남기를 바란다."

〈환자, 피해자, 고객〉 이 세 가지는 지금껏 내가 사회생활을 하면서 입에 달고 살아온 단어들이다. 이 단어들은 내가 직업을 바꾸고 직장을 옮기면서 몇 년 주기로 한 번씩 바뀌었지만, 가만히 들여다보면 그 주체는 아픈 사람들, 아플 사람들이라는 공통점이 있다.

〈환자〉

하루에도 몇 군데의 병원을 가보면 어딜 가나 왜 이렇게 아픈 사람이 많나, 도대체 이 많은 사람은 어디서 오는 걸까 싶을 정도로 환자들이 너무나 많다. 수많은 입 퇴원의 반복, 그 중심에는 환자가 있다. 나도 전신 마취하는 수술을 세 차례나 받아보았지만, 병원에 간다는 자체만으로도 일반인에게는 큰 두려움이다. 내 몸에서 어떤 안 좋은 일이 벌어지고 있는지 무섭기만 하다. '진작 건강에 신경 쓸걸' 하는 후회도 들면서, 잔뜩 주눅이 든 채로 의사 입에서 어떤 안 좋은 소리라도 나올까 걱정하며 진료실로 들어간다. 대개의 경우라면 몇 가지 질문과 내진 후 의사는 일단 약을 먹어보고 상태를 관찰하자며 약을 처방해준다. 그러다가 약을 먹어도 증상이 호전되지 않으면 검사를 하자고 한다. CT나 MRI를 찍고 판독을 기다리는 며칠 동안에도 일이 손에 잡히지 않아 걱정만 태산이다. '혹시 암 덩어리라도 나오는 거 아니야?' 또다시 의사의 입만 바라본다.

환자들이 입원하면 제일 먼저 만나는 사람이 간호사이다. 그리고 환자는 간호사를 제일 많이 찾는다. 정해진 시간마다 주사를 놓고, 약을 나눠드리고, 상태가 어떤지 하루에도 몇 번씩 체크하는 과정을 거치면서, 처음 입원했을 때는 긴장이 역력했던 분들도 시간이 지날수록 제법 농담도 하며 병원생활에 익숙해지신다. 본인 맘에 드는 간호사가 있으면 간식도 챙겨주고, 다음 번 근무는 언제인지 슬쩍 물어보기도 하신다. 신규 간호사로 중환자실에서 일반병실로 발령을 받고 얼마 안 되었을 때이다. 중년의 남자 환자분이 있었는데, 혈관이 육안으로 봐도 심하다 싶을 정도로 툭 튀어나온 분이었다. 간호사들 사이에서 하는 말로, 주사기만 던져도 들어갈 것 같은 혈관이었다. 그런데도 나는 혈관주사를 한 번에 성공하지 못하고 주사바늘로 혈관을 휘젓고만 있었다.

"일한 지 얼마 안 됐나 봐요?"

"네, 죄송해요. 많이 아프시죠? 제가 선배님 모시고 올게요."

"아니에요. 어차피 많이 찔러봐야 다음에는 잘 놓을 거잖아요. 한 번 더 해봐요."

천사표 고객님! 뭉클한 마음에 감사함을 더하여 한방에 찔러야겠다고 마음먹었다. 그렇지만 혈관주사는 또 실패했고 결국엔 선배 간호사에게 도움을 청할 수밖에 없었다. 터진 혈관을 보며 선배 간호사는 한 번 놔보고 안 되면 바로 오지 그랬냐고 타박을 했지만, 환자분의 따뜻한 응원의 한마디에 선배의 타박은 그리 귀에 들어오지 않았다.

신경외과 근무할 때 이야기다. 중풍으로 입원한 환자분들은 마비된 팔다리에는 주사를 놓으면 안 된다. 혈액순환제 등의 주사를 놓을 일이 많은데, 제한된 팔다리에 주사를 놔야했지만, 그때 나는 손가락의 작은 혈관에도 한 번에 주사를 놓을 만큼 베테랑이 되었다. 간호사를 그만 둔 지 10년이 넘은 지금의 나는, 피검사를 할 때 떨리는 목소리로 "많이 아프죠? 안 아프게 뽑아주세요." 라고 말하며, 일반인처럼 호들갑을 떤다.

간호사에게 있어서 '환자'는 간호사가 있어야 할 이유이다. 간호사를 그만두고도 얼마간은 3인칭을 호칭할 때 그렇게도 자주 입에서 튀어나왔던 '환자'라는 단어. 이 글을 보는 간호사 분들은 공감할 거다.

전혀 '환자'가 나올 문맥이 아닌데, 환자라고 이야기하면서 혼자 피식 웃는다. 나의 이름은 기억하지 못해도, '그 간호사 참 괜찮았는데'라고 나를 떠올릴 수 있는 단 한 분의 환자분이 계시기를 희망해본다.

〈피해자〉

자동차보험회사 보상과에서 하루에도 천 번 이상 하는 말은 '피해자'라는 단어인데, 간호사였던 나에게 피해자라는 단어는 입에 붙지 않아서 처음에는 피해자이름 뒤에 환자를 붙여 이야기한 적도 있었다. 교통사고 피해자를 면담하고 오면, 면담보고서(현재 상태, 향후 예상되는 치료계획, 장해 등)를 적는다. 의료심사를 한 지 얼마 안 되어 면담보고서를 적으니, 보고서는 간호사 챠팅과 비슷했다.

"환자분은 목에 보조기를 하셨고, 통증이 계속 있다고 하셨다. 오늘 아침 MRI를 찍으셨는데, 검사결과는 내일 회진 때 들으신다고 한다. 퇴원은 이번 주 금요일 정도 예정이다."

이렇게 적었으니, 나는 혼날 만하다. 그 당시 본사 의료담당 선생님은 지금도 멘토로 모시는 분인데, 당시는 참 많이 혼났다. 주변에서 내가 회사를 그만두지 않을까 우려할 정도였다.

"최서연, 너는 이제 간호사가 아니야. 언제까지 이렇게 쓸 건데? 사실과 너의 의견을 구분해서 잘 좀 적어봐. 면담보고서는 피해자를 안 본 사람이 보고서만 보더라도, 상황파악이 되게 써야 한다고. 길게 주저리주저리 적는 것만큼 안 좋아 보이는 게 없다. 그건 네가 하는 말에 자신이 없어서야. 간단명료하게 적어봐. 넌 네가 적은 이 말이 무슨 말인지 알아먹을 수 있니?"

다 맞는 말이다. 간호사 이후로 참 많이 울었다. 속상했다. 머리로는 알겠는데, 남들이 이해하기 쉽게 의학적 내용과 손해배상 측면을 깔끔하게 내 의견으로 써내는 것은 너무나 어려웠고 하루아침에 되는 일이 아니었다. 멘토 선생님도 지치실 법하지만, 1년 이상을 이렇게 훈련시켜 주셨고 나는 환자가 아닌 피해자에 맞춰 점차 의식을 바꿔나갈 수 있게 되었다.

"2009년 12월 24일, 차대 차 후미추돌로 경추디스크 진단됨. 2009. 12. 25. MRI 판독지 상 경추 5~6번간 디스크 탈출 판독됨. 보존적 치료 후에도 우측 상지 저림증 심하여 2010. 01. 03. 내시경 하 신경성형술 시행함. 현재 상지 저림증은 많이 호전되었고, 이번 주 금요일 퇴원 전 상태호전 여부 확인 위해 MRI촬영 예정임. 추후 추가촬영 MRI 판독지 징구하여 결과확인 후 합의진행 위해 의료자문 등 진행요함.”

이후에는 사고내용, 진단명, 수술명, 현재상태, 향후 예상되는 치료계획, 예상 장해 항목별로 나만의 틀을 만들어 많은 보고서를 써내려갔다. 내가 정의내린 자동차보험 의료심사는 ‘보험회사에 소속되어 급여를 받지만, 피해자가 내 가족이라고 생각하고 의학적 지식을 최대한 동원해서 보험사와 피해자 간에 적정한 보상이 이루어지도록 하는 멋진 직업’ 이다.

교통사고로 피해자가 병원에 입원을 하면, 최대한 빨리 병원에 가서 피해자 상태를 확인해야 한다.

“안녕하세요, M사 의료심사 최서연이라고 합니다.”

“지금 불난 집에 부채질 하는 거에요? 가해자는 코빼기도 안 보이고. 내가 정말 다쳤나 안 다쳤나 확인하러 온 거에요? 보기 싫으니깐 빨리 나가요.”

피해자분이 언제 나를 봐서 싫다고 하시겠는가. 나를 보험회사로 동일시하기에 그러는 거라 이해하고, 다음에 다시 오겠다는 인사와 함께 명함 한 장 남겨드리고 오는 날도 많았다.

〈고객〉

결국 환자, 피해자도 고객의 큰 범주에 해당하지 않을까. 환자는 병원의 고객, 피해자는 보험사의 고객, 그리고 내 고객도 어쩌면 미래에는 환자나 피해자가 될 수 있기 때문이다. 그래도 고객이라 함은 영업조직에서 가장 많이 쓰는 단어임은 확실하다. 나에게 고객은 가장 가지고 싶은 머스트 해브 아이템, 잇템, 필수불가결한 관계의 사람이다. 환자나 피해자가 수동적인 관계였다면, 고객은 능동적이다. 환자는 병원에 입원 후, 피해자는 교통사고가 난 후에 맺게 되는 after(back) 관계인 반면, 고객은 내가 보험의 필요성에 대해서 제안을 하고 맺어지는 before(front)이다.

어떻게 하면 고객에게 더 쉽게 보장내용을 설명할 수 있을까. 내가 무엇을 하면 담당자로서 고객들에게 만족을 드릴 수 있을까. 지금보다 더 잘하기 위해서는 무엇을 배워서 알려드리면 좋을까. 온통 고객 생각뿐이다. 뮤지컬 '맨 오브 라만차' 에서 알돈자가 불렀던 '그분의 생각뿐' (I' m only thinking of him)은 딱 내 마음이다. 입사초기 청약 건은 대부분 최서연이라는 사람을 보고 고객이 되어 주신 분들이 많다. 얼마나 감사하고 한편 죄송한 마음인지... 그 분들을 위해서라도 더 열심히 일 해야만 하는 나는 행복한 보험설계사이다. 내 일의 원동력이 되는 고마운 고객들에게 자랑스러운 담당자로 남고 싶다.

버락 오바마와 마이클 잭슨 애독서로 알려진 《자기신뢰》의 랠프 월도 에머슨은 이렇게 말한다.

"어떤 사람이 되면 좋겠다고 생각한다면, 지금 바로 그런 사람이 되어라. 어떤 경우에도 다른 사람들의 시선에 개의치 않으려고 노력한다면, 결국엔 항상 그럴 수 있을 것이다.

인격의 힘은 차곡차곡 쌓인다. 지난날에 행한 미덕의 힘이 오늘에 미친다. 정치가와 전쟁터의 영웅들이 갖춘 위엄은 어디서 연유한 것일까? 과거의 위대한 날들과 승리에 대한 의식 때문이다. 그런 기억들이 한 줄기 빛이 되어 지금 무대로 걸어 나오는 배우를 비춘다. 눈에 보이는 천사들이 그를 둘러싸고 지켜주는 셈이다."

스쳐간 인연에서도 우리는 상대방에게 나를 어필하고, 그가 나를 기억해주기를 원하는 원초적인 욕구를 가지고 있다. 나 또한 마찬가지이다. 내 인생 세 가지 키워드인 '환자, 피해자, 고객'은 단지 불리는 표현만 바뀌었을 뿐이지, 그 본질은 사람이다. 나는 어느 누군가 한 명에게라도 본질에 집중했던 인간으로 기억되기를 기도하며, 오늘도 그런 사람이 되기 위해 양손 무겁게 가방을 들고 거리를 누빈다.

# 당신의 보험을 간호해드립니다

"간호사는 환자들이 병원에 온 후에야
간호업무에 들어가지만 보험은 그렇지 않다. 아프고 다칠 것에 대비해서
미리 예방주사를 놓고 꾸준히 간호하는 것이 중요하다."

오늘도 문자를 보낸다. '안녕하세요, 당신의 보험을 간호해드리는 간호사 출신 보험설계사, 간호설계사입니다' 기존 고객에게 소개를 받거나, 이관고객(담당자가 그만 둬서 다른 설계사로 새로 배정된 고객)에게는 먼저 문자로 인사를 드리는 편이다. 요즘은 워낙 SNS가 활발해지다보니 나이를 불문하고 전화는 잘 받지 않으시고 부담스러워 메신저로 이야기하자는 분이 늘고 있기 때문이다.

입사 1년차가 되어서야 내가 놓친 것을 알아차렸다. '나를 알릴 수 있는 게 무엇이 있고, 어떻게 인상적인 인사말을 만들고, 나의 퍼스널 브랜드를 어떻게 지을지'에 대해서 말이다. 간호사 출신과 보험설계사라는 이미지를 잘 버무리고 싶었다. 그래서 탄생한 것이 '간호설계사' 라는 나의 네임브랜드이다. 환자를 간호하듯이 보험도 간호해드리겠다는 뜻에서 만들어낸 이름으로 내심 마음에 들어 SNS 곳곳에 잘 활용하고 있다. 얼마 전 간호사 후배가 "안녕하세요, 저도 간호사인데요. 간호설계사가 되려면 어떻게 해야 하나요?" 라고 문자가 왔다. 누군가 내 브랜드에 관심을 가지고 불러주니 신기했다.

보험에서 간호가 필요하다는 말이 무슨 말일까. 전 국민의 90퍼센트 이상이 가입했다는 보험에서 무슨 간호가 필요할까? 1인당 최소 1~2개는 가입했다는 보험으로 내가 할 수 있는 일은 무엇일까.

첫 번째, 보험증권 분석이라는 간호를 해드린다. 입사 초기에는 가족, 친구들의 보험증권을 부탁받아 증권분석을 연습했다. 사망보장금, 암 진단금, 2대 혈관질환비용(뇌출혈, 급성심근경색), 입원일당, 수술비용 등을 엑셀 한 장으로 한 눈에 보기 쉽게 정리를 한다. 가입연도별, 보험사별 약관이 달라서 해당보험사 홈페이지 공시실로 들어가서, 보장내용 담보별 약관을 확인하고 엑셀에 추가적인 내용을 적어야 나중에 고객에게 설명드릴 때 헷갈리지 않고 제대로 말씀드릴 수가 있다. 특히 실손보험은 가입연도에 따라 자기부담금과 보상하지 않는 손해가 중요하기 때문에 약관을 주의 깊게 본다.

내 앞자리에 앉은 응급구조사 출신 후배가 한참 서류를 쳐다보며 한숨을 쉬길래 무슨 일인지 물어봤다.

“선배, 보험증권 분석하는 거 너무 어려워요. 시간도 너무 오래 걸리고...”

“처음에는 다 그래. 회사마다 특약 이름도 조금씩 다르고 보장내용도 달라서, 약관까지 확인하고 나면 시간이 엄청 오래 걸리지? 그래도 고객한테 설명하려면 너도 공부해야 하니까 6개월만 지금처럼 하면, 보는 속도가 엄청 빨라질 거야.” 라고 선배다운 멘트를 날렸다. 불과 몇 개월 전 서류 속에 파묻혀 허덕이던 내 모습이 이만큼 자랐구나 싶어 피식 웃었다.

일요일 오후, 퇴근길에 문자 한 통을 받았다. 블로그를 통해 그 동안 나를 지켜봐 왔다고, 몇 개월 동안 고민하다가 연락을 주셨다고 한다. 기본적인 인적사항, 과거병력을 알려주셨고, 암보험은 있으니 실손보험만 가입 가능한지 알고 싶다고 하셨다. 내 상담의 원칙 중 하나인 기존의 보험증권을 분석해드리지 않고는, 상담을 진행할 수 없음을 말씀드렸다. 실손보험만 필요하다고 해서, 가입을 도와드린 후 나중에 암 진단금을 청구할 일이 생겼다 치자. 고객이 믿고 있던 암보험이 암보험이 아닐 수도 있고, 암 진단금 가입금액이 턱없이 적을 수도 있다. 또한 암만 가입되어 있다면 반쪽자리 보장을 가지고 계시는 것밖에 안 된다. 뇌출혈이 생기면 어떻게 하실 건가. 정중히 내 의견을 말씀드리고, 가입하신 보험증권이 준비되면 다시 연락해달라고 부탁드리며 상담을 마무리 지었다.

두 번째, 보험을 처음 가입하시는 고객님은 제대로 보장이 준비되도록, 예방주사를 놓는 간호를 해드린다. 예방주사를 맞기 전에는 '욱신거리겠지? 오늘 술 못 마시겠지? 왜 이리 주사는 매번 아플까?' 등등의 별 생각을 다 한다. 눈 꼭 감고 팔 걷어붙이고 심호흡 한번 하고, 팔뚝이 싸한 느낌이 들게 맞고 나면 끝이다. '알코올 솜으로 꾹 누르세요. 문지르면 멍들어요.' 간호사의 마지막 한 마디에 안도의 한숨이 터져 나온다. 하루 이틀 정도는 주사 맞은 팔뚝이 묵직하고, 내 컨디션이 안 좋을 때 맞으면 감기라도 걸린 것처럼 오들오들 몸살기운도 있다. 시간이 지나면 주사부위 통증은 없어지고, 한 철 건강히 보낼 수 있는 백신이 내 몸에 있다는 사실에 든든하다.

소개를 받았든, 내 필요에 의해서든 보험이라는 것은 처음 준비를 하는 분에게는 보험료 자체부터가 큰 부담이다. '보험 없이 잘 살았는데, 굳이 지금 해야 하나' 하는 늪에 빠지게 하는 마력이 있다. 없으니까 하나 있어야 할 것 같고, 보험료를 내자니 갑자기 통장이 텅 빈 느낌이다. 내가 언제 보험을 타 먹을 일이 있을까 싶어서, 그 돈으로 은행 저축하는게 낫겠다고 연락주신 고객님도 있다. 따끔한 예방주사를 맞기 전 단계이다. 통증을 미리 인지하고 회피하고 싶은 단계이다. 이해한다.

나 또한 보험설계사로 일하기 전에 가입해 놓은 보험들이 있다. 2007년 K생명 종신보험을 교회 집사님 통해서 처음으로 가입했다. 약 15만원의 보험료는 지금으로서도 꽤 큰 금액인데, 무슨 보험인지도 모르고 하라고 해서 사인을 했다. 가입한 지 얼마 안 되어 충수돌기염으로 수술 후 수술보험금 10만원을 받았다. 두 번째 보험은 2008년 K손해보험 실손보험이다. 2009년도가 되면 실손보험의 보장이 줄어든다면서, 무조건 가입해야 한다고 엄마한테 전화가 왔다. 12월 31일 보상과 마감날이었고, 오후 4시가 넘어가는 시점이었다. 마음의 여유도 없고, 실손보험이 뭔지도 몰랐고 나한테 보험이 필요하나 싶었다. 나 또한 거의 혜택을 본 일이 없었기 때문이다. 강요하는 엄마에게 전화로 짜증이란 짜증은 다 내고, 그러면서도 결국 실손보험을 가입했다. 가입한 지 한두 달 정도는 해지할까 고민하다가, 일상생활에 파묻혀 통장에서 돈은 계속 빠져나가니 보험의 존재조차 잊게 되었다. 그러다가 비중격만곡, 수면무호흡증으로 두 차례의 수술을 더 받게 되었다. 특히 수면무호흡증은 검사비까지 1000만 원 정도 들어가는 큰 수술이었는데, 실손보험에서 거의 전액 지급이 되었다. 폐쇄성 수면무호흡증으로 잠을 자도 머리가 심하게 아프고, 뇌에 산소가 잘 공급되지 않아

하루 종일 멍한 상태였고, 잠도 설치기 일쑤였기 때문에 나는 보험이 되든 안 되든 무조건 해야만 하는 수술이었다. 그럼에도 보험사에서 치료비가 지급되니 애물단지 보험이 사랑스럽게 보이기 시작했다.

먼 미래를 내다보고, 혹은 언제든 예상치 못하는 사고에 대비해서 나의 따끔한 예방주사를 기꺼이 맞아주신 고객님들께 감사한다. 아직도 내 주위에는 예방주사를 어떻게든 맞지 않으려고, 이리저리 피해 다니는 분들이 있다. 시간이 걸리더라도 꾸준히 연락드리면서 보장의 필요성에 대해서 말씀드리고 준비를 도와드리고 싶다. 거부하시는 고객님들의 잘못이 아니라, 그 분들이 정말 필요한 이유에 대해서 내가 설명을 못하는 이유도 있다.

불과 1년 전에 소개로 실손보험에 가입하셨던 남성 고객님은, "나는 진짜 보험 필요 없고, 타먹을 일도 없는데 소개해주신 분 봐서 하는 거에요." 라고 하시면서, 보장 설명도 건성으로 들으시고 사인을 하셨다. 청약 마무리 후, 꼭 병원에 가실 일이 있으면 연락 달라는 나의 말에도, 그럴 일은 없을 거라고 하시면서 황급히 일어나셨다. 그 후 어떻게 되었을까? 일하다가 허리를 다치셔서, 보험금 청구해야 하는데 어떻게 하냐고 연락을 주셨고, 나는 치료 중간마다 연락을 드려 치료가 끝나는 날에 깔끔하게 보험금 청구까지 도와드렸다.

세 번째, 보험금 청구로 후처리 간호를 해드린다. 보험금 청구를 도와드린 후, 다른 분들에게 도움이 될 만한 약관이나 보험금 지급 결과는 블로그에 올려서 공유를 한다. 현재 가장 많은 조회 수는 [일반상해의료비에 관하여], [신경성형술 보험청구], [자궁근종 보험청구], [후유장해], [치조골이식 임플란트 수술보험금]이다. 장해는 자동차보험회사 의료심사 업무 중 외상 관련해서 워낙 많이 다뤘던 내용이라 어렵지 않지만, 블로그에 올린 대부분의 소재는 고객님 청구를 도와드리다가 공부하면서 알게 된 특약이다.

특약 이름만으로, 언제 어떻게 보험금을 받는지에 대해서 알 수 없는 것들이 많기 때문에 보험설계사는 약관 공부를 해야 한다. 내가 쓴 블로그를 보고 전화, 댓글, 쪽지, 문자가 수시로 온다. 본인이 지금 대장내시경 후 폴립을 떼어냈는데, 보험금 청구가 정말 되냐고 물어보시는 분, 디스크로 장해를 받을 수 있냐는 분, 뇌출혈로 부모님이 쓰러지셨는데 보험금 청구하려면 어떤 서류가 필요하냐고 물어보시는 분... 이 분들 모두에게 가입시켰던 담당설계사가 있을 텐데, 왜 이렇게 직접 알아보나 싶다. 요즘은 '체크슈머' 라고 해서, 본인이 직접 다 알아보는 추세라더니, 그래도 씁쓸한 마음은 감출 수 없다. 설계사에게 물어봤는데 잘 모른다거나, 못 믿겠다거나, 먼저 알아보고 싶다거나 다 사정이 있으시겠지 싶어서, 궁금해 하시는 것은 내가 아는 선에서는 설명해드린다. 하지만 내 고객만큼은 절대 이렇게 힘들게 해드리고 싶지 않고, 나를 믿고 보험금 청구를 맡겨주시길 바라는 마음이다.

이토 고이치의 《성서로 배우는 Top Sales 십계명》 중 내가 하고자 하는 말이 잘 드러난 구절이 있다.

"업무의 기둥이 되는 규칙은 무엇인가? 그것은 다른 사람을 위해 봉사하는 것이다. 비즈니스맨이라면 업무를 통해 다른 사람에게 자신이 할 수 있는 최대한의 봉사를 하는 것이 자연스러운 일이라고 생각한다. 자신의 업무를 통해 상대에게 어떤 가치를 제공하는 길밖에 없다."

2016년 12월 1일에 보낸 고객 단체문자 중 내용 일부이다.

"안녕하세요. 설레는 12월 첫날 인사드립니다. 11월 마감 무사히! 감사히 마쳤습니다. 11월 총 16건의 보험금 청구! 꼭 병원가시기 전 연락주세요. 필요한 서류 미리 안내드리고 청구 도와드리겠습니다. 중략... 당신의 보험을 간호해드리는 간호설계사 최서연 드림"

물론 답장은 한두 건이 전부이다. 답장을 받기 위한 문자는 아니지만, 가랑비에 옷 젖듯 고객님들께 세뇌시키는 중이다. '아팠다!' '다쳤다!' '내 신변에 일이 생겼다!' 등 무슨 일만 생기면 '보험=최서연' 에게 연락을 주시도록 말이다. 고객은 치료에만 전념하면 되고, 보험금 청구는 보험설계사의 몫이다.

간호사는 환자들이 병원에 오고 나서야, 간호업무에 들어간다. 하지만 내가 업으로 하는 보험은 그렇지 않다. 아프고 다칠 것을 예상해서, 미리 내 몸에 대한 의료비를 준비해놓고, 돈 때문에 치료를 못 받게 하는 억울함을 방지해드린다. 제안서를 짤 때 머리카락 쥐어뜯으며 얼마나 고심을 하는지 고객님들은 아실까? 그저 아무 보험이나 하나 가입시키고 수당 받으려는 설계사로 보실까 속상하다. 내 업무의 기둥은 내가 가입시켜 드린 보험은 끝까지 고객과 함께하며, 제대로 보험 청구까지 도와드려야겠다는 사명감과 보험금 청구할 때 잘 못 가입시켜 드려 죄책감 들지 않게 제대로 설계해야겠다는 책임감으로 나만의 네임브랜드 ' 간호설계사 '에 맞게 오늘 하루를 살아가는 것이다.

# 글 쓰는 보험설계사입니다

"글을 쓰기 시작하면서,
어렸을 적 그렇게도 미워했던 돌아가신 아빠가 자상하신 모습으로 내게 다가왔다.
글을 쓰면 나 자신이 치유된다는 것을 깨닫게 되었다."

2015년 4월 30일 퇴사 직후, 다음날 5월 1일 폐쇄성 수면무호흡 수술을 받았다. 당일 입 퇴원 수술이었지만, 편도를 잘라내고 긴 혀가 기도를 막는다며 혀를 당겨 턱에 박았고, 비후된 점막도 잘라내는 등 수술명만 다섯 가지가 넘었다. 수술 후 2주 동안은 통증으로 음식물을 삼킬 수 없어 밥 대신 아이스크림만 먹었고 4주째까지는 죽만 먹어야 하는 무척 불편한 치료였다. 5월 한 달 동안 수술과 치료, 보험회사 입사 준비를 병행하면서 시간을 보냈다. 그 때 매니저님께 받은 책이 《보험왕 토니 고든의 세일즈 노트》이다. 지금까지 세일즈십 향상을 위해 영업 관련 책을 꾸준히 보고 있지만, 첫 책이기에 기억에 남는다.

당시에는 아직 영업을 시작하지 않아서 보험 용어는 생소하기만 했지만, 그가 책을 통해 이야기하는 내용은 일관되게 하나였다.

"처음부터 비범한 사람은 아무도 없다. 그저 평범한 사람들이 누구나 쉽게 할 수 있는 습관을 실행할 수 있을 뿐이다. 꿈을 실행할 수 있는 믿음과 자기 단련만 한다면, 비범한 결과를 성취할 수 있다."

즉, 비범함은 평범함의 습관을 통해 나타난다는 것이다. 희망적인 메시지여서, 빨리 영업전선에 뛰어들어 그의 메시지를 시험해보고 싶었다. 나도 토니 고든처럼 뛰어난 영업실적을 내고, 내 영업노하우를 책을 통해 알리고 싶다는 꿈도 조심스레 품어보기도 했다.

성공신화 책들의 저자는 한번쯤은 큰 실패를 겪었고, 처음부터 성공가도를 달리지는 않았으며, 어떻게든 영업에서 성공하겠다는 신념 하나로 자신만의 길을 갔던 분들이다. 나에게는 모두 범접할 수 없는 신과 같아 보였다. 고객들의 거절, 말일이 다가올수록 강하게 다가오는 실적에 대한 압박감, 지인 시장의 고갈, 고객 소개의 부재, 만날 사람은 없고 어쩌다 한명 만나도 제안은 받아들여지지 않아 속상했던 날이 연속될 때도 있었다. 저 분들 모두 겪었던 피할 수 없는 과정이고, 그들은 모두 이겨냈다. 그러니까 똑같은 사람인 나도 이겨낼 수 있다. 꿈을 실행할 수 있는 믿음과 자기단련을 통해 성장해 나갈 수 있다고 확신했다.

2016년 1월 버킷리스트를 적기 시작했다. 간절히 이루고 싶은 꿈은 글씨로 적어서 시각화하라고 했던가. 버킷리스트 세 번째 목록에 '책 10권 출판하기' 라고 적었다. 열 권의 책을 내려면, 책 한 권을 먼저 내야한다. 책 한 권을 내려면, 먼저 글을 써야한다. 글쓰기는 언제 시작해야 하는지 전혀 생각해보지 않았고 일단 일을 열심히 하면서 업무 경험치를 늘려야 한다는 단편적인 생각뿐이었다. 다행히 블로그를 통해 간단하게나마 책과 영화리뷰, 업무 내용은 올리고 있었기에 그것 또한 글쓰기의 일종이라 여기며 스스로 위안을 삼았다.

그럼에도 나는 지금 글을 쓰고 있고, 글 쓰는 보험설계사로 출판을 꿈꾸고 있다. 어떤 일을 시작하든 가장 큰 장벽은 나 자신이다. 나는 아직 성공한 영업사원도 아닌데, 감히 어떻게 영업에 대해서 글을 쓰고 그 결과물로 책을 내겠다는 것인지 걱정이 앞섰다. 이런 내 고정관념을 180도 뒤집어 준 두 분을 꼭 소개하고 싶다.

첫 번째, 블로그 이웃 세실 님이다. 그의 본명은 황상열 작가이고, 2016년 3월 'MOMENTUM' 책을 출판했다. 세실 님은 내가 보험 약관이나 고객면담에 대한 글을 올리면, 자주 댓글로 응원을 해주는 블로그 이웃이었다. 본업이 있음에도 책을 출판했다는 그의 글을 보고 블로그에 방문하여 존경의 글을 적었더니, 감사하다며 책 선물을 보내주신다고 했다. 직장도 가깝고, 책 선물을 받은 기념으로 저녁식사 할 기회를 만들었다. 내가 아는 작가는 세실 님이 처음이고, 작가를 만난다는 것이 일반인에게는 기억에 남을 만한 사건이기에 설레었다.

그의 책에는 작가의 삶과 그가 책을 쓰게 된 과정을 통해서 모멘텀을 맞이하게 된 내용이 잘 그려져 있었다. 자기계발서 깨나 읽었던 나이기에, 첫 출판 작가라고 볼 수 없을 만큼 책이 잘 읽혀서 놀랍다는 말을 그에게 전했다. 그는 여태까지 다양한 글쓰기 수업을 다녔지만 지금까지와는 다른 글쓰기 수업이 있다면서 대화 도중 글쓰기 수업을 들어보기 권했다. 글쓰기는 누구나 할 수 있는 거라며, 본인도 썼으니 나도 할 수 있을 거라고 부추겨 주는데 내심 기분이 좋았다. 블로그에도 글 올릴 일이 많기 때문에, 지금보다 다듬어진 글을 쓰면 좋겠다는 막연한 생각에 나는 바로 글쓰기 수업을 등록했다.

집에서 강남은 30분 거리로 멀지 않다. 항상 집 가까운 사람이 더 늦는다고 하더니, 글쓰기 첫날 수업부터 10분이나 지각이다. 각자 편한 방식으로 아이패드, 노트북, 수첩을 꺼내들고 열심히 적는 수강생들의 모습에 나 이외의 모든 사람들이 대단하다고 생각됐다. 나는 그냥 한 번 들어볼까 하는 가벼운 마음으로 왔는데, 이 분들은 왜 오셨을지 궁금해졌다. 이미 책을 내신 분도 있고, 나처럼 좋은 강의라고 해서 무작정 오신 분도 있고, 글이 좋아서 오신 분 등 다양한 사람들이 모여

3주 동안 강의를 들었다. 글쓰기 수업의 강사는 《내가 글을 쓰는 이유》의 이은대 작가님이셨다. 작가님은 무조건 글을 써야하고, 글을 쓰면 책은 자연스럽게 나온다고 하였다.

"이 세상에서 단 한 명이라도 내 글을 보고 상처를 치유 받고 살아갈 힘을 얻는다면 그걸로 충분한 거 아닙니까? 돈을 목적으로 하지 마십시오. 하루에 한 번 무조건 글 쓰는 습관을 들이세요. 남들 눈치 보지 말고, 내가 살아왔던 이야기, 하고 싶었던 이야기 편안하게 쓰세요. 친구한테 말하듯, SNS에 올리듯. 일단 글쓰기를 시작하는 것부터가 중요합니다. 내가 왜 막노동을 하면서도 하루에 네 시간 이상씩 글을 쓰는지 아십니까? 먼저 나 자신이 글을 쓰면서 위로를 받고 살아갈 힘을 얻기 때문입니다. 오늘부터 35일 동안 저만 믿고 무조건 글을 쓰십시오. 처음에는 이 핑계 저 핑계 대면서 글쓰기를 피하고 싶을 겁니다. 생각해보십시오. 글을 쓰지 않고도 지금보다 낫다고 생각하면 쓰지 않아도 됩니다만, 안 써서 뭔가 불안하다면 욕이라도 적으십시오. 다른 사람에게 잘 보일 필요 없습니다. 여러분 이야기를 적으세요."

나를 억눌렀던 글쓰기의 공포가 사라지는 순간이다. 글 쓰는 주제가 심오할 필요도 없었고, 형식이나 맞춤법도 중요하지 않았다. '블로그에 글을 쓰는 것처럼 가볍게 적어볼까. 내가 왜 보험설계사로 일하게 되었는지 이야기해 볼까. 고객님을 처음 만나면 나라는 사람에 대해 모르는 게 당연한데, 만약 하나하나의 글이 쌓여 책으로 나와 선물을 드린다면 어떨까. 읽어보시면 내 백 마디 말보다 믿음직스러운 설계사라고 느끼게 되실까.' 오만가지 생각에 가슴이 벅찼다.

일단 글쓰기를 도전하기로 하고 매일 글을 적어나갔다. 글쓰기 강의 첫 1주일은 A4 절반도 안 되게 일기처럼 적었다. SNS는 누가 시키지 않아도 즐겁게 글을 쓸 수 있는데, 막상 '글쓰기' 라는 타이틀이 붙는 순간 가슴이 답답해지고 써야할 내용은 머릿 속에서 하얗게 지워져갔다. 야근 후, 회식 후, 퇴근 후 노트북을 켜고 몇 줄을 쓴다는 것이 이렇게 힘들 줄은 몰랐다. 노트북의 전원을 켜는 게 아침에 일어나기보다 더 힘들었다. 겨우 노트북을 켜고 한 줄을 쓸라치면 방바닥에 머리카락이라도 찾아 청소라도 해야 할 것 같았고, 내 온 몸의 근육이 비틀어지는 기분이었다. 그렇게 1주일이 지나고 2주차부터 글쓰기 주제가 정해지면서, 본격적으로 하루 용량을 정하여 글쓰기를 시작하였다. 어떤 말부터 첫 문장에 써야할지, 내 편협한 기억력에 의존하여 어떻게 글을 써야하는지 전혀 감이 잡히지 않았다.

머리로 쓰지 말고 손으로 일단 쓰다보면 써진다고 했으니, 무조건 써보기 시작했다. 쓰다 보니 어렸을 적 아빠의 기억이 또렷하지는 않았지만. 그 때의 감정이나 느낌이 나를 찾아왔다. 찾아왔다? 그렇다. '찾아왔다' 라는 말로밖에 표현이 안 된다. 평상시 내가 느끼는 아빠의 이미지는 '부정' 그 자체였다. 아빠에게 사랑 한번 받아 본 적 없는 나는 항상 피해자였다고 단정했다. 지금까지 그렇게 살아왔다. 글을 쓰며, 아빠가 나를 데리고 슈퍼로 향하던 골목길의 광경, 슈퍼에서 잔술 마시는 아빠가 싫었지만 아빠가 사줬던 캐러멜과 그 속의 인형을 손으로 만지작거리며 아빠 옆에 앉아있었던 내 모습, 외풍이 심했던 한옥집의 겨울밤에 아빠 발 사이로 내 발을 넣어 따뜻하게 해주시던 모습이 거짓말처럼 떠올랐다. '아, 글을 쓰면 내가 치유가 되고, 나 자신을 소중히 여기게 된다는 게 이거구나.' 깨달았다.

《뼛속까지 내려가서 써라》의 나탈리 골드버그는, 작가는 비를 맞는 바보라고 했다. 또 작가는 인생을 두 배로 살아가는 사람이라고 했다. 작가의 첫 번째 인생은 일상생활이고, 두 번째 인생은 모든 것을 다시 곱씹는 생활이다. '이들은 글을 쓰기 위해 자리에 앉을 때마다 자신의 인생을 다시 들여다보고 그 모습을 면밀하게 음미한다. 삶을 이루고 있는 재질과 세부 사항을 들여다본다. 폭우가 쏟아지면 작가는 노트와 펜을 들고 빗속으로 걸어들어 간다. 그리고 웅덩이를 바라본다. 웅덩이를 채우는 빗물과 가장자리에서 튕기는 물방울을 하나하나 관찰한다.'

작가라 명명하기 부끄럽지만, 나도 글을 쓰며 머물러 있는 사실과 흘러가는 감정을 관찰하는 습관이 생겼고, 주변에 관심을 가지는 열린 눈과 마음을 조금씩 갖게 되었다.

이러한 마음으로 고객들과 있었던 이야기를 글로 쓰면서, 좋은 추억을 만들어드리고 싶다. 영업에서 성공하고자 열망하는 보험설계사들에게는 서로 잘하고 있다고 응원하는 메시지를 보내고 싶다. 나의 글쓰기는 지금부터가 시작이다. 앞으로도 배워야 할 것이 더 많은 보험영업에서 포기하지 않고 한발씩 앞서 걸어 나가는 과정을 성장일기처럼 적어나가려고 한다.

Chapter 02

[ 제 2 장 ]

# 우리는 이렇게 살아갑니다

"이 길이 언제까지 이어지나, 끝은 있나 싶을 즈음
앞서 뛴 사람들은 관중들의 환호 속에 결승선을 통과하고 있다.
나도 과연 결승선을 통과할 수 있을까."

# 영업의 목적은 돈이 아니다

"보험 영업으로 돈을 벌겠다는 생각은 않는다.
보험은 나에게 사명감 그 자체이고 높은 목표가 있기에 돈보다 가치를 선택했다.
나는 지금 나만의 작품을 만들고 있다."

보험은 나에게 사명감 그 자체이다. 높은 목표가 있기에 돈보다 가치를 선택했다. 엄마 뱃속에서 충분한 영양분과 사랑을 받은 후 새 생명이 태어나듯, 장인의 손에서 산만한 바위가 손톱만한 불후의 명작으로 태어나듯 나는 시간을 들여 나만의 작품을 만들고 있다.

보험 영업사원의 급여는 연봉제도 아니고, 기본급도 없다. 신입사원이 얼마나 계약 체결을 잘 하겠으며, 능수능란하게 고객 유치를 할 수 있을까. 매달 파도치듯 출렁이는 급여를 보며, 나도 모르게 한숨이 터져 나왔다. 당장 그만두고 경험을 살려 다른 회사에 입사를 해도, 지금 급여보다는 안정적으로 더 많이 받을 수 있었다. 그럼에도 내가 선택한 일을 포기하고 싶지 않았다. 고객들에게 도움을 드릴 수 있는 나만의 강점을 알기 때문이다.

나이팅게일 선서를 하며 가슴이 뜨거워졌던 것처럼 보험도 사명감을 가지고 일해야 한다고 느낀 것은 보험 청구를 도와드리면서부터다. 대부분의 고객은 본인의 필요성과는 무관하게 보험설계사가 '이건 정말 꼭 필요하니 해야 한다' 고 권유해서 마지못해 계약을 하거나, 가족이나 친척이 보험설계사가 되어 '짠' 하고 나타나면 계약 하나 해준 상품들을 가지고 있다. 그런 계약들을 몇 건씩 가지고 있는 상태에서 수술이라도 하게 되면, 보험 개수가 많으니 어련히 보험에서 뭔가 받을 수 있을 거라 기대한다. 물론 제대로 가입된 보험이라면 기대할 만하다.

보험금 청구를 위해 고객이 가입한 보험증권을 받아서, 이리저리 증권을 뒤져봐도 기본적인 입원, 수술 등 가입이 안 되어 청구를 못 도와드린 적도 있다.

"다 잘 설계해줬다고 해서 믿고 가입했는데, 받을 게 없다고요?"

"네..." 라는 대답 이외에 내가 드릴 말이 없다.

화재보험으로 맺어진 고객님 이야기이다. 화재보험 청약서에 사인을 받고, 어디 아프신 곳은 없는지 청구 못한 보험금은 있는지 여쭤보았다. 8년 전 계단에서 넘어지면서 양쪽 무릎 인공관절 치환술을 하셨다고 한다. 양쪽 무릎 인공관절 치환술이면 장해율이 60퍼센트라서 후유장해를 청구할 수도 있고, 납입면제도 진행할 수 있어서 보험증권을 보여 달라고 말씀드렸다. 워낙 오래 전에 가입했던 상품이라 증권을 찾을 수 없어, 1주일에 걸쳐 두 군데의 보험사에서 증권을 받으신 후 연락을 주셨다. 8년 전 수술 당시에도 담당설계사나 보험사에 문의한 결과, 아무 것도 받을 게 없다고 했는데 괜한 헛수고를 하는 게 아닌지 내심 나를 못 믿는 눈치셨다.

보험이 두 개나 있는데, 하다못해 입원일당이나 수술보험금이라도 받지 않았다는 것이 이상해서 자꾸 여쭤보니, 아무 것도 받은 게 없어 똑똑히 기억을 하신다고 했다. 보험증권을 확인한 결과 암 진단금만 들어있는 암보험이 두 개였다. 머리에 쥐가 났고, 가슴은 답답하기만 했다. 가입시키기 전에 설계사가 기존에 어떤 보험이 가입되어 있는지 확인하고, 빠진 보장만 준비시켜 드렸으면 좋으련만, 온통 암 진단금 뿐이다.

'이래서 설계사들이 욕을 먹는 거구나.' '허점투성이인 보험을 고객은 10년 동안 해지도 안하고 잘 유지하고 있는 보답이 겨우 이런 거구나.' 싶다. 가입한 보험 개수가 중요한 것이 아니다. 설계사는 빈틈 없이 한쪽으로 쏠리지 않게 균형적으로 보장을 준비해드려야 한다. 보험료가 부담스러우면, 최소한의 담보로라도 특약들은 모두 가입할 수 있도록 해야 하는 것이 내 철칙이다. 설령 내가 가입시켜 드린 보험을 다른 설계사가 보험금 청구를 도와드릴지언정 '특약이 없어서 청구할 수 없어요' 라는 말은 듣게 해드리지 않아야 한다.

고객님께 어떻게든 도움을 드리고 싶다는 생각에 보험증권을 몇 번이나 꼼꼼하게 확인했다. 다행히 암보험 납입면제 사항에 '장해 1~3급일 때' 라는 문구를 찾았다. 보험금 청구는 내가 장해를 입증할 수 있을 때 청구가 가능하며, 고객님은 수술 당시 보험사에서 청구할 게 없다는 답변을 받았기 때문에 시간이 꽤 흐른 상태지만 나는 납입면제를 받을 수 있다고 확신했다. 보험료는 이미 납입 완료되었기에, 소급해서 약 100만 원의 보험료를 지급받을 수 있었다. 고객님을 모시고 신도림에 있는 K사 고객 플라자로 방문했다. 접수직원은 청구권 소멸시효가 지났으니, 일단 서류는 받고 심사를 올려보겠다고 한다. 일주일 정도 답변을 기다려 보고, 보험료 소급반환이 안 된다면 법적 근거 등 사유서를 작성해서 또 한 번 찾아갈 작정이다.

보험 청약 건수에 비해 보험금 청구 건수가 더 많았던 월마감 오후가 되니 힘이 쭉 빠졌다. 실속 없이 왜 보험 청구를 도와 주냐는 말도 많이 듣는다. 보험 청구 할 시간에 한 명이라도 더 만나라고 타박을 주는 사람도 있다. 보험 청구를 도와준다고 고객들이 고맙다고 알아줄 것 같냐며 한 마디 던지는 사람도 있다. 고객이 알아주기를 바라서 하는 일이 아니다. 내 마음이 그렇게 하는 게 맞다고 해서 그 목소리에 따를 뿐이다.

나는 지금처럼 보험금 청구를 계속 도와드릴 작정이다. 꾸준하게 청구를 하다보면 보험사별 상품특성도 금세 파악하게 되고, 증권분석 속도도 빨라지고, 청구에도 요령이 생겨서 많은 시간이 절약될 것이다. 청구에서 얻은 노하우로 고객들의 보장준비를 할 때 어떤 특약이 꼭 필요한지 고객별로 파악해서 제안도 드릴 수 있을 것이다. 하루아침에 될 일은 아니다.

돈에 급급해서는 내 존재의 가치, 일에 대한 본질, 내가 타인에게 어떤 선한 영향력을 행사할 수 있는지 고민할 수 없다. 최근 독서모임에서 꽤 괜찮은 책을 읽었고, 내가 가지고 가야할 모토를 찾았다. 엔젤라 더크워스의 《그릿》에서 '생업, 직업, 천직' 에 대하여 다룬 내용이다.

"세상에서 바로 영향을 미치는 상위 목표를 갖고 있어서 자신이 하는 모든 일을 중요하게 여기는 사람들은 참으로 행운아다. 벽돌공에 관한 다음 우화를 생각해보자. 세 벽돌공에게 물었다. '무엇을 하고 있습니까?' 첫 번째 벽돌공이 대답했다. '벽돌을 쌓고 있습니다.' 두 번째 벽돌공이 대답했다. '교회를 짓고 있습니다.' 마지막으로 세 번째 벽돌공이 이렇게 대답했다. '하느님의 성전을 짓고 있습니다.' 첫 번째 벽돌공은 생업을 갖고 있다. 두 번째 벽돌공은 직업을, 그리고 세 번째 벽돌공은 천직을 갖고 있다. 많은 사람이 세 번째 벽돌공 같기를 원하지만 실제로는 첫 번째나 두 번째 벽돌공과 같다고 인정할 것이다."

"많은 사람들이 천직만 찾으면 된다고 생각합니다. 천직이라는 마법 같은 실체가 존재하고 이를 찾으면 된다고 가정하기 때문에 불안한 경우가 더 많은 것 같아요. 천직은 찾아내기만 하는 완성품이 아닙니다. 훨씬 동적이죠. 관리인이든 최고경영자든 끊임없이 자신이 하는 일이 타인이나 전체 사회와 어떤 연관이 있는지, 자신이 가장 중시하는 가치를 표현할 수 있는지 질문해야 합니다."

나는 이 글을 보는 당신에게 질문해본다.

"당신은 무엇에 가치를 두고 일에 임하고 있습니까?"

천직은 금수저를 물고 태어나듯 하늘에서 뚝 떨어지는 것이 아니고, 끊임없이 내가 만들어 나가야 할 하나의 인생 미션이다. 천직은 나를 위해서가 아니라, 타인지향적인 삶을 살아나갈 때에, 사회에 어떠한 기여를 할 수 있는가를 끊임없이 고민하면서 살아나갈 때에 생긴다는 말을 기억해야 한다.

나는 나의 재능이 보험영업을 하면서 녹아나고 있다고 믿는다. 재능은 기부하는 것이지, 투기하는 것이 아니다. 돈을 보면 사람도 보이지 않고, 진실도 보이지 않는다. 돈 때문에 발을 들인 보험시장에서, 돈보다 더 큰 가치를 발견한 설계사님들과 이 흙길을 꽃길로 만들며 동행하고 싶다.

# 꼭 필요한 사람이 되겠습니다

"하나님은 작은 몽당연필로 좋아하는 것을 그리신다.
나도 보험설계사로 일하는 동안 누군가에게 필요한 도구가 되고,
세상에서 쓰임을 받는 행복한 사람이 되고 싶다."

'알아서 잘 해준다고 해서 가입했는데, 나쁜 사람이구만' 오늘 오전 고객님에게 들었던 속상한 말이다. 내가 속해 있는 M생명보험사는 입사 1년이 되면, 이관 고객님을 배정받을 수 있다. 이관 고객이라 함은, 담당설계사가 회사를 그만두어서 담당자가 없는 고객이다.

새로 배정받은 이관 고객의 서류를 보던 중, 한 고객님의 직장 주소가 내가 현재 근무하는 빌딩 지하인 것을 알았다. 긴가민가 하는 마음에 전화를 해보니, 지하 음식점 사장님이셨다. 야근할 때 몇 번 갔었는데, 이런 우연히 있나 싶어 반가운 마음에 명함과 몇 가지 서류를 들고 잽싸게 지하로 내려갔다.

사장님은 1999년에 보험가입 후 담당자가 많이 변경되었는데 이렇게 찾아온 사람은 처음이라면서, 약간 경계하시는 눈빛이다. 보험설계사가 찾아간다고 하면 대부분 또 보험 하나 가입시키려고 오나 싶어, 마음에 빗장을 채우시고 곁눈으로 보시는 분들이 있기에 나도 고객님들의 표정만 봐도 알 수 있다. 그렇지만 거기에 굴하지 않고 서류를 펼치고 어떤 상품을 가입하셨는지 아냐고 질문을 드렸더니, 뭐가 가입되어 있는지도 모르고 그때 음식점에 몇 번 회식을 왔던 보험설계사가 잘 가입시켜 드릴 테니 하나 가입하라는 몇 차례의 권유에 마지못해 사인을 하셨다고 했다. 의기양양하게 들고 간 서류를 펼치고 설명을 드리려는 순간, 손에서 땀이 났다. 보장내용을 확인하지 않고, 바로 지하로 내려와서 설명을 하려고 보니, 가입내용이 설명 드리기 부끄러운 보장이었다.

계약자는 사장님이고 피보험자는 사모님으로 가입된 종신보험은 재해사망특약, 정기특약, 수입보장특약으로, 사망보장특약 세 개는 납입기간을 짧게 하여 보험료를 올려 수당을 많이 받게 설계한 것으로 누가 봐도 딱 알 수 있었다. 정작 사모님 의료비 보장은 암 진단금과 입원일당만 가입되어 있었고, 혈관진단금(뇌출혈, 급성심근경색)은 커녕 수술특약도 없었다. 오래 전인 1999년도에 설계하신 내가 알지 못하는 대선배이고, 지금은 어디서 뭐하고 계시는지도 모르는 분이지만, 달려가서 따져 묻고 싶었다. 용트림치는 분노의 감정을 고객 앞에서 내비칠 수 없었던 건 내가 속한 보험사의 선배이기 때문이었다. 최대한 중립을 지키며 계속해서 사장님께 보장내용을 설명해 드렸다.

'사망' 이라는 이야기를 처음 들으셨던 사장님은 재수 없으니까 그런 이야기는 하지 말고, 다른 보장은 뭐가 있는지만 알려 달라고 하셨다. 설명을 드리고 나니 무려 17년이나 유지하고 있는 보험을 해지해야 할지 고민이 되고 설계사에게도 서운하다고 하셨다. 나머지 특약 중 암 진단금이 소액 있는데 예전 보험이라서 갑상선도 일반암으로 보장이 된다고 설명을 드렸더니 눈을 크게 뜨시면서 그게 정말이냐고 대답하셨다. 이유인즉슨 사모님이 오래 전에 갑상선암을 진단받으셨는데, 보험 청구를 하지 않으셨던 거다. 진단서 확인 후 보험금 청구를 도와드리기로 하고 사무실로 올라오는데 발걸음이 한없이 무거웠다.

고객들이 청약서에 사인하는 이유는 딱 하나이다. 보험설계사가 설명하는 내용을 다 이해해서? 나한테 정말 필요하다고 절실하게 느껴서? 이 보험 상품이 최고라고 생각해서? 아니다. 그 상품을 제안하는 설계사를 믿는 것이 첫 번째이고, 고객에게 정말 필요하다고 제안하는 설계사의 마음이 전해지기 때문에 고객도 마음을 열고 손을 움직여 사인을 하는 것이라고 나는 생각한다. 상품은 진짜 좋은데, 설계사가 별로라면 나라도 계약하지 않을 것이다.

내 성격도 참 모났다. 사무실에 올라와 얼굴도 모르는, 그 선배설계사가 미워서 속이 부글부글 끓고 짜증이 났다. 아무리 식당 사장님한테 받는 계약이라고 하지만, 기본적인 특약은 가입시켜야 하지 않을까? 팔짱을 끼고 한숨을 쉬고 있자니, 내 모습도 좋아보이지는 않았다. 과거를 되돌릴 수는 없는 일이다. 이번 일을 계기로, 나부터 제대로 일해야겠다는 마음가짐을 챙긴다. 남을 흉볼 필요가 전혀 없다.

"서연 씨, 위내시경하려고 병원 가는데 실손에서 돈 나와요?"

"이사님, 안녕하세요! 건강검진에서 하는 위내시경 검사는 보험처리가 안 되구요. 속이 안 좋아서 의사가 치료에 필요해서 검사하는 위내시경은 보험 적용받으실 수 있어요."

"아, 그렇군요. 실손은 우체국에 있는데. 이제는 보험하면 서연 씨가 생각나서 물어봤어요."

"정말이요? 제가 이사님께 그런 존재가 되었다니 감사합니다. 우체국 실손보험도 제가 청구 도와드릴게요. 병원 가실 때 연락주세요."

"저... 서연 씨, 혹시 다음 주 목요일 오전에 시간 되세요?"

"그날 제가 광주 출장을 가는데, 무슨 일 있으세요?"

"사실은... 수면내시경을 예약해 놨는데 보호자가 있어야 한다고 하더라구요. 주변사람들은 다 직장인이니까 같이 가자고 말하기 그래서요. 서연 씨 시간되면 같이 갈 수 있을까 해서요."

"광주출장에 이미 고객님들 약속이 잡혀있어서 변경이 힘들 것 같은데 어떻게 하죠? 수면내시경 날짜를 변경하실 수 있을까요?"

"대학병원에서 몇 달 전에 예약해서 변경이 어려워요."

결국 고객님은 수면내시경에서 일반내시경으로 변경하셔서 혼자 검사를 하고 오셨다. 광주 출장도중 검사 잘 하셨는지 걱정되어 연락을 드렸다.

"앞으로는 절대 일반내시경은 안 할래요. 역겨워서 죽다 살아났어요."

"고생하셨어요. 내년에는 제가 꼭 같이 가 드릴게요. 대신 검사날짜만 미리 알려 주세요."

'보험' 하면 나란 사람이 먼저 떠오르고, 병원에 같이 갈 사람으로 나를 생각해주셨다는 것 자체만으로 감사했다. '병원에 가면서 최서연 설계사한테 연락해야지' 이게 바로 내가 한 달에 한두 번씩 고객님들께 문자를 보낸 세뇌의 결과이다. 약 250건의 문자를 보내면서, 고객님들께 답장을 바란 적은 없다. 단지 내가 한 달을 어떻게 시작하고 마무리 지었는지, 현재 어떤 공부를 하고 있는지 시시콜콜한 이야기를 보낸다. 그럼에도 한 번도 빼지 않고 보내는 내용은 병원에 가면 언제든 나한테 연락을 해달라는 반복적인 메시지이다. 그렇게 나는 고객님들의 무의식 속에 '나' 라는 사람을 각인시키고 있다.

오후 1시 역삼역에서 보험세법 교육이 끝나자마자, 추운지도 모르고 양쪽에 가방을 들고 740번 버스를 타기위해 7센티 구두를 신고 정류장을 향해 달려갔다. 오랫동안 둘째를 준비하셨던 여성 고객님의 태아보험 상담을 위해서 찾아뵙기로 되어있었다. 교육이 평상시보다 30분이나 늦게 끝나서 점심을 포기하고 한 시간 동안 태아보험 보장에 대해서 설명을 드리는데, 입에서는 단내가 났고 꼬르륵 소리는 삼중창 중이었다. 드디어 가입해야 할 담보가 정해지고, 다시 서류를 준비하여 다음 주에 다시 찾아뵙기로 인사드리고 대문을 나섰다. 빨리 나가서 점심 먹을 생각에 발걸음을 재촉하는데, 고객님의 한 마디가 나를 배부르게 했다.

"솔직히 이런 태아보험은 남자 설계사 분들한테는 가입하기 그랬거든요. 서연 씨라서 다행이에요. 우리 아이 꺼 잘 설계 부탁드려요."

"걱정 붙들어 매세요! 제가 보험청구까지 도와드려야 하는데, 그때 제가 제 허벅지 찌르면서 그때 왜 안 넣었지...라고 후회하지 않게 저를 위해서라도 보장 잘 준비해드릴게요."

'하나님의 연필, 그것이 바로 나다. 하나님은 작은 몽당연필로 좋아하는 것을 그리신다. 하나님은 우리가 아무리 불완전한 도구일지라도, 그것으로 너무나 아름다운 그림을 그리신다.' 라고 마더 테레사 수녀는 이야기했다.

오늘 나는 이관 고객님이신 음식점 사장님과 태아보험을 준비 중이신 여성 고객님께 꼭 필요한 사람이었겠지? 어떤 분에게는 같이 병원에 가주는 것, 어떤 분에게는 여태 몰랐던 보장에 대해서 설명해주는 것, 어떤 분에게는 소중한 태아의 보험을 맡기는 것이 내가 보험설계사로 일하는 동안 필요한 사람으로 쓰임 받는 거라고 생각한다. 작은 몽당연필과 같은 나도 세상에서 쓰임을 받고, 누군가에게 도움을 주는 사람이 될 수 있다니 얼마나 행복한 삶인가.

# 영업은 구걸이 아니다

"보험은 눈에 보이지 않는 무형의 존재이면서
고객에게 언젠가는 꼭 필요한 유형의 기회비용이다. 그것을 포기하지 않도록
지켜주는 것은 보험설계사의 몫이다."

"내가 하나 도와줘야 하는데, 요즘 형편이 안 좋아. 미안해서 어쩌지?"

보험업계에서는 하루에 세 명을 만나면 무조건 성공한다는 이야기가 있다. 명함 한 장 드리며 내가 왜 보험영업을 시작했는지 이야기할 시간을 갖고 싶어서 전 직장 동료, 친구, 지인들을 찾아뵈었다. 단지 나는 간호사 최서연, 의료심사 최서연이 아닌, 보험설계사 최서연이 되어 어떤 각오로 일을 할 것인지에 대해서 말하고 싶었다.

이미 여러 경로를 통해 내가 영업을 시작했다는 사실을 안 분들은 내 입에서 보험이라는 말이 나오기도 전부터 "가족 중에 보험 안하는 사람이 어디 있어? 우리도 친척 한 명이 설계사인데, 거기다가 다 말기고 넣었어. 버는 것 대비 보험료가 너무 많이 빠져나가는 것 같아서 해지해야 하나 고민이야. 보험 타먹지도 못하고 돈만 넣고 있어서 필요도 없는 것 같고 말이지. 내가 조금이라도 여유가 있으면, 보험 하나 넣어주는데… 요새 돈 들어갈 곳이 많아서 아르바이트라도 뛰어야 할 판이야. 다음에 여유 되면 하나 넣어줄게." 라고 하신다. 그 분들의 심정도 이해는 한다. 잘 다니던 직장을 나와서 보험설계사한다고 찾아왔으니 당연히 뭐 하나라도 가입해달라고 하실 줄 알고 먼저 거절처리를 하신 것이다.

이 글을 보시는 분들에게 부탁을 드린다. 평상시 알고 지내던 사람이, 보험을 시작했다며 얼굴 한번 보자고 하면 기분 좋게 만나주셨으면 좋겠다. 만남의 목적은 왜 그 사람이 영업을 시작하게 되었는지에 대해서 귀 기울여 들어주고, 잘 되도록 어깨 두들겨 주고, '너라면 정말 잘 할 수 있을 거야' 라고 말 해주는 것만으로 충분하다. 신입사원 교육 때 처음 고객을 만나는 목적은 상품에 대한 제안이 아니라고 배웠다. 내가 보험설계사가 된 이유, 내가 몸담게 된 회사 소개가 우선이다. 상대방이 이 정도에 거부감이 없다면, 보험의 중요성에 대해서 말하고, 내가 어떻게 도와드릴 수 있는지 설명까지 한다. 그게 전부이다. 그리고 거기서부터 시작이다.

"그래, 지금은 딱히 들 보험이 없지만 4개월 뒤에 자동차보험 갱신할 때 연락 해야겠다."

"아! 만 15세가 넘으면 성인보험 가입 가능하다고 했으니. 내년에 우리 딸 생일 지나면 한번 상담해봐야겠다."

"여름휴가로 동남아 갈 때 여행자보험이라도 할까?"

당장 가입은 못하더라도 고객은 언젠가 본인이 가입해야 할 것들이 있으면 연락하겠다고 생각한다. 지인을 많이 만나도 계약이 안 나온다고 3개월 만에 그만둬버리면, 고객은 '역시 그렇지 뭐. 보험 한다고 온 사람치고 몇 개월 버티는 사람 못 봤어. 그때 뭐라도 하나 들었으면 큰일 날 뻔했네. 휴~' 하고 가슴을 쓸어내릴 것이다.

이제부터는 시간 싸움이다. 고객들에게는 마치 영업에서 뼈를 묻을 것처럼 침 튀기며 이야기하고, 불과 3개월, 6개월, 1년 만에 회사를 그만둬 버리면 어떻게 될까? 시간은 고객과 내가 같이 길게 가져가야 할 공통분모이다. 여름휴가철 해외여행자보험, 일 년마다 새로 가입해야 하는 자동차보험으로 먼저 내 고객으로 만들 수도 있다. 주변 사람이 갑작스런 질병으로 투병을 하거나 사망하는 사건이 발생하면 본인보험을 먼저 들춰보고, 부족한 것은 없는지 확인하고 싶어지는 순간이 올 때 나에게 연락을 할 것이다. 간절히 바라던 아이를 임신했을 때,

인생의 새로운 출발을 준비하는 시기는 누구에게든 찾아온다. 그럴 때 마침, 최서연이 보험 한다고 했었지? 지금도 일 하려나? 설마? 그래도 한번 연락이나 해볼까? 고객은 그렇게 생각한다.

"서연아, 혹시 지금도 보험 하니?"
"네, 그럼요. 뭐 필요한 거 있으세요?"
그럼 게임 끝이다.

가족 중에 보험 하는 사람에게 다 맡겼더라도 내 암 진단금이 얼마이고 입원일당은 질병, 상해일 때 얼마를 받는지 등 종합적인 보장분석은 받아보셨는지 궁금하다. 보험회사에게 충실히 보험료만 납부하면서 보험 이야기만 나오면 머리 아프다는 핑계로 보장분석도 안 받으시는 분들이 있다.

'알아서 잘 해줬겠지. 보험이 몇 개인데…' 이렇게 생각하다가 큰 코 다친다. '보험가입 개수=보장확신' 의 공식은 잘못이다. 보장분석 결과를 설명하면, 돌아오는 말은 100퍼센트 언제나 똑같다.

"믿고 맡겼고, 잘 해준다고 하더니 이렇게 가입된 거에요? 나는 아무 것도 몰랐어요. 그냥 하란대로만 했어요." 열 개의 보험보다 잘 가입한 한두 개의 보험을 가지고 있는 것이 백배 낫다.

몇 년 전 엄청난 강풍을 동반한 태풍으로 여기저기 창문이 깨지는 사태가 발생했었다. 뉴스에서는 창문에 테이프를 ×자로 붙이면 깨지는 것을 방지할 수 있다고 보도했다. 동네마다 창문 여기저기에 붙여졌던 ×표시의 녹색테이프들은 아직도 기억에 선하다. 테이프를 붙여서인지, 태풍이 약했던지 창문은 다행히 깨지지 않았다. 그렇다고 해서 문방구로 가서 테이프 값을 환불해달라고 하였던가? 뉴스 보도국에 민원을 넣었던가?

테이프 구입비용과 마찬가지로 보험료는 기회비용이다. 어떤 책에서 봤던 내용이다. 한 여성이 신변의 위험성을 느껴 한 달에 200만 원을 주고 보디가드를 채용했다. 보디가드를 옆에 두니 마음도 든든하고, 긴장감이 풀리며 삶이 편안해졌다. 보디가드를 채용하고 한 달, 두 달이 지나도 내 신변에 아무런 해가 없어지자 슬슬 매달 지불하는 200만 원이 아까워지기 시작했다. 그가 없어도 될 것 같았다. 그렇다고 그에게 지난 몇 달간의 급여를 돌려달라고 할 수 있는가? 아니, 그럴 수는 없다. 보디가드는 그동안 고용인 옆에서 수시로 사방에서 어떤 위협적인 사태가 나타날지를 대비하며 촉각을 곤두세우면서 지키고 있었기 때문이다. 계속되는 평온한 삶에서 한 번의 테러가 발생하면 우리의 삶은 일순간에 무너지기 때문에, 그 한 번의 테러를 평상시에 대비해놓는 것이다.

보험은 눈에 보이지 않는 무형의 존재이다. 무형의 것을 유형으로 만드는 것은 보험설계사의 몫이고, 그 과정에 고객이 기회비용을 포기하지 않도록 끝까지 옆에서 지켜주는 것도 보험설계사의 몫이다. 그러기에 영업은 구걸도 아니고, 구걸이 될 수 없다.

# 보험의 가치를 나누겠습니다

"아플 때 가족들에게 짐을 지우지 않기 위해서도
보험은 필요하다고 생각한다. 보험은 서로를 위한 것이고, 그 바탕은 사랑이다.
보험의 본질, 가치를 말하는 것이다."

'보험의 가치'라는 단어가 너무나 식상하다. 식상하다는 뜻은 그만큼 많이 들어봤고 해 본 말이기 때문이다. 보험이 대체 뭔가? 한국민족문화대백과사전에 의하면 '우발적인 사고로 인한 손실에 대비하거나 경제적 필요를 충족시키기 위하여 다수의 경제 주체가 미리 공동기금을 구성하여 두고, 재난을 당했을 때 이를 지급함으로써 개개 피해자의 부담을 덜어주는 상호부조 성격의 경제제도'라고 길고도 다소 어려운 말로 기록되었다. 다시 말하면, 현재 나는 건강하지만 언젠가 아플 것에 대비해서 여러 사람들과 돈을 모아놓는다. 그 중에 한명이 먼저 아프면 치료비로 쓸 돈을 주고, 사망하면 그 가족들에게 생활비로 쓰도록 하는 것이다.

"만인은 일인을 위해, 일인은 만인을 위해"

경제가 어려워질수록 첫 번째 하는 일이 '보험해지'라고 한다. 병원 문 앞에 가본 적도 없는데 무슨 보험이냐, 저축이나 하겠다는 분도 있다. 여태까지 아픈 적이 없어서, 앞으로도 아플 일이 없을 거라고 단정 지을 수 있을까. 보험은 내가 건강할 때 모아놓은 돈을 축내지 않고, 치료에 전념할 수 있도록 도와주는 최전선의 방어막이다. 자녀들의 교육을 위해 차곡차곡 모아놓았던 돈이, 내 몸을 위한 치료비로 쓰이기를 바라는 부모가 있을까.

"저는 보장성보험은 필요 없고 치료비에 쓰게 저축이나 할래요." 치료비로 쓰기 위해 대체 한 달에 얼마를 저축할 수 있을까? 10만 원씩 10년을 저축하면 1200만 원, 20만 원은 2400만 원이다. 의료비에 쓰기도 충분한 금액이 아니라면 당연히 매달 납입하는 저축액을 늘려야 한다. 또한 보장성보험은 오늘 가입하고 6개월 뒤에 암 진단을 받아도 몇 천만 원의 보험금을 지급하지만, 저축은 6개월 동안 해봤자 20만 원 기준으로 120만 원이다. 암 진단금 받으면 납입면제(보장은 그대로 유지되고 보험료는 더 이상 내지 않아도 되는 기능)를 받을 수도 있다. 20만 원씩 2400만 원을 기특하게 모았어도, 비급여 암치료비와 요양기간동안 월급이 나오지 않는 상태에서 생활비로 쓰기에는 턱없이 부족하다.

보험은 의료비 보장에 중점을 둔 보장성보험과 목돈 마련을 위한 저축보험, 내 노후를 위한 연금보험으로 각 성격에 맞게 가입을 해야 한다. 신입사원 교육 중 한 강사님의 이야기가 기억에 남는다. 그 분은 고객을 만나면 보험의 유래에 대해서 먼저 이야기한다고 한다. (그 분처럼 조리 있고 감동 있게 멋진 목소리로 이야기는 못하겠지만, 골자는 이러하다.)

"고객님, 보험의 유래를 알고 계시나요?"

"유래요? 보험에도 유래가 있나요. 모르겠는데요."

"보험이 어떻게 탄생하게 됐는지 잘 들어보세요. 농사만 짓던 농경사회에서 점점 산업화가 이루어지는 시점에서부터 시작됩니다. 농경사회에서는 부모, 자녀 모두가 힘을 합해서 일을 하던 것이, 산업사회로 접어들면서 돈을 찾아 나서게 되면서, 가족들에게 보다 풍족한 삶을 누리게 해주기 위해 한 집안의 가장들이 도시로 몰려들기 시작하죠. 단순한 기구로 농사만 짓던 사람들이 거대한 기계들 틈에서 일하다 보니 익숙지 않아 다치기도 하고, 과도한 작업량으로 죽기도 합니다. 아빠를 잃은 한 집안의 경제는 이제 엄마가 맡아야 합니다. 농사일만 지어봤던 여성들도 일거리를 찾아 도시로 떠납니다. 여성들이 할 수 있는 일이 얼마나 될까요? 수중에 돈을 한 푼이라도 만져야 고향에 있는 아이들의 끼니를 챙길 수 있기에 불쌍한 여성들은 매춘으로 하루하루를 살아갑니다. 그러다가 병을 얻어 고향에 돌아와 죽습니다.

한 지역의 목사님이 근심에 쌓였습니다. 매주 주일마다 가족들이 예배를 드리러 왔던 모습에서 시간이 지날수록 엄마와 아이들만 나오기 시작하더니 이제는 아이들도 나오지 않게 된 것입니다. 목사님은 무슨 일인지 싶어 아이들의 집을 찾아 나섭니다. 돈을 벌기 위해 아빠가 도시로 가서 일하다 죽고, 엄마도 없는 아이들은 배고픔에 굶주려 교회에 갈 힘조차 없었던 거죠. 이 불쌍한 아이들을 도와줄 방법이 무엇인지 기도하고, 마을 주민들을 교회로 불러들입니다. '당신들의 자녀도 이렇게 홀로 남겨질 수 있습니다. 우리의 자녀들을 위해 지금부터 십시일반으로 돈을 모아서, 큰 일이 생기면 아이들이 길에 내몰리지 않고 여러분들이 아이들 곁에 있을 때와 마찬가지로 제대로 먹고 공부할 수 있도록 합시다.' 이렇게 목사님의 뜻에 따라 마을주민들이 돈을 모으기 시작하면서, 보험이라는 것이 시작된 거죠."

보험은 '가족사랑' 이라는 말이 여기에서 나왔나보다.

지난 주 금요일 60대 후반 남성분께 보장 준비를 위해 과거병력을 여쭤보기 위해 전화를 드렸다. 아드님께서 아버님 암보험이 없으신 것 같다며 설계를 부탁하셨던 것이다.

"아버님, 고혈압이나 당뇨 있으세요? 현재 약 드시거나 수술하신 적은요?"

“나는 병원 근처에도 안 가봤어. 보험? 그거 뭐하게? 필요 없어. 난 병 걸리면 그냥 조용히 있다가 죽을 거야.”

“아버님, 요새 의료기술이 얼마나 좋아졌는데, 치료 잘 받으셔서 오래오래 사셔야죠. 치료 안 하고 어디 조용한 곳에 가서 사신다면, 자녀분들 심정은 어떻겠어요?”

“필요 없다고! 나 귀찮게 하지 말고 이만 끊읍시다.” 뚜뚜뚜…

본인의 자녀가 아프면, 전 재산을 팔아서라도 치료비로 쓰실 거면서, 왜 ‘보험’ 이라는 단어만 들으면 그렇게도 화를 내시는 걸까. 어떻게 아버님의 마음을 돌릴 수 있을까. 아버님이 아프면 어느 자녀라도 가장 유명하다는 병원으로 모시고 가고 싶을 것이다. 아버님의 보험에 대한 오해와 거부감을 어떻게 풀어드릴 수 있을까. 내가 그것을 풀어드려야 하는데, 어렵기만 하다.

팔순이 얼마 안 남은 엄마는 딸 다섯을 다 키우고 난 지금도 나이 먹은 딸들 뒷바라지 하느라 아플 틈도 없으시다. 다행히 한 번도 큰 수술도 입원도 안하셨다. 엄마는 가끔 “나도 가입할 수 있는 보험이 있냐?” 라고 물어보셨고, 부끄럽게도 나는 알아보지도 않고, 나이가 많으시니 당연히 가입할 수 있는 보험이 없을 거라 판단했다. 100세 시대에 고령자가 가입 가능한 보험이 점점 생겨나는 추세인지라, 여기저기 알아보다가 딱 한 군데 가입이 가능한 곳이 있어서 암 진단금 1000만 원이라도 준비하기로 했다. 이모 중 한 분이 80세가 넘어 대장암에 걸리셨고 오랜 기간 투병하시다가 돌아가셨다. 딸이 보험사에 다니면서 엄마 보험하나 제대로 준비 못했다는 죄책감이 들까봐, 나를 위한 보험이라고 불러도 무방한 엄마의 보험가입이 필요했다. 나에 대한 면죄부이다. 맛있는 음식점에 가면 항상 '이건 얼마냐, 집에서 해먹으면 돈이 절반도 안 드는데 이게 뭐 좋다고 밖에서 사먹느냐.' 고 타박을 주셨던 엄마였다. 그래서 이번에도 보험을 안 든다고 손사래부터 치실까봐 어떻게 이야기해야 하나 고민하다가 일단 엄마에게 전화를 했다.

"엄마, 보험이 많이 좋아져서 엄마가 넣을 수 있는 보험도 있다네. 많은 금액은 아니어도 가입해놓으면 좋을 것 같아서, 내가 용돈으로 보험료 매달 넣어드릴 테니까 보험료 걱정은 하지 마세요. 이모도 나이 드셔서 암 걸리고, 엄마도 혹시 모르잖아."

엄마가 말할 틈도 주지 않고 쏟아 부었다. 내 똥고집은 엄마에게 물려받은 거라서, 엄마가 한번 싫다고 하면 그걸로 끝인데, 엄마의 대답이 궁금했다. "내가 넣을 수 있는 보험이 있냐? 암? 그래 하나 넣어라." 엄마도 이모가 대장암으로 꽤 오랫동안 고생하셨던 걸 기억하셨던 걸까. 그렇게 엄마는 80세가 다 되어서야 제대로 된 보험 하나를 가지기 위해 거친 손으로 청약서에 사인을 했다.

'암 진단금 1000만 원으로 뭘 해? 그 돈이면 차라리 저축을 하겠다.' 라고 생각하신다면 잠깐 수치로 따져볼 만하다. 암 진단금 1000만 원의 보험료는 2만 5000원이다. 암 면책기간 90일만 지나면 언제든 진단금 1000만 원을 받는다. 오늘 저축을 해도 2만 5000원은 병원 차비 수준이다. 2만 5000원씩 33년을 저축해야 990만 원이다. 1000만 원이 싫으면 2000만 원, 3000만 원 준비하셔도 된다. 일단 시작부터 하고 볼 일이다. 그리고 내 가족을 위한 일이다.

내가 아프면서도 가족들이 치료비를 어떻게 마련할지 걱정되어서 치료를 포기할 것인가, 아니면 제대로 치료받고 가족들을 위해 더 열심히 살 것인가. 치료에 전념하기 위해 보험이 필요한 것이고, 가족들에게 그 짐을 지우지 않기 위해서도 보험이 필요하다고 나는 생각한다. 서로를 위한 보험이고, 그 바탕은 사랑이다. 보험의 본질, 가치를 말하는 것이다.

메이디 파카자데이의 《메이디의 50년 세일즈 인생 이야기》에 '왜' 라는 내용을 다룬 구절이 있다.

"고객이 사고 싶지 않다고 말할 경우에도 이것을 그대로 받아들이

지 마라. '왜 안 사시나요?' 라는 단순한 질문이 종종 고객의 진짜 거절 이유를 찾아내도록 도와준다. '왜' 라는 짧은 말은 비장의 카드다. 고객이 왜 그런 생각을 하는지, 그리고 왜 구매하지 않는지 물어보라. '왜' 는 기분 나쁘지 않으면서 끈기 있는 단어이다. '왜' 라는 질문은 고객이 문제를 다시 바라보게 함으로써 거절의 이유를 스스로 없애도록 한다."

"왜 당신은 보험이 싫으신가요? 당신 마음 속의 두려움은 무엇인가요?"

이 질문 하나 남겨놓는다.

# 나는 마라톤 중이다

"나는 지금 보험설계라는 마라톤 코스를 달리고 있다.
고객과 나의 마라톤 중에 멈춤은 있을 수 없다.
제자리에서 뛰더라도 땀방울을 흘리며 오늘을 이겨내겠다."

끝없이 이어지는 길, 뛰어도 제자리인 것만 같다. 목까지 숨은 차오르고 이대로 가면 얼마 못가 심장이 터져 죽을 수도 있겠다는 공포심에 마라톤을 그만두고 싶어진다. 이 길이 언제까지 이어지나, 끝은 있나 싶을 즈음 앞서 뛴 사람들은 관중들의 환호 속에 결승선을 통과하고 있다. 나도 과연 결승선을 통과할 수 있을까. 그러기 위해서는 또 한 발을 내딛어 걷거나 뛰어야만 한다.

보험은 나 스스로의 멘탈 싸움이다. 싸우는 대상은 '나' 다. 이기고 지는 것은 오로지 나에게 달려있다. 시작할 땐 42.195km는 거뜬하다고, 속도를 올려 미친 듯 뛰다보면 초반에 지쳐 완주를 하지 못한다. 마라톤의 목표는 오로지 하나! 내 페이스를 유지하며 끝까지 달려내는 것이다. 영업은 직장생활처럼 상사가 시키는 일만 하는 정형화된 일이 아니다. 나는 주 단위로 스케줄을 작성한다. 지난주 제안했던 분 중에서 청약이 가능한 분은 누구인지, 이번 주에는 새로운 누구를 만나 보험의 가치를 이야기할지, 나를 위한 투자로 어떤 교육을 들을지 등등 내가 로드매니저이자 연예인이 되어 활동을 한다. 어느 누구도 스케줄을 짜주지 않는다. 면담이 급작스럽게 취소라도 되면, 바로 만날 수 있는 다른 고객께 연락도 해야 하고, 수시로 들어오는 보험 상담에도 응대해야 한다. 어느 것 하나, 누가 시켜서 할 수만은 없는 일이다.

내 목표는 42.195km의 마라톤 완주이다. 순위권에 입상하여 금은동 상이라도 받으면 좋겠지만, 지금은 나만의 근육을 단련시킬 단계이다. 내 인생의 첫 마라톤 1차는 한 걸음씩 앞으로 나가 완주를 하는 것, 더 잘 뛸 수 있는 폐활량과 다리근육으로 2차 마라톤에 도전하는 것, 3차 마라톤은 2차보다 1초라도 더 빨리 들어가는 것이다.

나는 막 걸음마를 땐 갓난아이의 아장거림으로 넘어질 듯 뒤뚱거리며 겨우 한 발씩 떼어 머나먼 길을 걸어가고 있다. 아무리 소신, 열정, 확신이 있다고 하나, 당연히 5년, 10년 이상 일을 하고 계시는 선배들에 비하면 전달력, 표현력, 지식의 폭과 깊이가 낮을 수밖에 없다. 내 부족함에 화도 나고, 왜 이것밖에 되지 않는지 속상해서 운 적도 있다.

모든 것은 시간과의 싸움이며, 내가 포기하지 않고 달려내야만 완성품이 탄생한다는 것을 알기에 오늘도 나는 운동화 끈을 단단히 묶고 길에 나설 준비를 한다.

마라톤의 또 다른 측면이다. 블로그를 보고 문자를 주셨던 여성 고객님의 첫 문자이다. "실비보험 문의 때문에 연락드렸어요. 편하실 때 연락주세요." 2016년 9월 말에 온 메시지다. 이제부터 고객님과의 1차 마라톤이 시작되었다. 통화를 해보니 성격 활발하고, 시원하게 말씀을 잘 하시는 여성 고객님이셨다. 손해보험과 생명보험 각각의 장단점에 대해 설명을 드리고, 두 개를 같이 준비하셨으면 좋겠다고 제안을 했다. 실손보험에 비해 생명보험은 보험료가 비싸서 일단 실손보험만 먼저 준비를 하기로 했다. 2016년 10월 초에 실손보험을 먼저 가입하고, 10월 중순에 생명보험까지 보장을 추가하였다. 여기까지가 1차 마라톤 완주이다.

고객님과 나는 서로 앞서거니 뒤서거니 하였지만, 결국 손잡고 결승선에 같이 도착했다. 우리는 이제 2차 마라톤 중이다. 고객님이 20년 이상 유지해야 하는 보험 상품을 어느 순간 해지하려고 할 때, 나는 보험을 유지하시도록 고객님을 끝까지 서포트해야 할 의무가 있다. 실손보험을 가입한 지 얼마 안 되어 배가 아프셔서 병원에 다녀오신 후 보험금 청구를 도와드렸다. 아프셨던 것은 마음이 쓰였지만, 보험의 혜택을 최대한 빨리 받아볼수록 해지할 확률은 줄어들기에, 조금 안심이 되었다.

2016년 7월 말 B고객님과 전화 상담을 했다. 누나 친구들 중 보험설계사가 많아서 대충 넣어줬는데, 결혼하고 나서 와이프가 보험이 마음에 안 든다며 다 해지시켰다고 한다. 세 쌍둥이 예비아빠로 아이들이 태어나기 전에 종신보험을 가입하고 싶다고 해서, 평택에서 두 번, 영등포에서 한 번 상담을 진행했다. 그 사이 제안서 수정은 수도 없이 했고, 이야기할 때마다 원하는 상품도 달라져 당황스러웠다. 아이들이 곧 태어나니 8월에는 마무리 짓기로 했고, 8월이 넘으니 추석 전에 마무리 짓기로 하면서 수없이 많은 설계를 하고 제안서를 만들고 나니 나도 조금씩 지쳐갔다. 이번 마라톤은 길어지는구나 싶었다.

B고객님은 보험 용어에 대해서도 깊이 있게 이야기를 해서 조금 이상하다 느꼈지만, 본인이 보험공부도 해봤고, 어렸을 적부터 워낙 누나 친구들한테 많은 이야기를 들어서 잘 안다고 했다. 그러다가 추석이 지나니 또 연락이 뜸해졌다. 고객의 결정만이 남아있는 단계여서, 가입 여부에 대해 이야기해달라고 문자를 남겼다. 결론 없이 길어지는 것만큼 체력소모, 정신적 스트레스가 심한 것도 없기에 이럴 때는 단도직입적으로 물어본다. 고객님은 아이들이 태어났는데 세 쌍둥이 중

한 아이가 몸이 안 좋아 수술을 해야 해서 정신이 없었다고 한다.

그 말을 들으니 재촉했던 내가 민망스럽게 느껴져 위로의 말씀을 전하고 다시 연락을 하기로 했다. 그러기를 몇 차례 반복해보니, 인연이 되지 않을 것 같은 감이 와서 가지고 있던 제안서를 모두 파기했다. 고객님과 인연이 되지 못한 점도 아쉽고, 그 분들의 가족들의 건강도 걱정되었다. B고객님과 마라톤은 완주를 하지 못했다. 보장을 전달하는 내 부족함이 문제였을까? 앞으로 온라인 상담할 때는 이번 경험을 바탕으로 다른 방법을 시도해볼까? 등등 여러 생각을 하고 있을 즈음 이상한 소문을 들었다.

9월 무렵이었다. 그 분과 상담했던 블로그 내용과 사진을 보고, 다른 회사 여성설계사님이 자신도 '당했다' 면서 안부 글을 남기셨다. 내가 당했던 피해는 없다고 느꼈기에 그런가보다 하고 넘어갔다. 고객님과의 상담을 위해서는 직접 얼굴을 보고 이야기하는 것이 당연하기 때문에 평택을 갔고, 모든 상담이 계약으로 이루어지는 것은 아니기 때문에 그럴 수 있다고 여겼다. 그리고 고객님도 본인의 계약을 위해서라면 여러 보험설계사에게 상담을 받아보고 신중한 결정을 하는 것도 좋다고 생각했다.

B고객님이 30대 중반의 여성 설계사들만을 상대로 계약을 할 것처

럼 상담을 수도 없이 해왔고, '당했다' 는 설계사들이 꽤 많다는 것을 11월 중순에 또 알게 되었다. 어떤 여성 설계사님은 그 분과 대화했던 내용을 공개하면서, 다른 여성 설계사들이 당하지 않기를 바란다고 하셨다.

B고객님은 와이프가 세 쌍둥이 임신으로 무척 예민하다며 본인도 힘들다고 했고, 나는 그 때마다 진심으로 위로해주고, 아이들이 무사히 태어나길 기도했다. B고객님만이 아는 이 모든 이야기의 진실이 궁금하다. 고객님이 놓아버린 나의 손. 우리의 마라톤 경주는 이렇게 끝나버렸다.

마라톤을 잘 할 수 있는 팁이 있을까? 갑작스런 운동에 심장에 무리가 가지 않도록 준비운동을 철저히 해야 한다. 1년 365일 차만 타고 다니던 사람은 매일 걷거나 뛰며 다리 근육을 튼튼하게 만들어야 한다. 담배도 끊고 폐활량을 늘려야 한다. 어느 구간에서 어느 정도의 속도로 뛰어야 하는지, 언제 속도를 올려서 앞으로 치고 나가야 하는지 알아야 한다. 지치지 않고 끝까지 뛸 수 있게 도와줄 페이스메이커도 있어야 한다. 뛰기 위해서는 일단 발걸음을 떼어야 한다. 목마르면 중간에 잠시 음료수로 입을 적시는 쉼도 필요하다.

이나모리 가즈오의 《왜 일하는가》에 나오는 내용 일부이다.

"왜 일하냐는 질문에 대부분의 사람들은 '먹고 살기 위해서' 라고 당연하게 이야기한다. 초등학교 졸업 이후부터 칠십 살이 넘을 때까지 60년 가까이 궁궐 도편수로 살아온 그에게 한 가지 일만 해오면서 힘들고 고통스러운 순간이 왜 없었겠는가. 아무리 뛰어난 컴퓨터 기술과 정밀한 기계조차도 그의 대패질 솜씨 하나를 따라잡지 못한다. 천년을 버텨온 고목처럼 무수한 고난을 이겨내며 자기 일에 최선을 다하는 사람, 풍성한 삶을 일구고 훌륭한 인격을 키워낸 사람. 그의 말 한 마디 한 마디는 그의 인생과 마음가짐을 그대로 보여주었다. '도대체 무엇을 위해 일하는가?' 궁금하다면 이것만은 명심해주기 바란다. 지금 당신이 일하는 것은 스스로를 단련하고, 마음을 갈고 닦으며, 삶의 중요한 가치를 발견하기 위한 가장 중요한 행위라는 것을."

하나의 일을 하더라도 미래를 내다보고 제대로 일하는 사람이 되어야 한다. 그리고 막연한 미래에 대응하는 방법은 오늘 하루 또 한 걸음 그저 앞으로 걸어 나가기만 하면 된다. 고객과 나의 마라톤, 나 자신과의 마라톤! 3년까지는 일을 배우는 단계로 생각하고, 배움에 게을리 하지 말고 미래를 디자인해 나갈 것이다.

내 마라톤에는 보험금 청구, 약관 공부, SNS 상담 등 코스가 다양하다. 최근 2주 정도 너무 속력을 내었는지, 방전되어 영 기운이 나질 않는다. 그래도 약속된 고객을 만나고, 보험금 청구를 도와드리고, 교육을 들으러 갔다. 사무실에서 앉아있기 답답할 때는 서류더미를 들고 카페에 가서 일도 해봤다. 나는 잠시 마라톤 중에 물을 마시면서 숨고르기를 하고 있다. 앞선 사람들의 빛나는 결과만을 보지 말고, 그 사람들의 땀방울을 배우자. 멈춤은 없다. 제자리에서 뛰더라도 그렇게 오늘을 이겨내겠다.

06

# 1도만 더 끓으면 된다

"미지근한 물에 커피를 타면 커피향을 제대로 느낄 수 없다.
조급함을 버리고 임계점에 도달했을 때까지 기다리자.
우리의 일은 과정도 결과도 모두 중요하다."

주전자에 물을 가득 붓고 가스레인지에 주전자를 올리자마자 빨리 끓기를 조급하게 기다린다. 커피가루는 머그잔에 이미 담겨져 있다. 물만 부으면 되는데, 물이 왜 이리 안 끓는 걸까. 커피를 빨리 마시고 싶은 마음에 물이 이제 막 보글보글 끓을 찰나에 가스불을 탁 꺼버리고, 머그잔에 물을 붓는다. 미지근한 온도, 다 녹지 않은 커피 알갱이가 둥둥 떠다니는 컵 안을 보고 있자니, 커피 마시고 싶은 마음이 이내 사라져 버린다. '물이 팔팔 끓을 때까지 조금만 더 기다릴걸… 그랬더라면 방안 가득 퍼지는 커피향을 맡으며 따뜻한 커피 한 잔 기분 좋게 할 수 있었을 텐데.' 하는 후회만 남는다. 보글보글 기포가 올라오는 시점에서 팔팔 끓는 물을 기다리지 못한 건 나뿐일까. 또는 내 삶에서 조급함으로 놓친 것은 단지 커피물 끓이는 것 하나였을까 하고 되짚어본다.

자기계발서를 즐겨보는 사람이라면 세 권의 책 중 한 권에 '물은 임계점인 100도에서 끓으니 포기하지 말고 임계점을 맞이하라'는 내용이 들어있음을 보았을 것이다. 전자 용어사전을 보면 '임계값은 재료의 특성이 전압이나 온도 등의 조건이 어느 값을 넘을 때 불연속적으로 변화하는(예를 들면 절연성이 도전성으로 바뀌는) 경우 그 경계가 되는 값'이라고 정의한다. 외부의 조건이 어느 값을 넘을 때 물체의 성질이 변화한다면, 우리네 삶에서도 외부적 또는 내부적 조건에 의해 내 성격이나 가치, 상황이 변화를 맞이할 수 있을까?

2015년 7월 중순, 영업을 시작한 지 얼마 안 됐을 때 이야기이다. 매니저님 고객 중 어깨 인대 수술하신 분이 계시는데, 추후 장해 청구가 가능한지 한번 같이 가보자는 요청으로 성남의 한 병원을 방문했다.

큰 병원에서 어깨 수술 후 개인병원에서 물리치료만 받고 계셨던 남성 고객님과 상담을 했다. 업무 도중 다쳤던 어깨 인대는 상해코드로 진단서가 발행되어 6개월만 지나면 후유장해진단을 받을 수 있을 것 같았다. 다만 인대, 연골, 디스크는 퇴행성 즉 노화의 측면을 고려해야 하기 때문에, 사고 관여도를 몇 퍼센트까지 인정할 것인지와, 장해를 몇 년이나 인정할 것인지가 관건이었다. 여러 가능성을 고려해두고, 고객님과는 6개월 뒤 다시 연락하기로 했다.

6개월이 지나서도 고객님과 서로 시간 맞춰 병원에 가기가 무척 어려웠다. 겨우 고객님과 약속을 잡고 수술하셨던 B병원에서 장해진단서를 발급받기 위해 방문했다. 수술한 어깨의 운동제한이 얼마나 있는지 체크해보지도 않았고, 엑스레이만 찍어보고 담당의사는 무조건 장해는 남지 않는다며, 장해진단서를 써 줄 수 없다고 했다. 본인이 수술한 환자에 대해서 장해를 준다는 것이 젊은 의사에게는 용납이 되지 않았을 수도 있다. 원무과에 찾아가, 내 소개를 한 후 고객님의 장해에 대해서 이야기하고 한 번만 더 주치의를 만나 장해에 대해 이야기해달라고 정중히 부탁했다.

분명 수술한 어깨와 정상적인 어깨는 운동 각도의 차이도 났고, 통증도 있었다. 거짓도 아니고, 무리한 부탁도 아닌 통상적인 장해에 대해서 왜 써줄 수 없는지 이해가 되지 않았다. 고객님은 옆에서 괜찮다고 안 될 줄 알았다면서 그만 가자고 했는데, 나도 모르게 또 욱하는 성격이 나와서 조금만 더 기다려 보라고 말씀드리고 고객님이 두 번째 입원하셨던 K병원으로 갔다. 수술한 B병원에서도 안 써주는 후유장해진단서를 써준다는 것도 어렵고, 요즘 어깨부위 장해는 많이 주면 보험사에서 태클이 심하니 못 써준다고 또 한 번 거절을 맞았다. 내가 장해를 많이 달라고 하는 것도 아니고, 의사가 환자 얼굴 한 번이라도 보고 어깨 운동 각도 체크를 해보는 것이 이리도 힘든 일이란 말인가.

고객님은 환자용 의자에 앉아 계시고, 나는 원무과 직원과 옥신각신했다. K병원 원무과 담당자가, 그러면 여기에 연락해보라며 다른 병원 연락처를 넘겨주었다. 하지만 그곳에서도 장해 판정은 받지 못했다. 그렇게 총 세 군데의 병원에서 퇴짜를 맞았다. 고객님은 바쁜 오후 시간에 겨우 짬을 내어 나오셨는데, 제대로 일 처리를 못한 내가 부끄럽고 속상해서 내심 죄송하다는 말만 고객님께 되풀이하면서 사무실로 들어왔다. 고객님은 괜찮다며 고생했다고 웃으며 인사하셨지만, 나는 차마 웃으며 대답할 수가 없었다.

어깨 수술 보험금 청구를 하기 위해서 예전에 가입하신 보험증권을 받아 분석하다 보니, CI보험(Critical Illness_치명적 질병보험)으로만 가입돼 있었다. 몇 번에 걸쳐 고객님께 CI보험에 대해 설명을 드리고, 한 개만 정리를 하고 그 보험료와 비슷하게 일반 의료비 보장과 실손보험 준비를 도와드렸더니, "제 와이프도 보험 엄청 많은데, 뭐가 어디에 들어가는지 모를 거에요. 다음에 한번 만나보세요." 라고 하셨는데, 기회가 되지 않아 배우자 분을 바로 만나 뵐 수는 없었다.

얼마 후 고객님이 다급하게 따님이 배가 아파 응급실에 갔다면서 보험 청구가 가능한지 문의를 주셨다. 상담 후  보험금 청구를 도와드리기 위해 고객님의 배우자 분이 운영하시는 공방으로 찾아갔다. 자녀 분 보험 증권과 병원 영수증을 받아 보험 청구를 도와드리면서, 언니라고 부르는 사이가 되었다. 언니는 2014년 교통사고로 청구하지 못한 보험이 있는데 지금도 청구가 가능한지 물어보시며 슬며시 이야기를 꺼내셨다. 어렸을 때부터 어머님이 보험 가입을 많이 해놓으셨는데, 정작 무슨 내용인지도 잘 모르겠고 집에서 보험증권 찾기도 쉽지 않을 거라고 하셨다. 그 말을 듣고 생명보험협회를 통해서 가입내용을 확인하고 각 보험사마다 증권 재발행을 요청해서 보장분석 후 세 군데의 보험사에 청구를 도와드렸다. 언니의 보장분석을 해보니 40대, 60대 초반에 끝나는 보험들이 많았고, 제대로 된 보장은 80세에 만기가 되는 보험 한 개 정도였다. 보장분석 후 제안 드린 여성특화보험에 언니는 흔쾌히 동의하시고, 보장을 업그레이드했다.

“서연 씨, 우리 엄마도 보험이 장난 아니에요. 지금도 뭐 청구할 거 있는데, 어디에 뭐가 있는지 엄마도 머리 아플 거에요.” 이제는 어머니 보험 가입내용을 확인하기 위해 생명보험협회에 신청을 해놓은 상태이다.

로버트 H. 슐러는 《불가능은 없다》에서 끝났다고 생각될 때 더욱

매달리라고 이야기한다. 히틀러 정권 시 어떤 유대인이 지하실 벽에

"나는 태양이 빛나고 있지 않을 때도 태양이 있음을,

내가 사랑을 느끼고 있지 않더라도 사랑이 있음을,

나는 비록 하나님께서 침묵하고 계신다 하더라도 하나님을 믿고 있습니다."라고 적었다고 한다.

"겉보기엔 불가능한 것처럼 보이는 조건 밑에서도 성공을 거두고 있는 대부분의 사람들은 중도에서 중단할 줄 몰랐던 사람들입니다. 예기치 않았던 재난이 당신의 꿈을 송두리째 망쳐버렸다면 그땐 어떻게 하시겠습니까? 당신이 잃어버린 것을 단념하지 못한 채 낙담하고 좌절만 하고 계실 작정입니까. 당신은 잃어버린 것을 바라보지 말고, 남아있는 것을 바라보시기 바랍니다." 라고 작가는 진심어린 충고를 한다.

어깨 인대 후유장해진단을 받지 못한 것은 분명 미완성 작품이고, 내 자만심의 실패작이라는 생각에 힘들었다. 그럼에도 고객님의 자녀, 배우자의 보험 청구를 도와드리는 계기를 마련했고, 가족의 의료비 보장을 더 꼼꼼하게 준비해드리게 된 것은 얼마나 감사한 일인가. 이런 비유를 하고 싶다. 전기포트에서 끓다가 만 미지근한 물을 가스레인지로 옮겨 팔팔 끓게 했다. 우리의 일은 과정도 중요하고, 결과도 무시할 수 없다. 하나의 상황, 한 번의 결과만을 가지고 섣부른 판단을 하지 말 것. 일희일비하지 말 것.

Chapter 03

[ 제 3 장 ]

# 당신을 만나 행복합니다

"나는 오늘 당신을 만나서 행복합니다.
당신을 신뢰합니다. 당신의 건강을 위해 기도하겠습니다.
제가 당신과 함께 있겠습니다."

# 내가 영업을 하는 이유

"내가 영업을 하는 이유는 자아실현의 욕구,
보험의 가치 전달, 내 달란트의 발견, 사명감, 비전, 내 어린 시절의 아픔과
경제적 문제의 극복 등이 어우러진 종합체이다."

"최서연 씨, 보내주신 이력서 잘 받았습니다. 영업직인데, 알고 이력서 지원하신건가요?"

"네, 저 영업하려고 지원했어요."

"올해로 영업 13년차인 저는 매일 출근길이 즐겁던데, 서연 씨는 그런 적 없어요?"

"출근길이 즐겁다구요? 글쎄요..."

지금의 매니저님과 첫 통화 내용이다. 회사에서 계약직으로 전환된 판국에 출근길이 즐거울 리가 없었다. 영업을 해야겠다 싶어 채용 사이트에서 보험회사를 찾아 M사, I사, P사 세 군데 모두 지원서를 넣었는데 M사에서 제일 먼저 연락이 왔다. 전화 건너편 채용 담당자의 목소리도 나쁘지 않았다. 나에게 호감을 가져준다는 사실만으로도 기분이 좋았다. 자존감도 저하된 상태였기에 나를 반겨주는 것이 내심 어깨가 으쓱했다.

M생명보험회사는 입사 전에 채용 설명회를 1차와 2차에 걸쳐서 들어야 한다고 했다. 신중하게 입사 결정을 해야 하니, 설명회를 두 번 정도 깊이 있게 들어보는 것도 괜찮겠다 싶었다. 한 회사를 10년 이상 다니면서, 출근길이 매일 즐겁다는 매니저의 말에 그를 만나보고 싶었다. 그 당시 나는 죽었다 깨어나도, 그런 거짓말을 할 수 없었을 정도로 정신적으로 바닥을 치고 있었다. 설령 매니저의 말이 거짓말이더라도 이력서를 넣자마자 바로 연락 온 곳이기도 하고 I사, P사와도 비교해보려면 만나볼 필요성은 있었다.

설명회를 듣기 위해 도착한 곳은 외근 때마다 수시로 지나다녔던 선릉역 앞 건물이었다. 떨렸다. '괜히 왔나. 아니지, 그래도 알아볼 건 알아보고 결정해야지.' 매니저와 간단한 인사 후 회의실에서 내 사회 경력과 왜 영업을 지원하게 됐는지에 대해 이야기를 나누었다. 영업을 하는 분이라 그런지, 편안하게 대화를 잘 이끌어 주셔서 내 속이야기를 속사포처럼 퍼부었다.

"서연 씨는 왜 영업을 하려는 거에요?"

“제 능력을 시험해보고 싶어서요. 영업은 일한 만큼 수당도 나온다면서요. 월급쟁이로는 아무리 열심히 일해도 정해진 급여만 받고, 실적도 제대로 평가받지 못하는 경우도 허다해요. 영업조직은 회사에서 실적이 좋으면 상도 주고 여행도 보내주던데, 그것도 좋아보였어요. 무엇보다 중요한 건, 제가 보람된다고 느끼는 일을 하고 싶어요. 시간의 자유로움도 좋구요. 일의 결과에 대한 책임은 오로지 내가 지는 것이니, 누구 탓할 일도 없구요.”

수다 비슷하게 설명회를 진행하다 보니, 꽤 괜찮은 회사라는 느낌을 받았다. 다음날 I사에서 연락이 왔으나, 인사 담당자가 한번 와보란 식으로 퉁명한 말투로 이야기해서 기분이 좋지 않았다. 다른 회사에 입사했다고 거짓말을 하며 전화를 끊고 M사의 입사를 마음먹었다.

4월 중순, 회사를 다니던 중에 채용 면접을 봤기에, 약 보름 정도는 더 계약직으로 일해야 했다.

“너 영업해봤어? 안 해봤잖아. 그런데 왜 영업이야? 남의 주머니에서 지갑 열게 하는 거 참 못할 짓이야. 그러니깐 돈은 많이 준다더만. 그래도 나는 꼬박꼬박 월급 나오는 곳이 낫다고 생각해. 영업은 정해진 연봉도 없을 거 아니야.”

"영업할 마음먹었으면 그 결심으로 차라리 여기를 계속 다녀."

"엄마도 너희랑 먹고 살려고 안 해본 일이 없다. 나도 보험 해봤는데, 그것만큼은 다시 하라고 해도 못할 일이더라. 돈 내다가 안 내면, 내가 메꿨던 적도 많고… 제발 마음 접고 돈 조금 받더라도 제때 월급 나오는 곳으로 가거라. 엄마 소원이다."

"영업이 돈 많이 벌 것 같지? 고객들은 보험설계사가 당연히 커피 사고, 밥 산다고 생각하더라. 나도 보험설계사가 나 만나러 온다고 하면 자기가 아쉬워서 오니깐, 나는 얻어먹어도 된다고 생각하거든. 너 돈도 못 벌면서 그렇게 사고 다녀야 하는데, 돈이라도 벌 수 있을 것 같아?"

"회사 그만두면 너도 나도 뛰어드는 게 보험설계사더구만. 그리고 찾아와서 보험 하나 들어달라고 사정해서 들어주면, 얼마 안 있다가 그만두고. 그래서 내가 해지한 보험이 몇 개인지 기억도 안 난다."

반대의견이 많아질수록 더 도전해보고 싶었다. 해보지도 않고 안 된다고, 어렵다고, 할 수 없다고 말하는 사람들을 이해할 수가 없었다. 세상에 쉬운 일이 어디 있을까. 보험 영업이 쉽다고 생각해서 도전한 것은 아니었다. 어려울수록 나 자신을 더 시험해볼 수도 있었다. 남들이 어렵고 힘들다고 기피하는 이곳에서, 일단 1년이라는 시간을 두고 일하면서 보여주자 싶었다.

엄마는 어디 가서든 아쉬운 소리하지 않고 돈 벌 수 있는 막내딸에게 왜 그 힘든 걸 하냐고 자꾸 한숨만 쉬셨는데, 이제는 "이번 달은 몇 건 계약했느냐. 일은 할 만하냐. 고객들은 몇 명이나 있냐. 계약은 도대체 어디서 누구를 만나서 하는 거냐. 내 딸이지만 진짜 신기하다." 라고 이야기하신다. 지난 금요일에는 '전화 좀 넣어라' 고 문자를 보내셨다. 무슨 일인가 싶어 바로 전화를 드렸다.

"엄마가 지난번에 보험 넣은 거 자랑했더니, 우리 집에 자주 놀러오는 710호 아줌마가 보험 하나 넣는다고 하더라. 전화 한 번 해봐라."

오케이! 해피 콜이고, 엄마의 소개다. 엄마는 그 전에도 소개를 시켜주셨는데 계약으로 체결된 적은 없었다. 그럼에도 감사한 일이다. 엄마가 딸이 보험설계사라고 남들한테 이야기하는 것만으로도 나에게는 이미 엄마의 인정을 받는 거나 마찬가지이기 때문이다.

《보험왕 토니 고든의 세일즈 노트》에서 토니 고든은 자신의 영업 초기시절에 대해 이렇게 이야기한다.

"나는 평범의 극치였다. 마땅히 다른 할 일을 찾지 못해서 울며 겨자 먹기로 보험 영업을 한 적도 있었다. 내게는 다시 돌아갈 곳이 없었다. 보험 영업을 하기로 마음을 먹었고, 성공하기로 다짐했다. 그런데 성공하려면 어떻게 해야 하는지는 알지 못했다. 오랫동안 수많은 이들이 시험 삼아 보험 영업을 시작했다가 실패하는 것을 보았다. 보험 영업은 시험 삼아 해보는 직업이 아니다. '한번 해보죠. 하다가 성공 못하면 전에 하던 일 다시 하면 되니까요.' 라는 말을 우리는 인이 박히도록 듣지 않았던가.

나는 되돌아서 건너갈 수 있는 다리를 불태워 버린 것이 얼마나 다행스러운지 모른다. 그래서 돌아갈 수도 없었고, 완전히 이 일에 전념하게 되었다. 이것이 바로 성공의 핵심 요소이다. 우리가 택한 길에는 어중간함이란 있을 수 없다. 우리 보험 영업인들에게 전력투구란 동정(책에 의미상으로는 순결로 해석하고 싶다)과도 같은 것이다. 즉 그것을 지키든지, 그렇지 않든지 둘 중의 하나이다. 만약 도로의 중앙에서 걷는다면, 평범이라는 트럭에 치일 것이다."

내가 영업을 선택한 이유는 자아실현의 욕구, 보험의 가치 전달, 내 달란트의 발견, 사명감, 비전, 그리고 아빠의 사망으로 인한 내 어린 시절의 아픔과 경제적 문제의 극복 등이 어우러진 종합체이다.

매달 한 보험사를 그만 두고 떠나는 보험설계사는 몇 명이나 될까. 그리고 그 설계사 뒤에는 상처받은 고객이 몇 명이나 될까.

나는 연예인 노홍철의 힘찬 외침 "여러분 하고 싶은 거, 하고 싶은 거 하세요."라는 끝인사를 참 좋아한다. 그런데 그 '하고 싶은 거' 는 마구잡이로 계획 없이 아무 것이나 한 번 해보라는 뜻은 아닐 것이다. 내 마음 속에서 진심으로 원하는 일을 하되, 책임감을 가지고 일해야 한다는 뜻이지 않을까.

수박맛 아이스크림은 내가 한 번 먹어보고 맛이 없으면 버리면 되고, 다음에 안 먹으면 된다. 그러나 보험 영업은 '한번 해보고 안 되면 예전 일하면 되죠.' 라는 생각으로 채용을 시키는 것도, 입사를 하는 것도 아니라고 생각한다. 한 번 해본다는 식의 생각은 애초부터 적극성이 결여된 도전이다. 내가 가진 열정을 모조리 쏟아 붓는다는 각오가 빠져있다. 이런 자세는 나 하나의 문제로 끝나지 않는다. 나를 가르치기 위해 쏟았던 회사 강사들의 열정, 나를 지지해주던 친구들, 나에게 보장을 기꺼이 맡겼던 고객들, 보이지 않게 나와 관련된 모든 사람들에게 상처를 주는 행동이며, 무엇보다 내가 그런 사람밖에 되지 않으니 나를 더 이상 성장시킬 수 없다. 무슨 일을 하든지 위와 같은 마음가짐이라면, 영업뿐만이 아니라 다른 일도 뻔하다.

이 여자 너무 심하게 말하는 거 아니야? 라고 생각하신다면, 이건 나에게 하는 말이자, 다짐이라고 말씀드려야겠다. 나 또한 이렇게 살아가기를 결심한다. 여기에 이 말을 기록하는 것은 돌아갈 수 있는 다리를 불태우는 것이며, 스스로 배수의 진을 치는 것이다.

02

# 사람을 만나면 눈물이 난다

"나는 당신을 신뢰한다.
나는 오늘 당신을 만나 행복하다. 내게 행복을 주는 당신의 건강과 행복을 위해 기도한다.
나는 오늘도 감사한 하루를 살았음에 눈물짓는다."

"최샘, 당장 내가 보험 가입할 수 있는 건 없고, 나중에 꼭 필요한 일이 생기면 연락 줄게요."

나는 전 직장에서 주임이라는 직함보다는 최서연 선생님, 최샘으로 불렸다. K과장님은 건강해 보이는 외모와는 다르게 병원에 다니는 모습을 몇 차례 봤기 때문에, 혹시 내가 도움이 될 일이 있을까 해서 전화를 드렸는데, 저렇게 말씀하셔서 나는 K과장님의 대답도 거절의 하나라 생각하고 잊고 있었다.

"최샘, 태아보험도 해요?"

"태아보험이요? 왜요? 혹시... 드디어 주니어가 생기신 건가요? 정말 축하드려요."

"나도 드디어 아빠가 되네요. 아직은 좀 이르지만, 와이프 안정되면 태아보험 가입하려구요."

K과장님이 늦은 아빠 된 사건은 그를 아는 사람이면 누구나 진심으로 축하할 만했다. 소중한 아이의 태아보험을 입사한 지 3개월밖에 안 된 나한테 연락을 줬다는 자체만으로도 감사했고, 나에게 했던 말에 대해서 약속을 지켜줬다는 것에도 감동했다. 안정기에 접어들어 K과장님의 와이프 건강상태를 확인 후 몇 차례 심사를 통과하고 나서야 드디어 청약서를 발행할 수 있었다.

웬만한 의료비 보장 보험은 약관을 보고 고객에게 설명할 수 있었으나, 태아보험은 한 번도 팔아보지 않아서 설명하기 어려웠다. 그러나 아는 체 하느라 어중간하게 설명해서 신뢰를 잃고 싶지 않았다. 간호사 출신 8년차 팀 언니에게 같이 가서 설명을 해달라고 부탁했다. 선배와 같이 와있는 나를 본 K과장님 부부는 좀 놀란 눈치셨다. 선배 언니가 설명해주는 게 이해하기 편하실 것 같아서 같이 왔다고 이야기를 하고 약 한 시간 정도 태아보험 특약에 대해서 이야기를 나누었다. 나는 언니 옆에서 과장님 부부보다 더 열심히 설명을 들으며, 언니 이야기에 귀를 기울였다. 특약 몇 가지를 빼는 것과 보험료 관련해서 생각할 시간이 필요하시다고 해서, 다음 약속을 기약하며 자리를 마무리 했다.

나는 옆에 앉아있기만 했는데도 등줄기에서 땀이 흘렀다. 아직 청약서에 사인을 받은 게 아니라서 불안하기도 했다. 선배 언니는 걱정하지 말라며, '너한테 계약할 거니깐 다음번에는 너 혼자 만나서 잘 이야기해봐.' 라고 위로해주었다. 다행히 며칠 후 나는 K과장님 주니어의 보험담당자가 되었다.

드디어 세상 빛을 보게 된 K과장님의 아들은 감사히 건강하게 태어났다. SNS에 올라오는 아이의 사진을 보며, 건강하게 자라고 있어서 기뻤다. 이번 주 토요일은 아이의 돌잔치가 있는 날이다. 열 일 제치고 가서 축하해줘야겠다. 태아보험 1호, 미소가 예쁜 Y가 건강하게 자라기를 기도한다.

태아보험 가입 후 몇 달 뒤 K과장님의 화재보험을 추가로 준비해드렸다. 청약서 사인을 받고, 자리를 정리하며 일어나려니 K과장님이 한 마디 하신다.

"이제야 설계사 같네. 태아보험 할 때는 설명도 제대로 못하더니~ 명함 몇 장 줘 봐요. 주변에 소개 좀 해줄게."

"클레오, 나는 그냥 지금처럼 살다가 죽을 거야. 모을 돈도 없고, 보험 싫어해."

내 취미는 살사댄스이다. 2011년부터 다닌 살사동호회에서 알게 된 H언니는 나 보다 한 기수 위이다. 공연도 몇 번 같이 하고 뒤풀이에서도 술잔을 기울이며 친하게 지냈다. 5년 정도 동호회 활동을 하다 보니, 취미를 즐기면서 꽤 많은 돈이 새나갔다. 기본적으로 강습듣기, 강습 끝나고 밥 먹기, 살사바 입장료, 뒤풀이 비용, 즐겁게 놀다보면 막차를 놓쳐서 타게 되는 택시비, 시즌마다 펼쳐지는 공연이라도 할라치면 공연반 강습비, 연습장 대관료, 공연복 구입비, 그 사이 밥값 등등... 그 돈을 다 따진다면 하다못해 언니에게 연금이나 암보험 하나라도 준비를 시키는 데 무리가 없겠다고 생각했다.

그런데 나는 동호회 활동을 이미 5년 이상 하다가 보험 이야기를 꺼내야 하는 입장이라서 무턱대고 누구부터 만나, 어떻게 이야기해야 하나 고민이 많았다. 보험설계사 중에는 이미 영업을 목적으로 살사동호회를 들어가는 분들도 많다. 그 분들이 꾸준히 동호회 활동도 하면서 고객도 창출하고 관리도 했으면 문제가 없었을 텐데, 먹튀가 많았다. 살사동호회에도 잘못된 보험가입과 해지로 상처받는 영혼들이 많아서, 보험 이야기를 꺼내기가 쉽지 않았다.

동호회에서는 몇 년씩 안면이 있는 사람들끼리도 무슨 일을 하는지 잘 모를 때가 많다. 실명은 닉네임으로 불리고, 직업은 거의 물어보지도 않는다. 춤 이야기만으로도 밤 새워 수다를 떨 수가 있는데, 왜 직업 이야기를 하겠는가. 나도 실제로 친했던 살사동기들의 직업을 알게 된 게 얼마 되지 않는다.

"언니, 나 클레오. 잘 지내지? 언니 사무실이 그 때 내방동 근처였나? 나 외근 많이 다니니까, 그 근처 갈 때 연락할게. 점심 같이 먹자!"

"응. 내방역 근처야. 그래, 오기 전에 연락하고."

며칠 뒤 날짜를 정하고, 내방역 근처에서 점심을 먹기로 했다. H언니는 사무실 근처로 왔다며 맛있는 쌈밥 집으로 데려가서 밥을 사줬다. 입이 떨어지지 않았다. 이야기를 꺼내야 하는데... 밥이 어디로 넘어가는지도 모를 정도로 정신없이 점심시간을 흘려보내고 20분도 남지 않아 근처 카페로 이동했다. 심호흡 한 번 두 번... 언니에게 내가 회사를 그만 둔 이야기를 시작으로 해서 언니 노후를 생각해서 연금을 준비하면 좋겠다고 이야기를 끝맺었다.

돌아온 대답은 No. 대답을 듣는 내 눈동자가 심하게 흔들렸음을 지금도 기억한다. 어서 그 자리를 일어나고 싶었다. 동호회 사람들한테는 보험 이야기 하지 말아야겠다고, 이렇게 한두 명씩 만나다가는 동호회에서 보험 파는 여자로 따 당하기 십상이겠다고 마음속으로 소리쳤다. 얼굴이 화끈거렸다.

어색하게 인사를 하고 터벅터벅 무거운 발을 이끌고 지하철역을 내려가면서, 언니의 소비패턴으로 보아 연금 10만 원은 정말 무리가 없어보였는데, 언니가 무조건 싫다고만 하니 다른 방법이 없을까 고민했다.

내가 언니에게 제안했던 연금은 6개월 이내에 180만보를 걸으면 단계별 선물을 주는 프로그램이 탑재되어 있었다. 그 중의 으뜸은 3단계까지 완성하면 40만 원 상품권을 주는 것이었다. 그 당시 언니의 남자친구(현재는 남편)는 공연을 준비 중이었기 때문에, 만보기를 차고 공연 연습을 하면 금세 미션도 달성하고 상품권도 받으면 좋겠다고, 연금의 필요성 측면보다는 잿밥에 맞춰 결국 두 사람의 연금을 가입시켰다. 당연히 두 사람은 180만보 걷기를 완성했고 총 80만 원에 달하는 상품권으로 지금의 형부는 언니에게 명품지갑을 선물했고, 두 사람은 다음 해에 결혼했다.

형부의 실손보험과 종신보험이 필요하다고 H언니에게 연락이 왔다. 보험에 대해서 전혀 관심이 없다던 언니는, 내가 보내주는 제안서를 꼼꼼히 하나씩 보면서 질문을 보내왔다. "이 특약은 잘 모르겠는데 뭐를 보장해 주는 거야? 이게 있으면 뭐가 좋아?" 언니가 보험에 관심이 없는 게 아니었구나. 내가 좋아하는 언니의 배우자를 위해 보장을 준비하는 것은 곧 언니를 위하는 일이기에 기뻤다. 보험료에 따라 어쩔 수 없이 몇 가지 담보를 조절하고 청약을 마무리 짓고 나니, 언니가 이야기한다. "클레오, 네가 잘 관리해줘."

H언니의 해피 콜이 또 왔다. 불광동에 계시는 어머니께서 용돈 대신에 보험을 넣어달라고 하셨단다. 언니와 남동생이 각각 한 개씩 말이다. 얼마나 현명하신 어머니신지, 이 세상의 모든 부모님들이 이렇게 말씀해주시면 나도 휘파람불며 일하겠다. 이후로도 현명하신 부모님들께서 자녀들에게 용돈대신 보험을 들어달라고 하시면 좋겠다. 효도보험으로 해피 콜이 많이 오기를 기대해본다. 언니, 남동생, 언니 어머니까지 만나 뵙고 자필서명을 다 받고 돌아오는 길은 발걸음이 가벼워 날아갈 듯했다.

K과장님과 나는 전 직장에서는 가끔 사무실에서 점심이나 같이 먹고, 업무 관련 이야기로 몇 마디 나누고, 가십거리로 가벼운 농담을 하는 정도의 사이었다. 그런데 내가 설계사가 되고 나니, K과장님의 와이프, 아들까지 알게 되는 깊이 있는 사이가 되었다.

H언니는 어떤가. 보험이 싫다던 언니는 남편과 친정어머니의 보장준비까지 나와 함께했다. 동호회에서는 그저 처음부터 끝까지 음주가무가 대화주제이다. '누구랑 홀딩을 해봤는데, 텐션이 너무 좋더라. 너도 다음에 꼭 춰봐. 아까 그 남자는 리드 정말 꽝이었어.' 이런 대화말이다. 얼마 전 언니와 어머니의 보험금 청구도 도와드렸는데. 이런 설계사는 처음이라면서 언니 어머니가 정말 좋아하셨다고 한다. 이런 깊이 있는 관계와 나눔이 나는 좋다.

조엘 오스틴의《긍정의 힘》중에서 '사랑이 흐르는 소리에 귀 기울이라' 는 부분에 나오는 말이다.

"오랫동안 당신을 생각했습니다. 당신을 걱정했습니다. 당신을 사랑합니다. 당신을 신뢰합니다. 당신을 위해 기도하고 싶습니다. 제가 당신과 함께 있겠습니다.이런 말은 고통과 외로움에 떠는 사람에게 큰 힘이 된다. 우리는 간단한 희망의 말이 한 사람의 인생을 바꿀 정도로 강하다는 사실을 망각하고 살 때가 많다. 마음속에서 꿈틀대는 연민을 무시하지 말고 하나님이 일으키시는 사랑의 흐름에 몸을 맡기라. 하나님은 어디에서 어떤 식으로 표현할지 알려 주실 것이다."

감히 이 글을 인용하며, 내 마음을 대신하고자 한다.

나는 오늘 당신을 만나서 행복합니다. 당신을 신뢰합니다. 당신의 건강을 위해 기도하겠습니다. 제가 당신과 함께 있겠습니다. 당신의 행복을 기도하며, 나는 오늘도 감사한 하루를 살았음에 눈물짓습니다.

# 누구나 위기를 만난다

"살다보면 누구에게나 위기가 온다.
불과 몇 초 사이에 예기치 못했던 사고가 일어나기도 한다. 그렇다면
위기에 대처하기 위한 준비를 미리 해놓아야 하지 않을까?"

비만 오려고 하면 오른쪽 무릎이 먼저 알아채고 욱신거린다.

중학교 2, 3학년쯤이었다. 시험기간이 끝나면 학교에서 단체로 극장영화를 보러가던 시절이다. 지금은 없어졌을지도 모르지만, 남녀 주인공의 얼굴을 손으로 직접 그려서 극장 간판으로 올리던 아세아극장이란 곳이 광주에 있었다. 춘추복을 입었으니 가을 중간고사 때였을까. 시험도 끝났겠다, 점수는 아랑곳 하지 않고 마치 어른이 된 기분으로 극장에서 영화를 보고 나왔다. 들뜬 기분에 신이 나서 친구와 둘이 수다를 떨면서 버스를 타기위해 정신없이 길을 걷고 있었다.

바로 그때였다. 아뿔싸, 극장 옆 주차장에서 서행하며 나오던 차에 내 오른쪽 무릎을 부딪쳤다. 순식간이었다. 친구는 왼쪽, 나는 오른쪽에서 나란히 걸어가고 있다가 내가 부딪힌 것이다. 차에 슬쩍 닿은 정도라 많이 아프지는 않았지만, 놀란 나머지 나는 땅바닥에 주저앉아 펑펑 울었다. 그리고 나보다 더 놀란 여자 운전자분이 막무가내로 극장 옆에 있는 정형외과로 데려다주셨다. 의사선생님이 다리를 움직여 보라고 하더니 엑스레이를 찍자고 하셨고, 당연히 결과는 이상이 없었다. 아프면 병원에 다시 오라는 의사선생님의 충고는 집에 가서 얼굴을 씻기도 전에 잊어버리고 학창시절을 보냈다. 그런데 그 후의 후유증이 지금까지 나와 함께 해오고 있다. 오른쪽 무릎의 통증은 나에게 사고가 났음을 인식시켜주는 하나의 징표가 되어버렸다. 그때 만약 내가 왼쪽, 친구가 오른쪽으로 걸어갔다면? 영화관에서 5초만 더 빨리, 혹은 더 늦게 나왔더라면? 친구와 버스를  타러 바로 가지 않고, 군것질을 하기 위해 반대방향으로 걸어갔다면? 여러 가지 가상이 내 머릿속에서 맴돈다. 남들에 비하면 경미한 사고이지만, 고질적인 무릎통증은 지금도 나를 괴롭힌다.

기억에 남는 교통사고 세 건이 있고, 모두 가슴 아픈 사연이라서 업무를 할 때도 무척 신경 쓰면서 관리했던 건이다.

40대 중년남성이 고속도로를 지나다가 앞 차가 고장 난 것을 보고 가던 길을 멈추고 내렸다. 표지판도 세워주고 갓길에 옮겨 현장출동차가 오기를 기다리며 도와주다가 역으로 사고를 당했다. 갓길을 과속으로 달리던 차에 그가 치인 것이다. 다리가 심하게 손상되어 수차례의 신경수술, 혈관수술 등을 시행하였으나, 염증이 심해져 결국 절단까지 하게 되었다. 몇 차례 병원에 찾아가 면담을 했지만, 그 분의 얼굴보다는 마치 백과사전처럼 두툼했던 수술기록지들이 떠오른다. 중년남성이 선의로 남을 도와주려다가 오히려 사고를 당했다. 그는 고속도로에 차를 세우고 내리는 순간 그 사고가 날 것을 알았을까?

70대 중반 어르신이 지병으로 심장 스텐트 시술을 받고 집으로 돌아오는 길이었다. 119를 타고 집에 왔는데, 아들이 하필 집 열쇠를 놓고 와서 담을 넘어 문을 열러 간 사이에 일어난 사고이다. 평상시 응급구조사가 어머니를 이동식 침대에 옮기고 있으면 아들이 같이 침대를 잡아줘야 할 정도로 그들이 사는 집은 경사진 오르막길이었다. 응급구조사 혼자서 어머니를 옮기고 문이 열리기를 기다리던 중, 아차 하던 순간에 어머니가 눕혀져 있던 이동식 침대는 내리막길로 내달렸고 어머니가 침대에서 굴러 떨어지면서 뇌출혈로 의식을 잃고 또 다시 병원 신세를 지게 된 것이다. 어르신은 깨어나지 못하고 요양병원을 옮겨 다니셨는데, 40대 아들의 지극정성 간호로 욕창 한 번 안 생겼다. 사고 1년이 지나도 의식이 돌아오지 않았지만, 다행히 폐렴, 욕창, 요로감염 등 합병증은 없어 증상은 고정된 것으로 보였다. 보상과에서는 이를 합의의 시점으로 본다. 이후 보상팀장과 담당직원이 여러 차례 아들과 이야기한 끝에 합의한 것으로 알고 있다. 어쩌다가 이동식 침대가 내리막길로 그렇게 허무하게 밀려간단 말인가. 찰나의 사고이다.

이제 막 운전면허를 딴 십대의 아이들이 호기롭게 차를 빌려 여행을 떠나기로 했다. 지방 어딘가의 바닷가를 보러 가는 길이었을 것이다. 고속도로에서 운전미숙으로 사고가 났고 탑승했던 한 여자아이가 두개골 골절과 뇌출혈 진단으로 두개골 성형술과 수차례의 뇌출혈 수술을 했고, 뇌수술 후유증으로 간질이 잦았다. 여자아이는 혼자 밥 먹는 것, 씻는 것 등 기본적인 일상생활조차 스스로 할 수 없는 상태가 되었고, 지능은 초등학교 저학년 수준으로 떨어졌다. 그런 딸을 바라보며 병간호 하는 부모의 심정은 어땠을까. 왜 하필 우리 딸에게 이런 일이 일어났는지 한탄했을 것이다,

사고는 사고일 뿐이고, 나와는 상관없는 일이라는 생각이 든다면 생로병사(生老病死)라는 단어를 떠올려 봄직하다. 인간이 평생 겪게 되는 네 가지 고통이 있다. 그것은 태어나고, 늙고, 병들고, 죽는 일이다. 이 중 하나라도 내가 자유로울 수 있을까. 서른 살 중반의 나는 벌써 태어났고, 늙어가고 있고, 몇 번의 수술도 해봤다. 벌써 3가지나 겪었다.

40대, 50대 고객 중에는 지금까지 병원 문 앞에도 안 가보신 분들이 많다는 것을 면담하며 알게 되었다. 그 분들은 오히려 나를 설득시킨다. 지금까지 병원 한 번 안 가봤는데, 이제 와서 보험이 왜 필요하냐고. 비싸기만 한 보험가입하면 설계사 좋은 일만 시키는 거 아니냐고 반박까지 하신다. 그런데 죄송스럽지만 이분들은 생, 로만 겪으셔서 나보다 경험치가 낮으시다. 역으로 생각해도 여태 안 아프셨으니, 이제 아플 일이 더 많다는 것을 왜 생각하지 않으시는 걸까. 하늘이 내려준 사람의 몸은 자연의 섭리대로 닳고 주름지고 노화될 수밖에 없다는 것을 인정해야 한다.

엄마가 소개해준 710호 아주머니의 계약은 오늘 무산되었다. 아주머니께 전화로 인사를 드린 후, 가입설계에 필요한 주민번호를 받아서 오늘 설계를 진행하려고 보니 주민번호가 틀리다고 나오는 것이다. 분명 아주머니가 주민번호가 기억이 안 난다며, 주민등록증을 보며 직접 불러 주셨는데, 이상하다 싶어 전화를 드렸다.

"안녕하세요. 저 910호 막내딸이에요. 지난 주 전화 드렸던 설계사인데요. 어머니 주민번호가 틀리다고 나오는데, 다시 한 번 봐 주세요."

"주민번호 필요 없을 것 같소. 딸들이 뭔 보험을 드냐고 난리더만. 죽을 날도 얼마 안 남았는디 보험은 들어서 뭐 하것소."

"어머니 보험인데 딸들의 의견이 중요한가요?"

"중요하제. 딸들이 준 돈잉께 딸들이 하라고 해야 하는 거제. 우리 딸들이 일곱명이나 있는디, 여기저기 가입 많이 해놨을 거라드만."

"어머니, 그러면 따님 연락처 알려주세요. 제가 따님하고 통화해보고 다시 말씀드릴게요."

"우리 딸들 바쁘니께 연락해도 안 받을 것인디. 이만 합시다. 미안하네잉."

710호 아주머니는 우리 엄마보다 10년 이상 젊었고, 60대 후반이셨다. 그런데 '죽을 날도 얼마 안 남았다'라는 말씀에 맥이 탁 풀렸다. "죽을 날이 얼마 안 남았음에도 보험 가입이 가능하다면 가족을 위해 가입하셔야 하지 않나요?"라고 대꾸할 뻔했다. 어르신들의 고정관념을 바르게 잡아줄 방법이 없을까? 엄마도 가끔 죽음에 관해 이야기하신다. 주변에 힘들게 투병하다가 돌아가신 분들을 보면서, "나는 자다가 조용히 하늘나라로 가고 싶다"고 말씀하시는 것을 몇 번이나 들었다. 치료받는 본인도 고통스럽고, 딸들 고생시키기 싫다면서...

바늘에 찔려도 어떤 사람은 따끔하다고 느끼고, 어떤 사람은 눈물 쏙 뺄 만큼 아프다고 호들갑을 떨 것이다. 문제는 바늘이 아니라, 그 통증을 느끼는 사람마다의 차이점에서 나온다. 내가 죽을 만큼 힘든 상황도 남이 보기에는 배부른 투정으로 보일 수 있다는 것이다.

봄 가을철이면 호흡기 환자들의 입원이 급증한다. 인계를 받을 때만 해도 산소수치도 정상이고, 오전에 혈액검사도 깨끗해서 관찰만 잘하면 된다고 했는데. 라운딩을 시작하자마자 환자 입에서 피가 솟구쳐 나온다. CPR 방송을 하고 주처치의 오더에 따라 약물 주입, CPR 보조를 하는데, 옆 방 환자가 이전 근무 간호사가 주기로 한 감기약을 안 줬다고 옆에 와서 약 내놓으라고 소리를 지른다. 아직도 생생하다. 응급처치를 하던 의료진과 응급상황을 지켜보던 병동사람들은 일제히 그 분을 쳐다보며 1초간 멍해졌다. 엠뷰백 사이로 여기저기 흩어지는 피를 온 몸으로 맞고 있는 우리들에게 약 달라고 소리를 치시던 남성 환자분의 잘잘못을 따지자는 것이 아니다. 감기약이 필요한 환자는 본인의 위기에서 벗어나기 위해 우리에게 정당한 요구를 했던 것이다. 의료진의 입장에서는 감기약을 주어야 하는 환자보다는 피 토하는 환자가 위기상황이라고 판단했을지라도 말이다.

논어에 나오는 구절이다. 공자가 말하길 “사람이 먼 장래를 걱정하지 않으면 가까운 미래에 반드시 걱정거리가 생긴다.”

살면서 누구에게나 위기는 온다. 불과 몇 초 사이에 일어난 교통사고, 건강검진에서 발견된 암 덩어리, 자고 일어났더니 불덩어리인 내 몸, 스트레칭 하다가 삐끗한 목... 그 중에서 위험의 순위를 정할 수 있는 것은 오로지 나뿐이다. '이 정도가 무슨 위기야' 라고 말할 수 있는 것은 각자 위기라 느끼는 사이즈가 다르기 때문이다. 위기의 크기는 남이 정해주지 않는다. 나한테는 감기도 큰 위기이다. 고열과 근육통으로 걷기조차 힘들고, 죽조차 먹을 힘이 없어 혼자 있는 것이 서럽기만 하다. 그런데 정말 더 큰 병을 위기로 맞는다면 어떻게 할 것인가? 거기에 대한 준비는 잘 되어 있는가? 안 되어 있다면 언제 준비할 것인가? 누가 준비해줄 것인가? 이런 질문을 남겨본다.

# 그 때 함께 하겠습니다

"고객을 위해 존재하고 고객 없이는 아무 것도 할 수 없는 나는,
그저 묵묵히 고객의 뒤를 따르며 필요할 때 도움을 드리는
향기 나는 사람으로 기억되고 싶다."

주위의 사람과 사물에 대하여
늘 깨어 있고
깊은 감정을 갖는 예민함

자기만 생각하는
'이기적 예민함' 이 아닌

남을 생각하는
'이타적 예민함' 을
나날이 키워야겠다

이해인 수녀님의 《고운새는 어디에 숨었을까》에 실린 '이타적 예민함' 이라는 시이다. 내가 어떻게 일해야 할지 마음의 깃발을 꽂기 위해, 예전에 봤던 책들의 인상 깊은 구절을 한 번씩 찾아보게 된다. 혹 내가 놓친 내용에서 힘을 얻을 수도 있기 때문이다. 시집에서 발견한 '이타적 예민함' 을 되 뇌이며, 책을 뒤적이다가 앞에 적혀진 메모를 보게 되었다.

'2014년 7월 11일. 교육 담당자 제의를 받았다. 무척이나 고대하고 바라던 업무였는데, 내가 꼭 잘 해내고 싶다. 담당자들에게 행복한 교육시간, 알차고 기억에 남는 교육을 진행해보고 싶다.' 아마 반기마다 연수원에서 하는 보상직원들 의료교육 담당자로 뽑혔을 때 적어놨던 메모인가 보다.

나는 100퍼센트를 알더라도 상대방에게 60 내지 70퍼센트밖에 전달을 못하는 사람이다. 글보다는 말의 표현력이 훨씬 더 떨어지고, 슬프게도 내가 하는 말이 무슨 말인지 나조차 못 알아먹을 때도 있다. 그럼에도 누군가에게 새로운 소식이나 정보를 알려주기 좋아하는 오지랖이 넓은 사람이다. 나이 드신 엄마가 이집 저집 신경 쓰고 다니시면, 제발 혼자 편하게 계시면 되지 왜 그렇게 남 일에 간섭을 하냐고 타박하던 나였는데, 엄마 딸이긴 한가 보다.

교육에 관심을 가지고 체계적, 주기적으로 시작하게 된 것은 자동차보상 의료심사를 하면서였다. 보상담당자들에게 의료지식을 전달하고, 그것과 배상을 연결시켜 교육을 했다. 예를 들어 무릎 십자인대파열 교육은 무릎의 해부학 교육, 교통사고로 인한 무릎의 손상 기전, 치료, 후유장해판정 방법, 장해율까지 쭉 이어지는 형식이다.

내 손을 거치면 남이 또 손댈 필요 없이 가공된 정보로 바로 쓰여지기를 바랐다. 교통사고 피해자를 면담하면서 동의 하에 찍어온 피해자 사진을 출력하여, 내가 만난 시점에서 상태가 어떠했는지 메모까지 해서 A4 문서를 만들어 놓는다. 피해자의 엑스레이, CT, MRI를 보며 골절부위, 인대손상부위 등을 캡쳐하여 워드파일에 붙여서 나중에 다시 CD를 열어보지 않고도 누구나 서류를 보면 알 수 있도록 했다. 내가 안 해도 누군가는 할 일이었고, 내가 안하면 아무도 안 할 수도 있는 일이었다. 결론은, 내 성격일 수도 있겠지만 이렇게 함으로써 다른 사람들에게 도움이 되고 싶었다. 며칠 전 같이 근무했던 보상과 직원에게 연락이 왔다. 피해자 관리서류를 보는데, 내가 관리했던 내용이 적혀져 있어서 반가운 마음에 내가 생각이 났더란다.

보험설계사가 된 나는 고객님들 증권 분석할 때가 제일 짜릿하다. 서류 분석은 법의학연구소에서 백과사전 분량의 사망관련 서류들을 정리하는 업무를 하며 트레이닝이 되었다. 보험증권을 받으면 한번 쫙

눈으로 훑어보고 '암 진단금은 작구요, 입원 일당이 얼마 없네요.' 라고 대충 말하는 것 자체를 나는 내 성격상 용납하지 못한다. 일단 일정한 엑셀 양식에 맞춰서 보험증권을 분석하고, 다시 그 해당 약관을 찾아서 내가 모르는 특약의 내용이 무엇인지 확인하고 메모를 해놓는다.

당장 보험혜택을 볼 수 있을지는 하나님만 아신다. 내 몸을 스스로 스캔해서 어디에 암 덩어리가 있는지 어떻게 알 것이며, 밤새 안녕하셨냐는 인사말대로 밤사이 하늘나라로 갈지 누가 알 수 있을까. 막상 암보험이 필요해서 가입하고 싶다고 연락 주셔서 찾아뵌 고객님도, 청약서 사인을 하다가 잠깐 멈추신다.

"내가 이거 꼭 지금 해야 하나요? 좀 더 있다 해도 되죠? 생각해보니까 지금 필요 없을 것 같은데."

"고객님, 암보험을 지금 가입하셔도 약관에서는 90일 동안 보장을 해주지 않는 면책기간이라는 게 있어요. 제가 약관공부를 하고 분쟁사례를 보다 보면, 억울하게 하루 이틀 차이로 암에 걸려서 보장을 못 받는 경우도 있어요. 그분들이라고 본인이 보험가입하고 하루 차이로 보장이 제외된다는 것을 아셨을까요? 아셨다면 당연히 그 전에 가입하셨겠죠. 보험은 불확실한 미래에 대비해서 조금이라도 젊고, 내가 보험을 선택해서 가입할 수 있는 건강한 몸일 때 가입하셔야 해요. 오늘

제가 이대로 사인 안 받고 가면 고객님이 언제 다시 보험을 준비하고 싶다는 마음이 드실 것 같으세요? 적어도 1, 2년은 이대로 훌쩍 지나지 않을까요? 나중에 저한테 왜 그때 가입 안 시켰냐고 분명 뭐라고 하실 거에요. 마음먹었을 때 하세요. 보험가입하시고 나면 고객님의 의무는 보험료만 꾸준히 잘 내주시고, 혹시라도 아프면 병원 가기 전에 저한테 연락주시면 되요. 든든하지 않나요?"

고객에게 수익률 몇 프로를 내 주겠다고 설레발을 치는 것도 아니고, 변동금리 상품의 해지환급금을 확정인것처럼 떠들어대는 고객의 환심을 사기 위한 멘트도 아니다. 내가 할 수 있는 것은 오로지 하나, 고객님 곁에서 항상 있는 것, 담당설계사를 잠시 잊고 있다가 고개를 돌려도 그 자리에서 묵묵히 일하며 설계사의 본분을 지키는 것 하나뿐이다.

내가 병원에서 간호사로 일하고, 법의학연구소에서 두꺼운 서류를 분석하고, 자동차보상 의료심사로서 장해를 접해본 것은 보험설계사를 하기 위한 훈련이었다고 여긴다. 지금 내 자리에서 아름답고 향기로운 꽃을 피우기 위해서는 시간이 조금 더 필요하다.

당신만큼 나를 구속하는 이도 없고

당신만큼 나를 자유롭게 하는 이도 없습니다
당신 없이는 아무 것도 할 수 없는 바보이면서
당신과 함께라면 무엇이나 다 할 수 있는 만능가입니다
당신만큼 나를 어리석게 만든 이도 없고
당신만큼 나를 슬기롭게 하는 이도 없습니다

이해인 수녀님의 '당신만큼' 이라는 시이다. 나에게 '당신' 은 '고객' 과 100퍼센트 동일인물이다. 나를 만능가로 만들고 슬기롭게 하는 고객, 고객 없이는 아무 것도 할 수 없는 나는 이타적 예민함을 가지고 묵묵히 고객 뒤를 따르며 필요할 때 도움을 드리는 향기 나는 사람으로 남고 싶다.

05

# 두근두근 첫 느낌으로

"혈압계와 청진기를 들고 처음으로 환자 앞에 다가섰을 때의
그 두근거림을 지금도 몸이 기억한다.
시간이 지나도 그때의 초심을 잃지 않고 끈기 있게 도전할 것이다."

"간호학생, 701호 환자분 혈압 체크해오세요." 간호사 선생님의 말 한 마디에 나와 같은 실습조 동기들이 서로 먼저 병실에 가보겠다고 앞서거니 뒤서거니 혈압계와 청진기를 찾으며 우왕좌왕 한다. 병원 실습 전에 우리는 서로 팔뚝에 혈압 재는 연습을 했다. 팔이 마비될 만큼 혈압계의 수은주를 최대한 올리고, 천천히 공기를 빼며 혈관에 피가 흐르는 순간 '뚝뚝뚝' 내는 소리가 들리기만을 가슴 졸이며 귀 기울인다. '와, 들린다, 들려. 진짜 신기하네.' 동기들과 청진기에서 소리가 들린다며 난리법석을 떤다. 실습은 충분히 했으니 이제는 실전이다. 결국 가위 바위 보로 병실에 갈 사람이 정해졌고, 나는 발걸음도 당당히 혈압계와 청진기를 들고 병실로 들어선다. 환자 이름을 확인하고, 주사를 맞지 않은 팔로 혈압을 재야하는데 내 심장

소리가 너무 커서 환자한테까지 들리면 어떻게 하지, 걱정이 앞선다. 혈압계 퍼프 사이로 공기 하나 들어갈 틈 없이 타이트하게 감고, 그 사이에 청진기를 끼고 혈압계에 퍽퍽 공기를 집어넣는다. 들려라, 들려라. 안 들리면 그냥 '120에 80 정상이에요' 라고 말하고 나와야지. 별의별 생각이 다 든다. 수은주를 최대한 올리고 천천히 공기를 뺀다. 뚝.뚝.뚝. 아, 들린다 들려.

"701호 환자분, 130에 90으로 혈압 나왔어요." 담당 간호사에게 보고를 하니, 실습조 친구들이 우르르 달려와 정말 들렸냐고, 떨리지 않았냐고 질문을 퍼붓는다. 어깨를 으쓱하며 '별거 아니네' 라고 말하며, 친구들이 내 등줄기에서 흐르는 땀은 알아채지 못하기를 바랐다. 간호학과 3학년 2학기 때부터 시작되는 병원 실습은 혈압, 당 체크, 다 맞은 혈관주사 빼오는 실습이 대부분이다. 처음에는 서로 먼저 해보겠다고 했던 이런 일들은 실습 시작한 지 1~2주만 되어도 익숙해져서 내가 지난번에 했으니, 이번에는 네가 갈 차례라고 미루기 십상이다.

"원 투 쓰리~ 파이브 식스 세븐~ 여러분 살사는 몸치도 즐겁게 출 수 있는 춤이에요. 박자만 잘 기억하시면 돼요." 초등학교 운동회 때 부채춤, 고등학교 운동회 때 반 대항 단체율동, 대학교 율동패에서 잠시 머물렀던 것을 제외하면 스스로 몸치라 여겨온 나에게 춤은 신의 영역이었다. 법의학연구소 원장님에게 살사 동호회 가입 권유를 받았지만, 촌년에게 '살사'라는 춤은 불건전하다는 고정관념으로 다가왔다. TV에서 보았던 이상야릇한 댄스 복장을 하고 춤추는 여성들이 떠올라 선불리 시작할 용기가 나지 않았다. 그로부터 2년이 지난 후, 서울 생활도 차츰 적응이 되고 주말에도 방바닥만 긁고 있는 내 이십대 후반을 불태워 보고자 큰 맘 먹고 압구정 살사바로 향했다. 20대 중반에서 30대 후반의 남녀가 거울 앞에 서서 동호회 강사의 카운트에 맞춰 움직인다. 오른발, 왼발을 앞, 뒤, 옆으로 뒤뚱거리면서 다소 어리숙한 자세로 따라 움직이기 바쁘다. 보기만 해도 우스워보였고, 과연 내가 저런 몸짓을 할 수 있을까 싶었다. 나란 여자도 강사가 오른발을 내밀라고 하면 왼발을 내밀고 오른쪽으로 돌라는 소리를 듣고도 왼쪽으로 도는 지경이니, 자기 몸 하나 마음대로 못 움직이는 강습생들은 서로의 얼굴을 쳐다보며 피식피식 웃어대느라 정신이 없다.

"여러분, 몸이 마음대로 안 움직이죠? 오늘부터 연습할 때 입으로 카운트를 세면서 박자에 맞춰 스텝을 연습해보세요. 그러면 어느 순간 몸이 기억하고 따라서 움직일 거에요"

강사의 말을 귓등으로 듣고 역시 난 몸 쓰는 것에 소질이 없나보다 고 생각하며 가방을 챙겨 축 쳐진 어깨로 살사바를 나오려는데, 플로

어에서 즐겁게 춤을 추며 즐기는 사람들을 보니 한없이 부러웠다. 남자가 오른쪽으로 돌리면 오른쪽으로 돌고, 어쩜 남녀가 호흡이 잘 맞게 저렇게 춤을 예쁘게도 출까? 포기하기는 이르다. 다음날부터 나는 장소불문하고 스텝연습을 했다. 회사 화장실은 기본이고, 지하철을 기다리면서도 베이직 스텝, 사이드 스텝, 다이아몬드 스텝을 남들의 시선 따위 신경 쓰지 않고 밟고 또 밟았다. 스텝이 몸에 익으니 이번에는 턴이 기다리고 있었다. 선배들처럼 두세 바퀴는 거뜬하게 돌고 싶었다.

회사 화장실에서 턴 도는 연습을 하다가 중심을 잡지 못하고 호랑나비 춤을 춘 적도 다반사이다. 정규강습이 끝난 후 프리댄스 시간에는 남자 선배들이 여자 후배를 홀딩해주었다. 동기들은 춤을 조금 못 춰도 즐겁게 놀았지만 욕심 많은 나는 역시 거울 앞에 서서 스텝과 턴을 연습했고, 잘 추는 여자 선배들의 모습을 보면서 동작을 익혔다. 나는 언제쯤 턴도 몇 바퀴씩 깔끔하게 돌고, 웨이브도 해보고, 박자에 쫓기지 않고 출 수 있을까. 나에게 그런 날이 올까. 이쯤 되니 살사는 취미를 넘어서 정복해야 할 산이 되어버렸다.

조금 못 추는 대로 즐겨도 아무도 뭐라고 하지 않는데도 나는 내 성격을 못 이겨 거울 앞에서 스텝을 밟고, 턴을 돌고 연습을 했다. 살사를 취미로 한 지도 벌써 6년이 되어간다. 몇 주 전 오랜만에 살사바를 들리게 되었다.

'스텝이나 제대로 밟을 수 있을까? 에이 그냥 가지 말고 근처 맥주집에서 놀다가 집에 갈까? 그래도 올해가 가기 전에 한번은 들려보자.' 마음먹고 살사바에 들어서니 동호회 사람들이 반겨주며 서로 홀딩 신청을 한다.

"나 첫 곡이야. 오랜만에 와서 제대로 출 수 있을지나 모르겠어." 라고 이야기했지만, 나는 알고 있다. 근육이 기억하고 스텝부터 턴, 스타일링을 기가 막히게 착착 해낸다는 것을. 내가 아니라 내 몸이 그 어려운 것을 해낸다. 비루한 내 몸을 비하하고, 내가 바보 같음에 한숨 쉬었던 게 불과 몇 년 전 일이었다. 그때 포기하지 않고 꾸준히 추다보니, 나에게도 평생 즐길 수 있는 취미가 생긴 거다. 다행이다, 그때 포기하지 않아서.

살사의 단계로 따지면, 나는 지금 베이직 스텝 순서를 외우고 있다. 그럼에도 무대에서 멋진 공연복을 입고 진한 화장을 하고 완벽한 군무의 공연을 해내면서, 관중들의 박수갈채 받는 꿈을 꾸고 있다. 꿈꾸는 것은 자유다. 꿈만 꾸는 시체가 되지 않기 위해, 꿈을 실현시키기 위해, 박수 칠 관중들을 위해 시간을 들여서 스텝을 밟고 턴 돌기 연습을 해야 한다.

《절대긍정》의 김성환 저자는 성공하려면 초심, 열심, 뒷심이 필요하다고 조언한다.

"처음에 가졌던 각오와 자신감을 시간이 지나도 잃지 않는 초심, 끈기 있게 도전하는 불굴의 정신을 유지하는 열심, 일을 확실하게 마무리하여 성과를 최대화하는 능력을 갖추는 뒷심이 그것이다. 이 세 가지 마음을 지속적으로 유지하는 에너지는 무엇보다도 절대긍정의 마인드에서 나온다."

무슨 일이든 처음은 생소하고 어렵지만, 포기하지 않고 지속적으로 해나간다면 결국 원하는 성과를 얻는다는 것은 간호학과 실습을 통해, 살사댄스라는 취미를 통해 이미 터득했다. 그 외에도 내 삶에는 무수한 결과물들이 오늘의 나를 만들었다고 생각한다. 이제는 절대긍정의 마인드와 사명감으로 고객에게 올바른 보장을 전달하겠다는 초심을 유지하며 끈기 있게 도전할 것이다. 그래서 결국에는 고객님에게 필요한 보장을 준비해드리는 뒷심을 보이도록 하겠다.

# 린치핀이라고 들어보셨나요

"자동차 바퀴가 빠지지 않도록 축을 고정하는 린치 핀.
작고 미미하지만, 이 부품이 없으면 자동차 바퀴는 굴러갈 수 없다.
그 역할은 무엇과도 대체할 수 없다."

직장생활이 길어질수록 나에게는 꿈이 생겼다. '서른다섯 살엔 나만이 할 수 있고 나 아니면 안 되는 일을 하고 있어야지, 그런 자리에 있어야지.' 라고 말이다. 누구나 다 꿈꾸는 목표일 것이다. 나 아니면 안 되는 일이 어떤 일이었을까? 우연찮게도 나는 서른다섯 살에 보험영업을 시작했고, 내 터닝 포인트가 되었다.

"아니, 간호사가 얼마나 좋은데, 보험설계사를 하고 그래요?"

"간호사가 적성에 안 맞았나요? 간호사랑 보험이랑 아무런 관련도 없는 것 같은데, 희한한 아가씨네..."

"고객님, 보험은 사람의 몸에 대해서 보장을 해주는 거잖아요. 아프시면 어디 가세요? 병원 가시죠? 병원 가셔서 치료받고 보험 청구해야 하는데, 담당자가 어떤 서류를 제출해야 하는지 잘 알려주면 좋으시겠죠? 서류를 떼어서 보험 청구되는지 알아봐야 하는데, 담당 보험설계사가 진료기록부 보면서 설명해주고 청구까지 잘 해주면 만능비서가 따로 필요 없어요."

이미 많은 간호사 출신 보험설계사들이 현장에서 일하고 있다. 간호사는 CS 마인드 확실하고, 군대 조직처럼 하라면 하는 면도 있다. 중환자실이나 응급실에서 중증환자를 많이 접한 간호사들은 정신력도 강하다. 나는 법의학연구소에서 부검(그 특유의 냄새는 아직도 코끝에서 맴돈다) 보조까지 했으니, 할 말 다 했다. 고객들의 거절에 웬만해서는 상처받지 않는다. 대신 내 부족함에 화가 난 적은 많다.

보험설계사에 간호사라는 경력과, 자동차보상에서 머리부터 발끝까지의 장해를 다뤘다는 점은 어느 누구에게도 뒤지지 않는 강점이라고 생각한다. 이것이 바로 린치핀! 아무도 대체할 수 없는 나만의 무기이다.

생각의 발상을 닮고 싶은 세스 고딘의 《린치핀》 중 일부이다.

"당신 안에는 타고난 천재성이 잠들어 있다. 당신의 공헌은 가치 있고, 당신이 창조한 예술 또한 값지다. 오직 당신만이 할 수 있는 일이며, 또한 당신이 반드시 해야 하는 일이다. 지금 당장 일어나 선택하라. 차이를 만들어 보자.

이제 우리는 다른 사람에게 꼭 필요한, 없어서는 안 되는 고유한 사람이 되어야 한다. 누구나 찾아서 곁에 두고 싶어 하는 꼭 필요한 사람이다.

사람은 자신이 기계의 톱니바퀴가 아니며 쉽게 교체될 수 있는 부품이 아니라고 느낄 때 힘든 일에 자발적으로 도전하고 스스로 성장한다. 그들에게 지불하는 보수보다 더 많은 가치를 생산해 낸다.

린치핀 없이는 멀리 갈 수 없다. 기업은 린치핀을 중심으로 구성된다. 각각 흩어진 개별 직원들을 하나로 붙잡아 주는 역할을 하는 반드시 필요한 사람들이다."

린치핀의 사전적 용어는 '마차나 수레, 자동차의 바퀴가 빠지지 않도록 축에 꽂는 핀' 을 이야기한다. 린치핀이 없다면 자동차의 바퀴가 빠져서 제대로 굴러갈 수가 없다. 아주 조그마한 부품이지만, 그 역할은 무엇과도 대체할 수 없는 것이다.

"간호사님은 유니폼이 참 잘 어울리시는 것 같아요." 주말에 부모님이나 할머니 병문안 오는 젊은 남성들에게 자주 듣는 말이었다. 보호자와 사적인 관계로 발전한 적은 없었지만, 아직도 기억에 남는 말이다. 사복을 입고 소개를 받는 자리에서도 간호사라고 말하면, 딱 간호사 같다는 말이 100퍼센트 나왔다.

'내가 간호사처럼 생겼나? 간호사는 나처럼 생긴 사람인가? 간호사의 정해진 이미지가 있나?' 궁금했다.

고객님과 면담한 사진을 블로그에 종종 올렸는데, 홍보팀에서 내 글을 보고 고객님과 같이 사진을 찍어서 회사 페이스북에 올리고 싶다고 연락이 왔다. 개인적으로는 내 얼굴이 회사 페이스북에 올라가니 영광이었고, 고객님께도 즐거운 이벤트가 될 것 같아 약속을 잡고 고객님이 계시는 부천역 근처 카페에 먼저 도착하여 홍보팀 직원들을 기다리고 있었다. 홍보팀 중 한 분이 카페 2층으로 올라가는 내 모습을 보며, 보험설계사 같다고 생각했다고 한다.

"제가 보험설계사처럼 딱 보이나요?"

"네. 헤어스타일이나 옷 입는 스타일에서 영업하시는 분 이미지 같더라구요."

간호사할 때는 간호사 같다더니, 보험설계사가 되니 딱 봐도 보험설계사 같다고 한다. 카멜레온인가? 자동차보상 의료심사를 할 때는 지금처럼 옷 입는 것이나 꾸미는 것에 신경을 많이 쓰지 않았다. 거의 땅바닥에 붙는 낮은 구두를 신었고, 아프신 분들을 뵈러 병원에 가는 것이니 옷은 화려하지도 않게, 그렇다고 너무 가벼워 보이게도 입지 않으려 했다. 생각해보면 나이에 비해 촌스럽게 다니기도 했다. 그 때에 비하면 지금은 용 됐다. 나를 아는 분들에게는 이전과는 다른 이미지를 심어주고 싶었고, 내가 고객이라면 어떤 설계사에게 마음이 기울 것인가도 고민해본 결과이다. 그렇다고 명품을 휘감는다는 것은 아니다. 소유하고 있는 명품도 없을뿐더러, 내가 상품이 되어 명품 이상의 가치를 드리고 싶다.

보험영업에서 '린치핀'이 대체할 수 없는 꼭 필요한 존재가 되는 방법은 무엇이 있을까?

작년 7월부터 주 1회씩 후배들과 약관 스터디를 했다. 기독교인에게는 성경이 필수이고, 학생에게는 교과서가 필수이듯, 보험설계사에게는 약관이 성경이고 교과서이다. 혼자 공부하면 금방 지치고 정보력도 떨어지기 때문에 후배들과 돌아가며 주제를 정해서 공부를 했다. 얼마 전에는 다른 보험회사를 다니던 보험설계사님이 약관 스터디에 참석하고 싶다고 연락이 와서, 초대해서 같이 공부를 한 적도 있다. 본인 회사에서는 약관 공부하는 사람도 없을뿐더러, 선배에게 약관에 대해서 물어보면 그런 것은 알아서 뭐하냐고 약관 펼쳐볼 시간에 나가서 한 명이라도 더 만나라고 핀잔을 들었다고 한다. 다음에도 기회가 되면 약관 스터디에 참여하고 싶다며, 본인도 열심히 공부하겠다던 설계사님이 생각난다.

어제 모르는 번호가 부재중 전화로 찍혀있어 전화를 했다. 블로그를 보고 연락을 주신 여성분이었다. 내 고객님의 자궁근종 수술 보험금 청구사례를 블로그에서 보시고, 본인 보험금이 덜 나온 부분에 대해서 확인하고 싶으셔서 연락을 주신 것이다. 내용을 들어보니 내가 확실히 알지 못하는 내용이었다. 모르는 것을 안다고 할 수는 없어, 상담고객님께 사실대로 이야기했다.

"제가 아직 고객님과 같은 사례는 청구해 본 적이 없습니다. 고객님만 괜찮으시다면 보험사와 주고받았던 서류를 인적사항 가리고 보내주시겠어요? 제가 공부해서 알아보고 연락드리겠습니다."

흔쾌히 서류를 보내주셨다. 부산 출장을 다녀온 직후라 아직 알아보지는 못했다. 이번 주 내에 내용 확인해서 알려드릴 작정이다. 이렇게 상담을 통해 또 하나의 사례를 공부하고, 내 고객들이 이런 상황이 되었을 때 바로 대처할 수 있는 능력을 키워놓을 수 있으니 감사하다.

작년 12월에는 보험과 세법이란 주제로 수업을 들었다. 단순히 의료비 보장만을 해주는 보험이 아닌 상속세, 증여세와 보험을 관련지어 공부하는 것이었다. 보험의 영역에는 끝이 없었다. 이제 첫발만 뗀 수준이니, 꾸준히 공부하면서 내 영역을 확장시켜 나가고 싶다.

1월부터는 증권투자 대행인 공부를 시작하고 4월에 시험을 본다. 어떤 고객님은 나더러 제발 공부 좀 그만하라고 하신다. 내가 살아남고 발전해야 고객님과 동행하며 끝까지 갈 수 있다. 끊임없이 변하는 경제, 금융, 보험 트랜드에 깨어있어야 하지 않을까.

글 쓰는 보험설계사라는 타이틀로 꾸준히 글도 써야겠다. 고객님과 있었던 이야기들을 쓰면서 고객님들께 감사하는 마음도 전하고, 내 속내도 차분히 적어보고 싶다.

간호설계사라는 퍼스널 브랜드로 더 즐겁게 일해야겠다. 당신의 보험을 간호해드리는 간호사 출신 보험설계사로, 고객님들 머릿속에 린치핀으로 기억되자.

언제든 이 글을 펼쳐보았을 때는 하나씩 성취해나가는 내 모습을 떠올려본다.

"여러 가지로 그대는 게을렀다
행동하는 대신 그대는 꿈을 꾸고 있었다
감사해야 할 때 그대는 침묵을 지켜왔다
여행을 했어야 했지만 그대는 자리에 누워 있었다"

괴테 어록 중에 나오는 말이다. 꿈 대신 행동을, 침묵 대신 감사로 무장하는 간호설계사가 되자.

Chapter 04

[ 제 4 장 ]

# 인생은 선택입니다

"저희는 간호사 출신 보험설계사입니다.
치료 후 보험혜택 못 받으신 거 있으면 확인하고
청구 도와드리는 재능기부를 하고 있습니다."

# 옳다고 생각된다면

"나는 언제나 옳다고 생각하는 일에는 용기를 가지고 당당하게 부딪쳤다.
누가 뭐라고 해도 남들 눈치 보지 않고,
그곳이 어디든 상관하지 않고 자신감 있게 도전했다."

전남대병원 간호사로 근무하는 동안 나에게는 취약이 하나 있었다. 낮밤 가릴 것 없이 워낙 잠이 많은 나는 특히 나이트 근무 때는 거의 눈도 뜨지 못할 정도로 힘들어 하며 밤근무를 했다. 나이트 근무의 업무는 대충 이렇다. 오후 10시 30분에 출근하여 이브닝 근무자에게 인계를 받고, 다음날 주치의 오더를 받기 시작한다. 바뀐 구강약과 주사약물을 확인하고, 검사 오더에 따라 환자에게 금식을 안내하고, 검사준비를 해놓는다. 병동청소를 하고, 지저분한 네임보드에 이름을 다시 쓰고 병실을 돌아다니며 환자분들이 잘 주무시는지 체크를 한다. 새벽 3시 30분에서 4시 사이 오더 받는 업무가 얼추 마무리되면 야식을 먹으며 잠깐 쉰다. 5시가 되어 가면 액팅 간호사는 중앙의 약국으로 가서 새로 추가된 약과 주사를 미리 타 와서 데이 근무자가 아침에 바로 쓸 수 있도록 준비해 놓는다. 새벽 5시 30분에서 6시 사이면 두 명의 간호사는 카트 위에 혈압계, 당뇨측정기계, 식전에 먹을 약을 올려놓고, 아침에 첫 수술이 있는 환자에게 놓을 수액, 어제 수술하고 배액관에서 몇 cc가 나왔는지 용량을 확인할 공병까지 꽉 채워 덜덜덜 카트를 밀며 각자 맡은 병실로 향한다.

간밤에 열 없이 잘 주무셨는지, 머리 아프신 곳은 없는지, 아침에 식사는 드셔도 되겠는지, 환자 한 분씩 이야기를 나누며 혈압, 맥박, 온도를 체크하다보면 30분에서 1시간은 기본적으로 걸린다. 그 사이 데이 근무자들은 출근하여 인계받을 준비를 한다. 인계받는 사람이 깐깐한 선배라면 그날 일찍 퇴근하는 것은 포기하는 게 마음 편하다. 인계하면서 혼나고, 퇴근하기 전에 못다 한 업무를 다 해놓고 가야하니 나이트 근무보다 더 열심히 병동을 돌아다니며 빠트린 업무를 하고 나면 녹초가 되어서야 병원을 빠져 나올 수 있다. 화장기 없는 얼굴로 흘러내리는 머리를 대충 뒤로 묶고, 서 있을 힘도 없어서 버스정류장에 앉아 멍하니 집에 가는 버스를 기다린다. 정류장에 멈춰서는 버스에서 총총 내리는 생기발랄한 사람들을 보면서 생각했다.

'나에게도 밤에 잠자고 아침에 출근하는 날이 올까'

남들은 아침밥을 먹고 한창 일할 시간에 집에 가면 엄마는 식사도 안 하시고, 고생한 나와 같이 아침 식사 한 끼 하시겠다며 아침밥을 차려놓고 나만 기다리고 계신다. 그런 엄마에게 신발을 벗자마자 하소연을 시작한다.

"엄마, 나 그만둘까봐. 힘들어, 못 하겠어."

실은 정말 그만두고 싶어서가 아니라, 관심받기 위한 투정이었고, 그만두지 않기 위해 엄마에게 욕을 들으면서라도 정신 차리기 위해서였다.

대학원 진학과 맞물려 이제는 선택해야 했다. 대학원에 입학하기 위해 병원을 계속 다녀야 하는지, 아니면 달콤한 도전을 향해 달려갈 것인지 말이다. 그 날도 나이트 근무를 마친 후 엄마와 밥상 앞에 앉아 있었다.

"엄마, 나 이제는 정말 그만 둬야 할 것 같아." 엄마에게 빗자루로 맞을 각오를 하고, 떨리는 목소리로 모기소리 만하게 내뱉은 이야기를 엄마는 잘도 알아들으셨다.

"그래, 네가 몇 년 동안 일 했는데도 그렇게 생각된다면 그만두고 하고 싶은 거해라."

생각해보면 엄마의 동의를 받지 않고도, 나는 병원을 얼마든지 그만 둘 수 있었다. 사표도 내가 쓰고, 병원도 그만 나가는 것은 나니까. 그럼에도 투정을 부리고 혼나며 병원을 그만두면 안 될 이유를 찾고 있었는지도 모르겠다.

C실장님과의 첫 만남은 무척 짧았다. 부천팀에 근무하는 의료심사자가 분만휴가를 들어가면서, 한 달 정도 내가 파견근무를 가게 되었을 때, 옆 자리에 앉아 한두 번 인사를 나눈 것이 전부였다. 호탕하고 수더분한 인상이 좋은 분이라는 느낌을 받았다. 그렇게 3년이 지나, 작년 가을에 다른 직원의 결혼식장에서 우연히 마주쳤다. 3년이 지나서 나를 기억할까 하는 우려와는 달리, 먼저 반갑게 인사해주는 C실장님이 고마웠다.

"저 4월에 회사 그만두고, 보험설계사하고 있어요. 주변에 보험 상담 받으실 분 있으면 소개 좀 많이 해주세요."

남자들만 주르륵 서 있는 결혼식장 대기실 앞에서 이때 아니면 나를 알릴 기회가 없다는 생각에, 귀까지 빨개져 가며 다른 직원 분들과 C실장님에게 영업 아닌 영업을 했다. 영업하려면 뻔뻔해야 한다는데, 나는 지금도 여러 명 앞에서 이야기를 할 때면 안면홍조가 심해진다. 부끄러움이 이렇게 많아서야 어떻게 하나싶다.

"그동안 어떻게 사나 궁금했는데 보험해요? 연락처 좀 줘 봐요. 꼭 연락드릴 게요."

정말 얼마 지나지 않아서 암보험 문의로 C실장님에게 전화가 왔다. 가입하신 H보험사 증권을 받아서 보니, 암보장이 잘 준비되어 있어서 추가로 가입시키는 것은 내 욕심이라 여기고, 잘 가입되었으니 유지만 잘 하시도록 설명 드렸다. 대신 심장과 뇌 관련 혈관질환은 과거병력 때문에 가입이 안 되어, 언제든 좋은 상품이 나오면 연락을 드리겠노라고 했다.

그 후 실장님은 봇물 쏟듯 소개를 계속 해주셨고 그 첫 번째 고객은 일산의 어학원을 운영하시는 친구 분이셨다. 원장님을 만나 뵙고, 화재보험을 준비시켜 드린 후 꾸준히 연락을 해오면서 부부의 운전자보험, 원장님의 종신보험까지 하나씩 도와드리고 있다.

동기나 팀원들에 비해 나는 소개가 늦게 나온 편에 속한다. 매니저님은 항상 "S언니는 워킹 한 달 만에 소개가 나와서 계약까지 했어요. 서연 씨도 고객들에게 꾸준히 소개 요청을 해봐요." 라고 말씀하셨지만, 내가 나오는 소개를 거절한 것도 아니고 고객들에게 소개를 요청해도 알겠다는 대답만 돌아올 뿐 소개 한 번 못 받아보고 이대로 끝나나 싶어 마음이 조급해졌고 속상했다. 그 물꼬를 터 준 것은 C실장님이었다.

그 후로 유병자 보험의 나이제한이 많이 완화되었다. 실장님의 혈관질환 담보가 없는 것이 내내 신경 쓰였던 차에, 상품 정보를 확인하고 즉각 연락을 드렸다. 가입 가능한 상품을 찾았다며, 빨리 가입하자고 재촉 아닌 재촉을 했다. 원래 보험은 사는 것이 아니라 파는 것이라고 했다. 고객들의 니즈를 불러일으켜서 판매하는 것. 실장님과 몇 차례 제안서를 주고받으며 가입금액을 조절 후 드디어 보장을 준비해드렸다. 나로서 할 도리는 다했다는 안도감에 내 보험인 것처럼 내가 더 기뻤다. 꾸준한 연락을 통해 많은 소개로 이어지고 있는 실장님과의 인연에 고마울 따름이다.

탈무드에 나오는 유명한 이야기이다.

"개구리 세 마리가 우유통 속에 빠졌다. 첫 번째 개구리는 '모든 것은 하느님의 뜻에 달렸다' 고 생각하고 아무 것도 하지 않았다. 두 번째 개구리는 '우유가 너무 깊어서 이 통을 빠져나간다는 것은 도저히 불가능하다' 고 생각하면서 역시 아무 것도 하지 않다가 빠져죽었다. 그러나 세 번째 개구리는 비관도 낙관도 하지 않고 현실을 잘 판단했다.

'아무래도 일이 단단히 잘못 되었군. 어쩌면 좋지?'

그렇게 고민하면서 코를 우유 밖으로 내밀고 천천히 뒷다리를 움직이기 시작했다. 그러던 중 딱딱한 무언가가 발에 닿았다. 그래서 뒷다리를 딛고 설 수가 있었다. 버터였다. 다리를 움직여 우유를 휘젓는 동안 버터가 만들어졌고, 그래서 그 위를 딛고 마침내 통 밖으로 뛰어나올 수 있었다. 절망할 필요가 없다. 줄기차게 헤엄치기를 계속하는 것이다."

간호사를 그만 둘 수 있었던 용기, 건장한 장정들 틈에서 명함을 돌릴 수 있는 용기는 내가 나에게 표창장이라도 만들어서 주고 싶을 만큼 잘한 일이다. 간호사 후배들은 오해하지 말았으면 한다. 간호사를 그만 둬서 잘 했다는 뜻이 아니다. 하나의 선택과 행동을 이야기하는 것이다.

내가 옳다고 생각한다면 누가 뭐라고 해도 남들 눈치 보지 말고, 그곳이 어디든지 상관하지 말고 행동으로 옮겨야 한다. 다른 개구리들은 고상하게 가만히 있는데, 나만 우스꽝스러운 행동으로 얼굴을 우유통 속에 처박는 게 부끄럽다고 생각해서는 안 된다. 뒷다리를 움직이다가 멈추면, 버터는 다시 우유가 되어 나를 집어 삼킬 것이다.

괴테는 '인간이란 알기를 재빨리 하고 실천하기를 늦게 하는 동물'이라고 했다. 우리는 이 말이 맞다는 것을 굳이 증명하기 위해 내 마음 속에서 울부짖는 소리에 귀를 막고, 모른 척하며 잠자는 꿈속만 헤맬 것인가. 반기를 들자.

# 지금 결정해야 합니다

"보험을 설계해드리고자 고객을 만났을 때,
조금 더 생각해보고 결정하겠다는 말을 많이 듣는다. 이럴 때 바로 결정하시도록
돕지 못한 것은 내 설명이 부족한 탓이리라."

당신의 지갑을 열게 하는 기준은 무엇이며, 당신의 발걸음을 움직이게 한 원동력은 무엇인지 알고 싶다. 이관 고객님으로 만난 여성 고객님과 상담 중, 본인의 보험이 너무 많고 필요 없는 것 같아서 얼마 전에 보험을 해지하셨다는 이야기를 들었다. 설계사에게 증권 분석은 받고 해지하신 건지 궁금했다. 관리를 제대로 해주는 설계사도 없고 여기저기 빠져 나가는 보험료가 아까워 본인이 종이에 적어가며 정리하고 해지를 하셨다고 했다. 주변에 제대로 설명드릴 설계사 한 명도 없었다는 것이 안타까웠다. 해지한 보험증권을 보니, 예전 보험들이라 담보나 가입금액도 넉넉하고 좋은 상품들이었다. 다시는 보험을 혼자 판단해서 해지하시지 말도록 당부 드렸다.

내가 보험을 한다고 하면, 사돈에 팔촌, 아는 형, 누나까지 들춰내시며 '주변에 보험 하는 사람 한두 명은 꼭 있잖아. 나도 우리 작은 이모가 보험하거든. 이모한테 다 맡겨.' 라고 하는 이 말이 부럽기도 하고, 반박해보고 싶기도 하다. 내 고객이 다른 보험설계사에게 내 이야기를 저렇게 해준다면 덩실덩실 어깨춤이라도 추겠다. 나를 신뢰하고 다 맡긴다는 것만큼 좋은 칭찬이 또 어디 있을까.

"그래서 고객님은 본인이 아프면 진단금이 얼마나 나오는지 알고 계신가요? 제대로 된 보험인지 확인해보셨어요? 보험의 개수보다 중요한 것은 하나를 가입해도 제대로 가입을 해야 한다는 거죠. 개수가 많아도 보장이 부족하거나, 특약이 빠진 경우도 허다하게 봤어요. 보험증권의 개수가 보장의 크기라고 생각하시면 큰일 나요."

추가 가입을 하지 않더라도 가끔은 내가 가입한 보험이 제대로 가입되었는지, 부족하거나 넘치는 부분은 없는지 보험증권 분석을 받아볼 필요가 있다.

다시 이관 고객님 이야기로 넘어가 보겠다. 40대 중반의 여성 고객님은 건강관리를 잘 하셔서, 아직까지 크게 치료를 받으신 적이 없었기 때문에 돈만 빠져나가는 보험이 불필요하다고 생각하셨다. 해지하고 나니 주변에서 실손보험 하나는 꼭 필요하다고 이야기를 들으셨다면서, 나에게 가입이 가능한지 문의를 하셨다. 나이와 과거질환으로 보험료가 오르기는 했지만, 고객님은 흔쾌히 나의 제안에 동의하셨다.

내용은 이제부터이다. 청약을 마무리하고서야, 고객님은 나에게 넌지시 물으셨다.

"서연 씨, 처음 봤을 때부터 얼굴은 예쁜데, 모공이 너무 넓어서 모공관리만 하면 좋겠다고 생각했어요. 제가 화장품 좀 추천해도 될까요?"

첫날 상담했을 때 화장품 사업을 하신다고 언뜻 말씀하셔서 언제든 제품을 추천 해주실 거라고 생각했다. 나도 삽으로 퍼낸 듯한 넓디넓은 모공이 보기 싫었던 차에, 딱 아킬레스가 걸려버렸다. 아무리 예뻐도 피부미인 만큼은 못 따라간다는 말도 있듯, 모공관리 차원에서 고객님께 제품을 추천받고 바로 주문했다. 여자들이 흔히 하는 변명이지만 피부샵에 가서 관리를 받는 것보다 합리적인 가격이었고, 집에서 내가 꾸준히 관리할 수 있다는 장점과 여러 측면들을 고려해서 아무 거부감 없이 주문을 했던 것이다. 1주일 후 보험증권을 드리기 위해 다시 만났을 때, 고객님께서 이렇게 말씀하셨다.

"서연 씨 같은 고객만 있으면 누가 영업이 힘들다고 하겠어요. 정말 좋다."

내 소비 패턴이나 지출의 결정은 대부분 이러하다. 살까 말까 고민할 때는, 그것을 사지 않았을 때 내 행동을 유추해보는 것이다. 밥을 먹을 때나 고객을 만나러 갈 때나 잘 때까지 계속 '살걸 그랬나?' 라는 메아리가 머릿속에서 떠나지 않고 눈에 아른거릴 것인지 아닌지를 말이다. 이 상품이 나에게 있을 때와 없을 때의 차이도 따져본다. 내 선택이 맞다고 결정되면 과감히 그 자리에서 바로 사는 편이다. 과소비 패턴이 물씬 풍기는 소비의 결정처럼 보일지도 모르겠지만, 나는 명품백 하나 없는 삼십대 여성이다. 명품백 대신 여행, 전시회, 공연, 책, 교육 등 내 감성과 미래에 투자를 하는 편이다. 아무리 손가락으로 셈을 해보고, 머리를 소리 나게 굴려가며 결정의 시간을 미룬다고 해도, 결론은 둘 중 하나이다. 살 것인가? 말 것인가?

실손보험이 필요하다고 해서 소개로 만난 30대 초반 여성 고객님 이야기이다. 실손보험을 가입하면서 필요한 다른 담보가 있으면 같이 준비하기 위해, 기존에 가입된 생명보험 증권을 분석했다. 사망 이외에 모든 진단금, 입원, 수술특약들이 모두 5년 갱신이다. 처음 6만 원대의 보험료는 딱 5년이 넘으니 9만 원선으로 50퍼센트가 올랐다. 보험료를 내야할 날이 너무 많은데, 80세까지 어떻게 5년마다 갱신하는 보험을 가지고 계실 수 있나 싶어, 이런 상품인지 알고 계시냐고 되물었다. 고객님은 보험료가 50퍼센트가 오른 것도 몰랐고, 알고 나니 배

신당한 느낌이라고 했다. 설계를 해보니 비갱신형 종신보험으로 지금 가입해도 고객님이 현재 내고 있는 보험료와는 큰 차이가 없었다.

"H씨, 5년 후에 보험료가 너무 많이 올라서, 다른 보험으로 갈아타고 싶다고 마음대로 갈아탈 수 있을까요? 그 사이에 아프면 어떻게 하실지 생각해보셨어요? 그리고 5년 뒤면 지금 제가 제안 드리는 보험료는 당연히 오르고, 보장의 크기가 줄어들 수도 있어요. 보험사에서는 손해율이 높아서 보험금이 많이 지급되는 특약들은 가입금액을 줄이거나, 특약을 없애버리거든요. 여태 낸 보험료가 아깝다고 하셨죠? 5년 내셨는데, 앞으로 20~30년은 더 내야 하는 것은 어떻게 생각하세요?"

그래서 여성 고객님이 갱신보험을 해지하셨냐고? 아니다. 이번에 보험료가 올랐으니 5년 동안 그 보험료를 내면 되니까 좀 더 생각해보겠다고 했다. 여태 낸 보험료가 아깝다는 말과 함께 말이다. 실손보험 증권을 드리러 간 것은 핑계였고, 어떻게든 비갱신형 보험으로 준비를 도와드리려고 찾아간 출장이었다. 내 설명이 부족했을까. 나는 아직도 그렇게 생각한다. 고객에게 제대로 설명하지 못한 내 탓이라고. 집에 돌아오는 몇 시간 동안 나는 곱씹고 되뇌었다. 고객님이 바로 결정을 하도록 돕지 못한 이유에 대해서 말이다.

지그 지글러의 《시도하지 않으면 아무 것도 할 수 없다》에 나오는 내용이다. 셀프식당 카페테리아는 어떤 메뉴를 주문해야 할지 한 눈에 볼 수 있게 되어 있다. 맛있어 보이고 먹고 싶은 메뉴를 골라 주문한 후 음식이 나오기를 기다린다. 하지만 아무리 좋은 메뉴가 많이 있더라도 전부 주문할 수는 없다. 인생도 카페테리아와 같다. 인생을 살아가면서 우리는 이 넓디넓고 아름다운 세상에서 바라는 대로 다 될 수도 없고, 모든 것을 다 할 수도 없고, 전부 가질 수도 없다. 우리는 항상 뭔가를 선택해야 한다. 무엇을 선택하고, 무엇을 거절해야 할지는 어디까지나 나에게 달려 있다.

《지금 당장 시작하라》의 배리 파버는 말한다. "우리 앞에 닥친 문제가 실제보다 크게 확대되어 보일 때가 있다. 그럴 때 우리는 실천을 미룬다. 문제를 철저히 이해하고 모든 가능한 해결책을 모색하기 위해서이다. 그러나 그러는 사이에 우리는 문제 속으로 가라앉고 만다. 사빈사의 짐 아이비는 이렇게 말한다. '나는 가끔 이런 생각을 합니다. 우리가 하는 일이란, 먼저 권총에 총알이 들었는지 확인하고 이어서 표적을 확인한 다음 그 표적을 향해 조준하고 발사하는 것과 같습니다. 일단 사격이 끝나면 우리는 가늠자를 조정하고 다시 발사합니다. 그렇게 다시 조준하고 발사, 조준하고 발사하는 것이지요.' 그는 우리가 처한 상황을, 막 도시를 파괴하려는 고질라에 비유한다. 고질라는 거

대하고 분명한 표적이고 우리는 그 놈을 쓰러뜨려야 한다. 최선의 방법은 일단 사격을 개시하는 것이다."

"언젠가는 하겠지. 지금은 건강하니까 당장은 필요 없어. 한 달에 10만 원씩 연금은 해서 뭐해. 내가 언제 죽을 줄 알고 연금이야. 우리 부모님은 다 건강하셔서 나도 보험 따위 필요 없어. 지금 살기도 힘든데, 나한테 이런 이야기 왜 하는 거야."

보험을 가입하지 않고, 정말 속 편하게 살 수 있다면 그렇게 살아보셔도 좋겠다. 가입은 하지 않았지만, 뭔가 불안하고 꺼림칙하고 신경 쓰인다면 종신보험이 아니라도, 짧은 기간이나마 정기보험으로 저렴하게 보장이라도 받으시길 부탁한다. 언제까지 조준만 하고 발사 대기만 하고 있을 것인가. 신중하고 신속한 결정이 필요한 지금 이 순간은 내 인생에 침범한 고질라에게 사격을 가해야 할 시기이다.

03

# 무엇이 당신을 망설이게 하는가

"망설일 시간도 없었고, 망설임에게 1초라는 시간도 내어주고 싶지 않았다.
지인 인맥의 고갈, 소개시장 진입의 더딤,
개척시장의 어려움을 통해 SNS라는 길을 찾았다."

블로그, 인스타, 페이스북 등 SNS에 내 일상과 업무에 관해 올리기 시작한 것은 그리 오래되지 않았다. 고객님과 같이 찍은 사진, 면담을 기다리면서 찍은 사진, 청약이 다 끝난 후 혼자 사무실에 남아 숨을 고르며 찍은 사진, 주말에 출근해서 찍은 사진은 인터넷에 맴돌고 있다. SNS에 열심인 이유는 이러했다.

보험영업은 'X시장-지인, Y시장-소개, Z시장-개척'으로 구분된다. 나는 다른 팀원들에 비해 지인들을 통한 소개가 무척 늦게 나온 편이다. 입사 6개월이 넘어서야 처음으로 소개를 받았다. 급한 내 성격과는 다르게 보험영업은 보험설계사의 평균 업무 속도에 비해 무엇이든 늦게 결과물이 나오는 것 같았다. 지인시장의 추가 가입이나 소개

요청도 필요하지만, 또 다른 루트를 확보해놔야 했다. 왜냐하면 그 루트의 빛도 천천히 밝혀질 테니까 말이다. 그것은 바로 개척이다.

가만히 서있어도 땀으로 옷이 젖던 한여름의 어느 날, 간호사 출신 남자 후배와 숨은 보험금 찾기 콘셉트로 설문지를 만들어 영등포 철강 작업장이 많은 곳으로 기세등등하게도 개척을 갔다. 딱 봐도 보험설계사 같은 사람 두 명이 어슬렁거리니, 밖에서 나와 담배를 피던 분들도 후다닥 비벼 끄고 업장으로 들어가는 모습이 보인다. 우리가 철강 쪽을 택한 이유는 아무래도 다칠 위험성이 많고, 이미 다쳤던 분들이 제대로 보험금을 청구하셨는지 확인하고 도와드리겠다는 취지였다. 대여섯 군데에 들러 명함을 드리며 인사를 하고, 놓친 보험금을 찾아드리겠다고 이야기했다.

"안녕하세요. 저희는 간호사 출신 보험설계사입니다. 보험 가입하시라고 찾아온 거 아니니까 잠깐 저희 말씀 좀 들어주세요. 작업하시다가 다치시거나 아프셔서 치료 후 보험혜택 못 받으신 거 있으면 저희가 확인하고 청구 도와드리는 재능기부를 하고 있습니다."

"보험? 보험 얘기도 꺼내지마. 설문지? 그거 명함이랑 저기 책상 위에 두고 가쇼. 필요하면 내가 연락할 테니까."

"여기 들락거리는 보험설계사들이 한둘이 아니요. 귀찮게 하지 말고 가요.”

매니저님과 병원 개척도 다녔다. 자존심이 세서인지, 자만심 때문인지 개척을 다니면서 문전박대 당하고, 내가 그렇고 그런 설계사로밖에 보이지 않는다는 것이 속상했다. 내가 굳이 고객을 찾아다니지 않아도, 고객들이 먼저 나에게 도움을 요청할 수 있는 존재감 있는 사람이 되어야겠다고 결심했다.

보험영업 관련 책에서 상처와 거절 투성이의 개척영업을 통해 결국 큰 성과를 이뤄내는 주옥과 같은 성공 스토리들을 무수히 봐왔다. ‘그래. 이 사람들도 해 냈는데, 내가 못할 이유가 뭐야. 나는 더 잘 해낼 거야.’ 라는 주문을 걸어보았지만, 이제는 보험영업을 하는 사람들이 그 길을 똑같이 갈 필요는 없다고 생각한다. 내 방법으로 내가 더 잘하는 스타일로 고객을 유치할 수 있는 방법을 고민해보자.

서울생활을 시작하면서 경제적으로 도움이 될까 싶은 마음에 경품응모를 시작했다. 연구소에서 근무했던 때라, 한가한 시간이나 퇴근 후 집에서는 줄곧 컴퓨터 앞에서 이벤트 응모에 열중이었다. 그러다가 블로그에 이벤트 글을 스크랩하면 추첨을 통해 선물을 준다는 글을 보고, 어설프게 블로그를 만들어서 지금까지 운영해오고 있다.

고향에서 가져온 화장품을 다 썼는데, 화장품 사는 돈이 그렇게 아까울 수가 없었다. 직접 쓸 화장품이 필요해서 화장품 경품 응모를 했다. 화장품 응모는 화장품을 직접 사용해보고 사용 후기를 블로그에 올리는 것인데, 후기가 좋으면 부수적으로 추가 선물이 주어졌기에 남들보다 눈에 띄는 후기를 올리려고 포토샵까지 독학으로 공부했다.

이렇게 개설해놓고, 사용했던 블로그를 보험 영업에 접목시켜 보기로 했다. 그 당시 방문자는 하루 열 명 내외가 다였다. 우선 내가 제일 잘 하고 좋아하는 정리하고 분석하는 것에 초점을 맞춰 보험 약관을 공부하고 글을 올리기 시작했다.

여기서 잠깐. 딱 한 가지만 말씀드리고 싶다. 보험설계사는 약관 공부가 생명이다. 부끄럽지만 나도 입사 초기에는 보험 약관을 찾아볼 생각도 못하고, 보험증권을 분석하다가 모르는 특약이 나오면 네이버로 검색해서 찾아봤다. 해당 보험사 홈페이지 공시실에 가면 보험 약관을 다운받아서 바로 볼 수 있는데, 그것조차 귀찮아했다. 나와 같은 보험설계사분들이 계신다면 약관 보는 습관을 꼭 들이셨으면 좋겠다. 내 영업도구 중 가장 아끼는 것은 나만의 약관집이다. 약관을 펼쳐 고객에게 보여주며 이야기하면 남들과는 다른 모습에 고객들은 신뢰감을 갖기 시작한다.

블로그에 약관과 보험 상품 특약에 대해 올린 내용을 보시고 많은 분들이 지금도 꾸준히 상담요청을 해온다. 그중에 서너 분은 나를 담당자로 선택하고, 보장도 추가로 준비했다. 처음에는 상담 문자나 전화가 오는 것이 너무 신기해서 상담일자, 상담내용들도 메모를 했으나, 현재는 따로 리스트를 만들지는 않을 정도로 상담은 많아졌다.

요청한 상담에 대해서 모르는 것은 뒤늦게 알아내서라도 꼭 답장을 드린다. 원하시는 답이 아닐 때에도 내가 알려드릴 수 있는 한에서 '이 정도까지만 알려드릴 수 있을 것 같습니다' 라고 답장을 드렸다. 익명성 때문인지, 많은 분들이 상담 후에 피드백을 주시지 않아 처음에는 상처도 받았다. 내가 설명드린대로 보험금 청구를 하셨는지, 보험금은 잘 지급되었는지 궁금했다. 보장 분석을 원하셔서 야근까지 강행하며 설명해드렸는데, 그 후 연락두절이거나 하는 일 등으로 많이 속상했고, 사람이 싫어질 정도로 회의감도 느꼈다. 하지만 이제는 기쁜 마음으로 상담하고, 연락을 주지 않더라도 인연이 아니었을 거라고 가볍게 흘려보낸다. 내가 공짜라면 양잿물도 마실 사람처럼 행동하지 않았는지 뒤돌아보는 계기가 되었다.

《괴테 어록》'처세' 편에 이런 글이 있다.

재물을 잃는다는 것-이것은 얼마간을 잃는다는 것이다. 그대는 즉

각 계획을 세워 새로이 재물을 손에 넣을 수 있다.

명예를 잃는다는 것-이것은 많은 것을 잃는다는 것이다. 그대는 좋은 평판을 얻기 위해 노력하지 않으면 안 된다. 좋은 평판을 얻게 되면 사람들의 생각은 다시 바뀌게 될 것이다.

용기를 잃는다는 것-이것은 모두를 잃는다는 것을 뜻한다. 그렇다면 그대는 차라리 태어나지 않는 편이 더 나을 뻔했다.

대니얼 코일의 《탤런트 코드》에 나오는 '미엘린' 이란 의학용어는 책 전반에 걸쳐 중요한 단어이다. 미엘린은 신경섬유를 감싸는 역할을 한다. 예를 들면 야구선수가 투구 연습을 하면 할수록 미엘린이 신경회로 주위를 감싸 두꺼워져 실력은 조금씩 향상되고 속도가 빨라진다는 것이다.

나는 망설일 시간도 없었고, 망설임에게 1초라는 시간도 내어주고 싶지 않았다. 지인 인맥의 고갈, 소개시장 진입의 더딤, 개척시장의 어려움을 통해 나는 SNS라는 길을 찾았다. SNS를 통해 많은 상담과 계약을 하시는 베테랑 선배님들에 비하면 나는 한참 멀었다는 것을 안다. 하지만 더 잘 할 수 있다는 근거 있는 자신감이 나를 감싸고 있다.

대면으로 하는 개척시장을 멈춘 것도 하나의 용기이다. 다른 사람들이 다 한다고 해서 나에게 맞지 않는 옷을 끼워 맞춰 입고 싶지 않았다. 나는 좋은 평판을 얻기 위해 온라인에서 상담이라는 재능기부를 한다. 내 전문분야인 의료지식, 자동차보상 의료심사 경험, 정리 & 분석하기 좋아하는 성격들로 무장해서 꾸준히 온라인 상담을 진행하려고 한다. 청약이라는 아름다운 결과물이 나오지 않더라도, 나에게 연락주신 모든 분들에게 감사하다. 가식적이라고? 아니다. 그 분들은 나를 지금 훈련시켜 주고 계시는 고마운 분들이다. 아직까지 접해보지 못했던 상담들이 많이 들어와서 내가 공부할 기회를 주시기 때문이다. 이 글을 보시는 많은 분들도 최서연 보험설계사의 미엘린 세포가 두꺼워지는 과정에 동참해주시길 바라며, 언제든 상담을 요청해주시면 기쁜 마음으로 보답하겠다.

# 작지만 위대한 약속 하나

"작지만 위대한 나의 약속은 고객님의 보험금 청구를
끝까지 도와드리는 일이다. 일주일에 하루 봉사하자는 마음은 고객님과의
약속이면서 나 자신과의 싸움이다."

"보험금 청구? 그런 거 귀찮게 왜 도와줘? 요즘은 휴대폰 어플로 바로 사진 찍어서 청구하면 되던데, 청구 도와준다고 고객들이 좋아할까? 본인이 직접 하는 게 더 편하지 않나?" 휴일 아침 무거운 몸을 이끌고 사무실에 나서는 길이었다. 가끔 만나 술 한잔 하는 친구가 흘러가는 주말이 아쉬웠는지 저녁에 밥이나 먹자며 연락이 왔다. 친구는 보험금 청구는 고객들이 직접 하도록 하고, 집에 가서 더 쉬는 게 낫지 않겠냐고 덧붙였다. 나는 그럴 수 없다며 일단 저녁식사 전에는 업무가 마무리 될 것 같아, 맛있는 저녁을 먹으며 수다를 떨기로 약속을 했다. 그러나 결국 밀린 보험금 청구로 나는 친구와의 약속을 지킬 수 없었다.

"서연 씨, 보험금 청구했나요?" 실손보험을 계약하신 후 몇 차례 보험금 청구를 도와드렸던 여성 고객님에게 차가운 말투의 메신저가 왔다. 보험금 청구는 매주 금요일 오후에 진행하고 있는데, 지난 주 금요일에 지방 약속이 있어서 청구하지 못했다. 고객님께 얼른 죄송하다고 말씀드리고 바로 청구를 하기로 했다. 아뿔싸. 내가 정한 약속을 지키지 못하니, 바로 고객님이 알아차리고 불편해하시는구나. 보험금 액수의 많고 적음을 떠나서, 내가 지키기로 한 약속을 잊어버렸으니 고객님께 한 마디 들어도 싸다. 보험금이 엄청나서 그 돈이 없으면 고객님이 당장 생활을 못하는 것도 아니었다. 그렇다고 고객님께 "병원 다녀오신 비용에서 본인 부담금 빼면 몇 만원인데, 그거 없다고 이번 주 못 사시는 거 아니니까 기다리세요."라고 말할 정신 나간 보험설계사가 어디 있겠는가? 다만 고객은 청구해주기로 한 날짜가 지났으니 당연히 나에게 물어보는 거다.

보험금 청구를 하려고 보니, 조금 이상했다. 2016년 연말에 A형 독감 입원치료비, 이비인후과 치료비 등 감기환자 실손보험 청구 건이 많았다. 보험금 청구 후 청구일, 고객명, 청구보험사, 치료내용, 치료비, 예상 지급보험금을 적어놓은 파일을 보니, 내가 이미 청구를 했는데 보험금이 아직 지급이 안 된 것이다. 본사에 확인을 해본 결과 H사 전산이 연말연초 작업으로 오류가 나서 팩스가 들어가지 않았던 것이다. 고객님께 전후사정을 설명 후 치료비 지급이 신속하게 되도록 심사자와 통화했다. 일이 잘 될수록 긴장을 풀지 말고 일해야겠다. 소액의 보험금 청구라고 내가 가볍게 여겼나보다.

군포에 계신 남성 고객님과의 사연은 이렇다. 이미 10년 넘게 보험상품을 가지고 계셨던 고객님은 수차례 바뀐 담당자에게 이미 질리던 상태였다. 우리 회사는 이관 고객님의 동의가 있어야 담당자로 변경이 완료되는 시스템이다. 고객님은 설계사를 만나서 담당자 변경확인서를 받고 변경을 하거나, 설계사를 만나지 않고 유선으로 담당자 변경에 동의하신다는 의사표시만 하면 된다. 내 입장에서는 고객님을 만나서 명함이라도 드리고 직접 인사하는 것이 맞다고 생각하기 때문에 만나 뵙고 싶다고 했다.

"어디 근무하시오? 어차피 또 바뀔 거 그냥 전화로 변경합시다. 더 가입할 것도 없고."

면담을 원치 않는 고객님을 무조건 만나자고 애원할 수도 없는 노릇이라, 일단 고객님의 유선 동의하에 담당자를 나로 변경한 후 다시 한 번 문자를 남겼다.

"고객님 안녕하세요. 담당자가 저로 잘 변경되어 문자 남겨드립니다. 가입하신 보장내용 중에 입원일당하고 수술특약이 있는데, 혹시 아프거나 다치셔서 입원, 수술 하신 내용은 없으신지요? 예를 들어, 건강검진 중에 대장내시경 하시다가 용종 떼어낸 것도 수술보험금을 받으실 수 있구요. 나중에 나이 드셔서 임플란트할 때 골 이식하시면 수술보험금도 50만 원씩 골 이식한 치아 개수마다 청구도 가능합니다. 비록 이번에는 뵙지 못했지만, 병원에 가시게 되면 꼭 저한테 연락 주세요. 언제든 보험금 청구 도와드리겠습니다."

문자를 보내자마자 임플란트도 받을 수 있는 거냐면서 바로 연락을 주셨다.

"임플란트가 치과치료인데, 보험이 된다고요?"

"임플란트 하시다보면, 아래 치조골이 약해서 골 이식을 하시는 경우가 있거든요. 고객님이 가지고 계신 예전 보험에서는 골 이식이 수술보험금에 해당하기 때문에 받으실 수 있어요. 임플란트 하셨나요?"

"아 당연히 했죠. 그거 받으려면 어떻게 하면 됩니까?"

"치과에 전화해서 먼저 물어보세요. 골 이식하셨는지. 골 이식하셨다고 하면, 진단서에 수술날짜, 수술명을 적어달라고 하세요."

"아. 알았소. 확인하고 연락주겠소."

다음날 고객님께 연락이 왔다. 골 이식은 했는데, 어떻게 접수하면 되는지 문의를 주셨다.

“고객님, 보험금 청구 도와드리려면 신분증이랑 보험금 청구양식을 작성해야 하는데, 제가 어디로 찾아뵐까요?”

“여기 군포 ××문방구니까 이쪽으로 오시오.”

고객님이 운영하시는 군포문방구로 방문해서, 유지하고 계시는 보장에 대해 리뷰해드리고, 진단서를 받고 보험금 청구서류 작성을 도와드렸다. 문방구에는 많은 학용품이 빼곡하게 진열되어 있어서 가방조차 내려놓지 못하고 어깨에 가방을 메고 구부정한 자세로 설명을 했다. 몸을 조금이라도 움직이면 진열한 물건에 닿아 후드득 떨어질 것 같았다. 내가 대접을 받기 위한 것도 아니었고, 단순히 몰라서 못 받으신 보험금을 찾아드리겠다는 내 신념대로 행동했을 뿐인데, 왠지 모르게 울컥 눈물이 올라왔다. 마침 문방구에 엄마와 손을 잡고 들어온 남자아이 덕분에 고객님께 황급히 인사를 하고 그곳을 빠져나왔다.

내 감정이 우선인가, 아니면 내가 지키고자 하는 신념이 우선인가. 내 감정이라 함은 보험금 청구를 도와준 후 공치사를 바랐던 내 욕심이다. 내 신념은 보험설계사라면 누구나 고객님의 보험금 청구에 도움을 드려야 한다는 것이다. 내 고객님이건 아니건 내 도움이 필요하다면 어느 분께든 도움을 드리겠다는 것이 초심이다. 희한하게도 내가 고객님께 무언가를 바라니, 도움을 드려도 기쁘지 않고 보람이 느껴지지도 않았다.

"보험금 청구해주면 내가 무슨 수당이라도 받는 줄 아시나? 오느라 고생했다고 물 한잔 주는 게 그렇게 어렵나? 보험금 지급되면 덕분에 잘 받았다고 문자 한 통 보내는 것을 바라는 내가 잘못인가." 이렇게 투정을 부리는 내 모습을 발견하고 흠칫 놀랐다.

스티븐 기즈의 《습관의 재발견》이란 흥미로운 책을 읽었다. 책의 내용을 요약해보면 '우리의 뇌는 큰 변화를 무조건 거부를 한다. 하지만 반복적인 패턴은 아무런 감정 없이 습관적으로 행하기 때문에 뇌에서 거부를 하지 않는다. 행동이 습관으로 변하는 과정 중에 동기와 의지력이 작용한다. 동기는 내 감정과 느낌을 바탕으로 하기 때문에 언제든 변할 수 있는 불안한 것이다. 이에 반해 의지력은 믿을 수 있고 안정적이며 근육처럼 더욱 강하게 만들 수 있다.' 는 것이다.

'일의 양에 높은 기대치를 두는 대신 일관성에 기대와 에너지를 모두 쏟아라. 인생에서 가장 강력한 도구는 바로 일관성이다. 그것이야말로 어떤 행동이 습관으로 자리 잡을 수 있는 유일한 길이다. 습관이 아닌 행동이 습관이 될 때, 비로소 우리는 뇌에 맞서 싸우지 않고 뇌와 힘을 합칠 수 있다.'

형광펜으로 밑줄을 그으면서 몇 번이나 입으로 되뇌었던 문구이다.

고객님께 내가 도움을 드릴 수 있는 것은 보험증권을 분석 후 보험금 청구를 통해 제대로 보험금을 받도록 하는 것이다. 말을 꺼내놓고 보니 정말 사소하고 작은 도움에 불과하다. 참, 사람 마음이 간사하다. 보험금 청구가 한 건도 없을 때는 청구만 들어오면 신속하고 정확하게 고객님들이 만족하실 수 있도록 잘 도와드려야지 마음먹었다. 그런데 이제는 쌓이는 보험금 청구서류를 보니, 무의식적으로 뇌에서 거부반응을 일으키고 있다. 청구할 시간에 다른 분들 만날 수 있지 않을까. 주말인데 낮잠 좀 자고 싶다. 지금도 청구건수가 많은데, 점점 더 많아지면 내가 감당할 수 있을까. 이런다고 누가 알아주나 등 잡다한 생각으로 한숨을 쉬던 날들이 있었다.

작지만 위대한 나의 약속은 보험금 청구를 끝까지 도와드리는 일이다. 감정에 휘둘리지 않고 일관성 있게 초심대로 일하게 하는 원동력은 바로 습관의 힘이다. '금요일 오후 = 보험금 청구' 잊지 말자. 고객님과의 약속이면서 나 자신과의 싸움이다. 다시 한 번 말하지만, 청구의 대가로 무엇 하나라도 바라지 말자.

# 아름다운 동행

"이모는 가족에게 버림받고 요양원에 홀로 계시다가 돌아가셨다.
15분마다 한 명씩 생긴다는 치매.
30년 뒤에는 다섯 집 가운데 한 집에 치매환자가 살게 된다."

박경철 님의 《시골의사의 아름다운 동행》을 구입한 것은 몇 년 전이다. 내 드림하우스는 거실에 꽉 찬 책장을 가지는 건데, 이미지화하자면 해리포터에 나오는 전형적인 도서관과 같은 모습이다. 지금은 아주 간소하게 책장 하나는 이미 읽은 책(다 모아 놓지는 않고, 중고서점에 팔거나 아름다운 가게에 기부, 아예 매매가 안 되는 도서는 고물상에 팔기도 했다)과 또 하나는 힘들거나 스트레스를 받을 때 서점으로 달려가 모아 놓은 책, 지인이 추천한 책 등 읽어야 할 책이 쌓여있다. 일주일에 평균 두 권의 책을 읽는 편이라, 한 권을 읽고 나면 다음번엔 무슨 책을 읽을지 즐거운 고민을 하며 나만의 작은 도서관으로 향한다. 몇 번이나 아름다운 동행에 손이 머물렀지만, 그보다 '습관, 청소, 정리, 부자, 마케팅' 에 관련된 자극적인 제목에 이끌려 결국 내 손에 집히는 것은 항상 자기계발서였다.

2017년 벽두, 드디어 《아름다운 동행》책을 집어 들고 출근길, 외근 중에 지하철에서 짬짬이 보기 시작했다. 간호사 경력 덕분인지, 작가의 사실감 있는 묘사 때문인지 내 눈 앞에 응급실, 수술실에서의 모습이 사실감 있게 그대로 그려졌다. 병원에서 근무했을 때의 응급상황이 오버랩 되기도 했다.

오늘 아침 지하철에서 본 책의 내용은 너무나 충격적이어서, 글을 쓰는 지금까지 속이 좋지 않다. 그럼에도 그 이야기를 내가 다시 반복하려는 이유는 단 하나이다. 내가 하는 일에 가치를 일깨워주기 때문이다. 고객님들도 안전 불감증에서 벗어나 이제는 준비를 하셔야 한다는 뜻이기도 하다. '참혹한, 너무도 참혹한' 이란 글이다. 작가 또한 잔혹한 이야기를 써야할지 몇 번이나 망설였다고 한다. 글의 내용은 이러하다.

"아들 부부가 치매증상이 있는 시어머니를 모시고 살았다. 시어머니의 치매증상은 밤에만 나타나고, 낮에는 정신이 온전했다. 늦게 본 손자를 끔찍이 예뻐했던 시어머니에게 가끔 낮에 아이를 맡기고 시장도 다녀오고 볼 일을 보는 것이 며느리에게는 그나마 숨통이 트이는 일이었다. 여느 날과 마찬가지로 아이를 맡기고 시장을 보고 돌아오는데, 시어머니가 그날따라 장보고 오는 며느리에게 수고했다며 반기는 것이었다. '수고했다. 배고픈데 어서 밥 먹자. 너 오면 먹으려고 내가 곰국을 끓여 놨다.' 집에 사다놓은 뼈도 없는데, 곰국이라니 이상했다. 솥을 열어본 며느리는 그 자리에서 기절할 수밖에 없었다. 펄펄 끓는 솥 안에는 어느 것과도 바꿀 수 없는 소중한 아이가 있었다."

이게 과연 있을법한 이야기일까. 부모의 잔소리가 듣기 싫다며 흉기로 난도질하는 아들, 갓난아이 우는 소리가 듣기 싫다고 베개로 틀어막아 질식사시키는 엄마... 최근 뉴스에서 가끔씩 나오는 희대의 살인사건들과 비교해도 뒤지지 않는 잔인한 행위이다.

2010년 국민건강보험공단 자료에 따르면 65세 이상 노인의 질환별 총 진료비 가운데 1위는 바로 '치매' 라고 한다. 2009년에 비해 열두 배나 상승했다고 한다. 더 큰 문제는 치매가 단독으로 오는 것이 아니라, 고혈압, 당뇨, 뇌졸중, 관절염 등의 질환과 동시에 발병한다는 것이다. '치매 = 나이 들어 생기는 병' 이라는 공식은 이제 깨져야 한다. 10년도 훨씬 전인 2004년에 손예진, 정우성 주연의 '내 머릿속의 지우개' 라는 영화가 개봉됐다. 감수성 예민한 사람들의 눈물을 쏙 빼놓은, 손수건 없이는 볼 수 없는 영화였던 걸로 기억된다. 유달리 건망증이 심했던 여주인공은 결국 알츠하이머 치매 진단을 받고, 사랑하는 사람뿐만 아니라 그와 함께 했던 기억도 하나씩 잊어가고 만다. 최근에 개봉한 영화 로건에서 나는 또 한 번 치매의 무서움을 봤다. 프로페서 X로 불리는 찰스 자비에 교수는 엄청난 텔레파시의 능력을 가지고 있어서 사람의 생각까지 조정했던 인물인데, 그 또한 치매를 피해갈 수는 없었다. 극 중 악당은 '지구에서 가장 위험한 뇌에 퇴행성 장애라니...' 라고 말한다. 동서고금, 나이를 불문하고 우리는 치매에 대비해야 한다.

치매가 독감처럼 며칠 입원해서 약 먹고 치료되는 병이면 얼마나 좋겠는가. 환자는 자신의 아름다운 추억과 가족들을 잊어가는 아픔을 겪고, 남은 가족들은 간병이라는 육체적 고통과 끊임없는 치료비에 경제적 고통까지 떠안아야 한다. 나는 괜찮을 것이라는 안전 불감증, 무사안일주의에서 벗어나 나와 가족을 위해 치매보험을 꼭 준비해놓으시면 좋겠다.

"서연이 너, 서울이모 아니었으면 이 세상에 태어나지도 못 한 거 알지? 너 지우려고 병원까지 갔는디, 이모가 쫓아와서 내가 키울랑게 제발 지우지 말라고 하더라. 이모가 너 학교 다닐 때 학비도 대준 거는 아냐?"

서울이모는 내가 태어나기 전 광주에서 한복을 만드셨는데, 외아들 부부와 함께 서울로 이사를 가셔서 우리끼리 서울이모라고 불렀다. 엄마는 이모 이야기가 나올 때마다 이모가 나를 살렸다면서 감사하라고 말씀하신다. 엄마가 나를 낙태시키려고 했던 건, 딸 다섯 중에 내가 막내이기 때문일 것이다. 아들 하나는 낳고 싶으셨을 텐데 막내까지 딸이란 걸 알아버린 순간, 뱃속에 품고 싶지 않으셨겠지. 서울이모 덕분에 세상 빛을 보고, 지금 이렇게 글을 쓴다며 키보드를 두드리고 있다. 책이 나오면 이모에게도 꼭 보여드리고 싶지만 이제는 그럴 수 없다.

나를 책임진다고 세상에 내 보낸 이모는 참 착한 분이셨다. 이모를 본 사람들은 누구나 이모가 천사 같이 착하다고, 참 곱다고 이야기했다. 주변에 어려운 사람은 그냥 지나치지 않고, 어떻게든 도와주려고 애쓰시는 분이었다. 아들이 학교선생님으로 은퇴를 하고, 손자들은 다 자리를 잡아가고 있었을 무렵, 이모는 점차 노쇠해지면서 일이 심각해졌다. 엄마가 이모 드시라고 광주에서 반찬을 택배로 보내면, 며느리인 언니는 그런 것은 먹어서 뭐하냐고 주지도 않았다고 한다. 이모가 너무 답답해서 서울 집전화로 엄마한테 전화를 하려고 있으나, 그마저도 못하게 했단다. 그래서 엄마가 전화도 놓아드리고 전화세도 부담하셨다. 이모를 집에 두고 가족끼리만 외식을 가는 경우도 있다고 했다. 옆에서 이모 이야기를 듣고 있으면 내가 화가 나서 손이 부르르 떨릴 정도였으니 친자매인 엄마는 오죽했을까 싶다.

엄마는 이모를 그대로 둘 수 없다며 서울로 가서 이모를 모시고 광주로 내려와 몇 달간 모셨다. 칠십 살 넘은 엄마는 아픈 허리를 부여잡고 이모를 씻기고 세끼 식사 대접하느라 피곤하셨을 법도 하나, 엄마는 그때가 참 행복했다고 말씀하신다. 그런데 이모는 자꾸 서울집으로 다시 가고 싶다고 엄마한테 투정을 부리셨다. 엄마는 서울에 가봤자 누가 밥 차려주는 것도 아니고, 며느리한테 타박만 받는데 뭐하러 가냐고 몇 번이나 말리셨다고 한다. 이모한테는 그래도 서울이 집이고, 가족이란 것이 거기 있으니 그랬을 거라 생각한다.

결국 이모는 고집대로 서울로 다시 올라가셨고, 엄마와 이모는 전화선에 의지해 서로의 생사만을 확인했다. 여느 날처럼 엄마는 이모에게 전화를 했는데, 이모의 목소리는 들리지 않고 한참 만에 울린 전화선을 통해 며느리가 전화를 받더니 좋은 곳에 모셨으니까 더 이상 찾지 말고 연락도 하지 말라고 했다는 것이다.

놀란 엄마는 나에게 전화를 해서 한참을 울면서 어떻게 하면 좋겠냐고 하셨다. 가족들이 이모가 계시는 요양원을 안 알려주었기 때문에 엄마는 더 슬피 우셨다. 황급히 서울로 올라온 엄마를 모시고 나는 여기저기 수소문하여 이모가 계신 곳이 경기도 근처 요양원이라는 것을 겨우 알게 되었다. 상기된 얼굴의 엄마는 이모가 육회를 좋아한다면서 시장에서 육회도 사고, 이모가 붙일 파스를 사며 빨리 이모를 보러가자며 나를 재촉하셨다.

병실에 들어서니 90세가 넘으신 이모는 너무나 야윈 모습으로 헐렁한 환자복을 입고, 침대에 옆으로 누워 창밖을 바라보고 계셨다. 이모는 엄마를 보자마자 이게 누구냐며, 영숙이 맞냐며 외치셨고, 두 분은 한데 엉켜 소리 내어 엉엉 우셨다.

가을이라 요양원 잔디밭에는 갖가지 꽃이 알록달록 예쁘게도 심어져 있었다. 햇볕 좋은 가을날, 휠체어에 이모를 태워 산책삼아 밖으로 나섰다. 꽃 한 송이씩 꺾어 엄마와 이모 귀 옆에 살포시 꽂고, 사진을 찍어드렸다. 여든 살 엄마와 아흔 살이 훌쩍 넘은 이모는 눈매, 입술, 웃는 모습까지도 닮았다. 엄마는 이모가 이제 어디 계신지 알았으니 마음이 놓인다고 하셨다. 그 집에서 천덕꾸러기 대접만 받느니, 요양원에서 나오는 밥 편하게 먹으며 따뜻하게 주무시는 게 훨 낫다고 스스로 위로하시면서, 엄마는 그 날 오후 광주로 내려가셨다.

나도 가슴 한구석이 먹먹한 채로 며칠을 보내고 있을 때 엄마에게 전화가 왔다. 우리가 다녀간 것을 며느리가 알고 난리를 피웠다는 것이다. 왜 찾아갔느냐고 말이다. 엄마가 다녀간 이후, 이모는 간병인을 통해 몇 번이나 엄마에게 연락을 했다. 보고 싶다고 언제 오냐고 물어보는데, 엄마는 며칠 전에 갔다고 이야기를 해도 이모는 기억을 하지 못했다고 하신다. 허리가 아픈 엄마는 50미터도 걷지 못하고 힘들다고 바로 자리에 주저앉는 분이다. 그 허리를 부여잡고 이모를 만나기 위해 전라도 광주와 경기도 끝자락을 몇 번이나 다녀가셨다. 작년 10월 엄마는 '나 이모 보러 가는 길이다' 라고 문자를 남기셨다. 나는 일하는 중이었고, 이제는 엄마 혼자서도 요양원을 잘 찾아가실 수 있기 때문에 신경을 쓰지 않았다. 가끔 하루씩 간병인들 숙소에서 주무시고 이모와 있다가 오시는 날도 있었다. 그런데 그날, 엄마가 나에게 문자를 보냈던 날 이모는 하늘나라로 가셨다. 시집간 지 얼마 안 되어 남편과 사별하고 아들 하나 키우며 뒷바라지했던 한 여자의 일생이 그리 끝났다. 그럼에도 감사한 건 엄마가 이모의 임종을 지킬 수 있었다는 것이다. 엄마의 촉이었는지, 엄마 올 때까지 이모가 기다려 준 것인지, 그건 알 길이 없다. 이모들과 삼촌이 다 돌아가시고, 이제는 엄마 홀로 남아 나이 먹은 딸들이 잘 되기만을 기도하신다.

아침에 읽었던 그 짧은 이야기를 통해 치매에 대해 많은 생각을 하게 되었고, 그러다가 요양원에 모셔졌던 서울이모까지 떠올랐다. 이 글을 보시는 분이라면, 유튜브 검색으로 중앙치매센터 영상을 꼭 보셨으면 좋겠다.

'15분마다 한 명씩 생기는 치매, 지금은 25세대 중 한 집이지만, 30년 뒤에는 다섯 집 가운데 한 집에 치매환자가 살아가게 된다. 늘 걸어 다니던 길도 잃어버릴 수 있고, 늘 함께 하던 가족도 잊어버릴 수 있다. 치매 초기단계를 넘어서면 가족들은 날마다 6~9시간을 씻기고, 먹이고, 입히고, 지키기 위해 모든 것을 내려놓고 매달려야 한다. 치매환자를 돌보는 데 연간 2000만 원이라는 돈이 들어가며, 이는 5대 노인 질환 중 가장 높다.' 애잔한 배경음악과 함께 전해지는 유튜브 동영상에서는 치매에 대한 경각심을 일깨워 준다.

나에게 있어서 아름다운 동행은 엄마이다. 엄마에게는 이모가 겪으셨던 아픔을 겪게 해드리고 싶지 않다. 가족에게도 못하면서, 고객님을 도와드린다고 설레발치는 보험설계사는 되지 않으리라.

# 승자가 모든 것을 가진다

"고객과 보험설계사는 팽팽한 줄다리기 과정 끝에 청약이라는 결과물을 낸다.
밀고 당기는 가운데 어느 한 쪽도 줄을 놓지 않은 결과다.
그래서 둘 다 승자인 것이다."

"그래서 계약했어? 안 했어?"

"할까 말까 몇 번이나 망설이셨는데, 겨우 사인 받아왔어요. 사인하시면서도 꼭 오늘 해야 하는 것도 아닌데, 왜 이렇게 귀찮게 하냐고 투덜거리셨어요. 저 이렇게까지 계약해야 해요?"

"계약만 했으면 됐어. 네가 이긴 거야."

선배와 후배 보험설계사가 흔히 나누는 대화이다. 보험 상품을 놓고 고객과 보험설계사는 한바탕 전쟁을 치른다. 보험료가 비싸서 보장을 줄이면 그건 싫다고 하신다. 그러면 보장은 그대로 하고 납입기간을 더 길게 하면 매달 내는 보험료가 줄어든다고 설명하면, 내가 늙어서까지 보험료를 내야 하냐고 역정을 내신다. 빠르면 일주일, 길게는 몇 달이 걸리는 고객과의 줄다리기는 계속된다. 제안을 드리는 과정에서 이렇게 절충이라도 해볼 여지가 있으면 그나마 좋은 케이스이다. 제안서는 하나의 샘플이기 때문에, 고객님과 이야기하면서 얼마든 조율할 수 있다는 게 내 생각이다. 그런데 고객님은 제안서의 보험료가 비싸다면서 다른 보험사에 알아볼 테니 연락주지 않아도 된다고 하실 때 맥이 턱하니 빠진다.

오늘 오전 8시 20분 사무실이 아닌 사당역에서 출근인파를 뚫고 내가 향한 곳은 사당동 어느 여성 고객님의 자택이었다. 지난 10월 이관을 받았던 고객님은 아이가 너무 어려서 만나기 어렵다고 하시면서, 유선으로 담당자 변경을 요청했다. 물론 전화로 담당자 변경을 해도 되지만, 나는 담당자라는 명분으로 최소한 한 번 정도는 뵙고 싶었다. 명함도 드리고 가입하신 보장 리뷰도 해드리고, 몰라서 못 받으신 보험금이 있으면 챙겨드리면서 다른 보험설계사와 차별화를 두고 싶기도 했다.

여성 고객님의 보장을 보니 수술특약이 있어서 혹시나 하고 여쭤보았다.

"안녕하세요, 변경된 담당자 최서연입니다. 실례가 되지 않는다면 출산하셨는지 여쭤봐도 될까요?"

"네. 얼마 전에 출산했어요. 그런데 왜요?"

"가입하신 보험 중 수술특약에서 제왕절개하면 수술 1종에 해당하는 보험금을 받으실 수 있거든요."

"아, 진짜요? 아기 낳은 것도 보험이 나와요? 그건 몰랐는데요. 보험금 받으려면 어떻게 해야 해요?"

"수술하신 병원에 언제 가세요? 병원 가셔서 수술명, 수술날짜 적어달라고 하시고 저한테 연락주시겠어요?"

고객님이 12월에나 병원에 가신다고 해서, 메모해놨다가 12월에 다시 연락을 드렸다. 그랬더니 깜박하셔서 다음 달에 가신다고 했다. 그리고 2017년 1월 고객님이 병원에서 연락을 주셨다. 필요한 서류를 다시 안내해드리고, 보험금 청구서류를 받기위해 찾아뵙기로 한 것이 바로 오늘 아침이다. 고객님 한 분마다 어떻게든 한 번이라도 만나 뵙고, 인사드리고 싶었다. 10, 11, 12, 1월의 시간을 이렇게 우리는 제왕절개 수술 보험금이라는 가느다란 끈에 묶여 연결되었다. 수술1종은 적은 금액이지만, 고객님의 당연한 권리를 찾도록 도와드렸다.

"설계사님, 안녕하세요. 우리 아이 저축하나 해주려고 하는데요."

"어머. 과장님, 안녕하세요. 매번 바쁘셔서 제 전화 받지도 않으셔서 저 잊으신 줄 알았어요."

"제가 워낙 바빠서 한 집에 사는 와이프하고도 제대로 이야기를 못해요."

"그러셨군요. 아참, 따님 보험은 지난번에 언니가, 언니 친구도 이번에 보험사 들어갔다고 조만간 그쪽에다가 하나 넣어야겠다고 하시던데... 언니랑 먼저 상의해보시는 건 어떠세요?"

어제 오후에 남성 고객님께 전화가 왔다. 영업직이라 평상시에는 전화통화 한번 하기도 어려운 분인데, 따님을 생각하시는 마음에 나한테 전화를 주신 게 정말 고마웠다. 냉큼 계약을 하고 싶었지만, 나름 상도덕이라는 것을 지키고 싶었다. 그런데 오늘 오전에 사당동 고객님 집에 있을 때 과장님 와이프(나에게 계약을 하셨고, 언니라고 부르는 사이이다) 분에게서 오전 9시도 안 됐는데 전화가 온 것이다. 아이가 있는 집들은 아이가 엄마 전화기를 가지고 놀다가 가끔 잘 못 눌러서 전화가 오는 경우도 있어 받을까 말까 고민하다가 일단 받았다.

평상시 밝던 언니의 목소리와는 너무 다르게 갈라지는 목소리에 놀라 무슨 일이 있으시냐고 물어보았다. 어젯밤 회식하고 들어오신 과장님이 욕실에서 발을 씻다가 넘어져서 갈비뼈가 많이 부러졌고 폐에 손상이 가서 새벽에 중환자실에 입원하셨다는 것이다. 얼마나 놀라셨을까. 전화기를 통해 전해 듣는 나도 놀라서 진정이 되지 않았다. 언니는 밤새 얼마나 힘들었을까 싶었다. 그날 점심 면회시간 때 찾아뵈려 했으나, 가족들끼리 먼저 가보신다고 해서 면회를 하지는 못했다. 내가 할 수 있는 거라곤 과장님이 가입하신 보험증권을 출력해 놓고, 어느 항목에서 얼마가 지급될지 예측해보는 것밖에 없다. 작년 봄에 실손보험을 준비해드렸던 것이 천만다행이다. 가슴을 쓸어내렸다. 생명보험만 가입시켜 드렸더라면 고객님 얼굴을 어떻게 쳐다볼 수 있었을까. 실손보험에 대해 부정적이신 분들은 내 돈 내고 돌려받는 건데 뭐가 필요하냐고 거절하신다.

내가 2008년도에 약 3만 원으로 가입한 실손보험의 덕을 톡톡히 본 것은 2015년 5월이었다. 폐쇄성 수면무호흡 수술로 검사비 포함해서 대략 960만 원, 거기다가 죽 사먹고 택시타고 다닌 비용까지 합치면 1000만 원이라는 큰돈이 들었다. 2008년부터 2015년까지 내가 낸 보험료는 한 달 3만 원 × 12개월 × 7년 = 고작 252만 원이다. 몇 가지 비급여 항목은 빼고 900만 원 이상의 보험금이 며칠 안에 입금됐다. 만약 내가 실손보험이 없었다면 1000만 원이라는 큰돈이 있어야 했다. 없으면 빌려야 한다. 아파서 수술해야 하는데 돈이 없어서 빌려야 한다는 것만으로도 마음의 상처가 깊게 남을 것이다. 나는 252만 원으로 900만 원을 취했다. 그리고 그 900만 원 외에도 내가 7년이란 세월동안 아파서 병원에 다녔던 것까지 보험금으로 돌려받았으니 나에게는 무엇보다 고마운 보험이다. 더 좋은 것은 내 실손보험은 진료비와 약값 포함 본인부담금 5000원만 빼면 된다. 가입하신 실손보험이나 생명보험이 도대체 어떻게 들어져 있는지 보장분석을 원하시는 분은 언제든 연락을 주시면 기쁜 마음으로 도와드리겠다.

직업병은 속일 수 없다. 아침 라디오방송에서 아바의 'The Winner Take It All' 노래가 나오는데, 딱 내 이야기 같아서 화장을 멈추고 음악을 들으며 생각에 잠겼다.

I don't wanna talk

About things

we've gone through

Though it's hurting me

Now it's history

I've played

all my cards

And that's

what you've done too

Nothing more to say

No more ace to play

The winner takes it all

The loser

standing small

Beside the victory

'우리가 그 동안 겪어왔던 일에 대해 더 이상 이야기하고 싶지 않아요. 당신과 나 모두 쓸 카드는 남아있지 않아요. 승자는 모든 것을 가지고, 패자는 그저 승자 옆에 서있을 수밖에 없죠.'

모든 내용을 보험에 연관시켜 보니 딱 들어맞았다. 열심을 다해 보장 분석 후 제안서를 드리고, 나라는 사람을 알리기 위해 최대한 노력을 한다. 보험가입이란 단순히 상품만의 가입이 아닌, 담당설계사도 중요하다고 말이다. 그런데 고객님들은 자꾸 상품과 보험료만 가지고 이야기하신다. 고객님께 새로운 제안을 드릴 틈도 없이 나는 고객님에게 버려진 카드가 된다. 그러면 나를 버린 고객님이 승자이고, 내가 패자일까? 나는 둘 다 패자라고 생각한다.

조 지라드는《최고의 하루》에 훌륭한 세일즈에는 패자가 없다고 이야기한다.

"세일즈를 전쟁으로 여긴다고 하더라도 그 전쟁에서의 승리(고객의 서명과 돈을 받아 판매를 완성하는 시점)는 서로에게 좋은 경험이며 하등 해로울 것이 없다. 제대로 된 세일즈라면 적, 즉 ' 무우치(mooch) '이자 겁먹은 고객 역시 이득을 얻고 승리감을 느낄 수 있다, 그는 자신이 매장을 찾아온 목적(새 신발이나 옷이나 자동차 등을 구입하는 것)을 달성했다. 그렇기 때문에 고객 역시 승리자다. 그 역시도 자신이 승리자라고 느껴야 한다. 자신의 시간을 값어치 있게 사용했으며, 자신의 돈을 잘 사용했다고 느껴야 한다. 그는 이 전쟁의 패배자인 동시에 승리자이다.

모두가 승리하고 아무도 패하지 않는 전쟁이야말로 최고의 전쟁임에 틀림없다."

고객과 보험설계사는 팽팽한 줄다리기 과정을 거쳐서 청약이라는 아름다운 결과물을 낸다. 둘이 줄을 잡고 밀고 당기다 보면 어느 한쪽으로 더 쏠리기는 하지만, 둘 다 손을 놓지 않았기에 줄다리기가 가능했다. 그래서 둘 다 승자인 것이다. 청약뿐만이 아니다. 단 한번이라도 만나 뵙기 위해 몇 달 동안에 걸쳐 수차례나 연락한 끝에 오늘처럼 10분이라도 고객님을 뵌 것도 승리이다. 고객님이 졌냐고? 절대 아니다. 고객님도 이겼다. 어느 한 사람만의 이득이 있었던 것이 아니기 때문이다. 나는 고객님 방문, 고객님은 보험금 청구라는 카드로 같이 이긴 것이다. 중환자실에 입원해 계시는 고객님은 모든 분들의 응원에 힘입어 후유증 없이 잘 치료 받으시고 업무에 복귀하셨다고 한다. 작년 봄에 다소 부담스러우셨을 실손보험 청약서에 흔쾌히 사인해주셔서 정말 감사하다. 나와 고객님 모두 이긴 자가 되어 강한 자가 되어 보자. 승자가 모든 것을 가진다.

# 즉시, 반드시, 될 때까지

"문제는 해결하기 위해 존재한다. 문제가 생기면 즉시,
반드시, 될 때까지 해결해야 한다. 나는 이런 행동지침을 책상 앞에 붙여놓고
되는 방법을 찾기 위해 노력한다."

나는 도서를 선택하는 몇 가지 기준이 있다. 현재 읽고 있는 책에서 작가가 예화로 다른 책의 내용을 인용하면, 그 책을 메모해놨다가 구매를 하는 것도 그 기준 중의 하나이다. 그러다 내 손에 들어온 것이 김성호 님의 《일본전산이야기》이다. 책에서 이야기하는 그들의 행동지침을 내 책상 앞에 붙여놓고 각인시킬 만큼 짧고 강력했다.

"즉시, 반드시, 될 때까지"

문제는 해결하기 위해 존재한다는 철학 아래, 문제가 생기면 즉시, 반드시, 될 때까지 해결하라는 것이다. 되는 방법을 찾아 전달하는 버릇을 가져야 한다고도 덧붙였다. 한 기업에 빗대어 나를 비교하자면, 나도 1인 기업의 CEO이다. 생명보험회사에 속해서 급여를 받지만, 출근했다고 매달 25일에 급여를 받아본 적은 없다. 내가 일한 만큼 수당을 받는 이곳은 정직한 일터이고, 신성한 전쟁터이다. 한 건의 계약도 하지 못할 때는 어떻게든 계약을 해서라도 그 달의 해촉 대상자가 되지 않으려고 한 적도 있었다.

내가 주체적으로 움직여야 하는 1인 기업이기에, 시작은 미미하였으나 끝은 창대해진 일본전산회사의 성공 스토리에 내가 하는 일을 대입시켜 따라 해보면 좋겠다고 생각했다.

고객의 응대에 즉시 응하고, 고객의 문제에 대해서는 반드시 해결하고, 안 되면 될 때까지 하는 것이다. 어떻게 보면 '하라면 해' 이다. 해야 할 행동이 도덕적으로 올바르다면, 얼마든지 OK이다. 나는 황금율의 법칙, 역지사지를 마음에 둔다. 내가 대접받고 싶은 대로 상대방을 대하고, 상대방의 입장에서 나를 생각해 보는 것이다.

지난 주에 양쪽 무릎 주사를 맞아 보험금을 청구해드린 고객님께서 오늘은 고혈압 약 처방받은 청구서 사진을 메신저로 보내주시면서 "고혈압 약 보험 청구해주세요."라고 문자를 남기셨다. 내가 모집한 계약의 고객님은 아니다. 친한 언니의 어머니인데, 예전까지는 어머니가 영수증을 들고 직접 고객센터에 가서 청구를 하셨다고 하는 것이다. 그래서 담당자 변경을 요청하고 내가 관리를 해드리고 있는데, 어머니가 편해서 좋다고 항상 고마워하신다. 이게 바로 내 즐거움이다.

화재보험 가입을 도와드리면서, 8년 전 양쪽 인공관절 치환술에 대해 납입면제를 요청했다는 이야기는 앞서 했다. 그 고객님이 놀란 목소리로 전화를 주셨다.

"보험회사에서 누가 찾아온다는디, 내가 만나야 해요? 돈을 줄라면 주제, 뭐 사람을 왔다 갔다 하라고 할까? 이런 적은 첨이요. 내가 뭘 잘못 했다요?"

고객님을 진정시켜 드리고 내가 같이 만나겠노라 말씀드리고 날짜를 잡아 그 자리에 동석했다. 손해사정사를 만나서 몇 가지 동의서를 작성하고, 거의 한 달이 되어 900만 원이라는 돈이 지급되었다. 그 한 달 사이에도 고객님은 다 하나님의 뜻이라서 받으면 좋고, 안 받으면 어쩔 수 없다고 몇 번이나 말씀하셨지만, 나는 무조건 받을 수 있을 거라 확신했고, 그 확신이 틀리지 않아서 감사했다.

고객님이 돈을 받으면 보험 하나 가입해주시겠다고 몇 번이나 말씀하셨지만, 고객님은 돈을 받지 않으셔도 내가 어떻게든 보험을 가입시켜야 할 상황이었다. 암보험만 3개. 혈관질환(뇌, 심장) 진단금은 하나도 없고 입원, 수술, 골절 특약도 없었다. 그렇다고 암만 걸리기를 기도할 수는 없지 않은가. 지금 위험성을 알고 있으니, 준비할 수 있을 때 어떻게든 가입을 시켜드리고자 마음먹고 있었다.

"홈쇼핑에서 보험박사들이 나와서 3만 원인가 4만 원짜리 보험 가입하라고 하더만. 나 그런 거 하나 할 게 가지고 와요."

"어머니, 홈쇼핑에서 싸다고 무조건 가입하셔도 저처럼 설계사가 보험금 안 찾아줘요. 지금 가지고 계신 거에서 부족한 것만 제가 준비해서 찾아뵐게요."

부족한 보장을 준비하여 드디어 흔들거리는 짝다리 보험에 안정감을 찾아드렸다.

오늘은 삼성동에 거주하시는 여성 이관 고객님을 만나 뵈었다. 고객님은 2015년도에 아들 선배가 보험사에 취업했다고 해서, 딸 저축보험과 본인 암보험을 가입해놓으셨다. 상품에 대해 리뷰를 해드리고, 숨은 보험금 찾기 설문지를 꺼냈다. 중년여성이라면 그 중 하나는 꼭 해당되겠지 싶어서 하나씩 질문을 했다. 디스크, 대장용종, 결석 등 다 없다고 하신다. 임플란트는 하셨냐고 하니, 그런 것도 생명보험에서 되냐며 5년 전인가 했다고 하신다. 가지고 계신 보험에서 수술특약이 있는지 봐야하는데, 보험증권을 좀 보여 달라고 말씀드렸다. 안방으로 들어가서 보험증권 파일 여러 개를 들고 나오셨다. 나는 속으로 '제발 꼭 수술특약이 들어가 있어라. 그래야 내가 도와드리고 계속 고객님이랑 연락을 하지.' 하며 주문을 외웠다. 빙고! 2001년도에 S생명보험 증권에 수술특약이 눈에 들어왔다. 보험금 청구 기한은 지났지만 사유서를 작성해서 무사히 고객님의 보험금 지급을 도와드렸다. 이전 담당자들과는 다르게 꼼꼼히 봐준다면서 좋다고 하셨다.

제 3자의 입장에서 보면, 나는 보험 영업보다는 보험 청구에 더 관심을 가지고 있는지도 모르겠다. 영업 위에 청구가 있어야 하는데, 나는 청구하느라 사무실에 메어있기 일쑤이기 때문이다. 보장 분석하는 것을 더 좋아하기 때문이기도 하다. 보험증권을 다 받아서 힘들게 보장 분석하면, 그 결과에 따라 청약이라는 결과물이 나와야하는데, 나는 그 확률이 적은 편이다.

포기하려고 이런 말을 하는 것은 아니다. 힘들어서 그만 두고 싶다고 그러는 것도 아니다. 다만 내 노력에 대한 결과물이 적거나 없다고 해서, 내 방향성이 흔들리지 않게 굳게 잡아두고 싶을 뿐이다. 힘들고 시간을 많이 허비하지만, 남들이 하기 싫은 일도 결국 누군가는 해야 한다. 나라면 더 잘 할 수 있고, 경험치가 쌓이다보면 어느 누구도 따라올 수 없는 영향력을 가진 사람, 선한 영향력으로 주위에 도움이 되는 사람이 되고 싶다. 그 과정을 지금 헤쳐 나가고 있는 것이다.

일본전산 이야기의 내용을 일부 발췌한다.

"고객을 얻는 건 서비스가 아니라, 약속을 지키는 실행이다. 일본 지방의 보잘것없는 영세 기업으로 출발해 이미 오랜 역사가 축적돼 있는 업계에서 1등이 될 수 있었던 원동력 중 하나는 남들보다 두 배 더 뛰는 실행력이었다. 일본전산이 가장 경계하는 것은 할 수 있는 일을 어중간한 상태에서 중간에 그만두는 패턴이다. 자신을 온전히 불태워 헌신하지 않고 어떻게 하면 날로 먹을 방법은 없을까 궁리하며 얻으려 하는 것, 조금 더 시간과 노력을 투자하는 것이 힘드니까 안 되는 이유를 찾아 열심히 짜 맞추어 둘러대는 것, 그리고 그런 패턴이 회사 내에서 쉽게 통용되는 문화가 바로 경계대상 1호다. 무엇보다 실패에도 끄떡없는 면역력이 필수인 일이었다. 바보스럽다고 할 만큼, 부딪히고 또 부딪혀야 가능한 일이었다. 문제가 많다고 다들 회피하는 일을 척척해내는 상대를 싫어할 사람은 없다. 고객은 입에 발린 말이나 서비스콜, 굽실대는 태도에 감동하는 것이 아니다. 바로 남들이 안 하는 일, 어려운 일을 척척 해내는 실행에 감동한다."

내 도움이 필요하다면, 내가 해야 하는 일이라면 즉시, 반드시, 될 때까지 척척 실행하는 최서연 간호설계사. 내가 걸어가는 이 길이 비록 시간은 걸리더라도 올바른 길이었음을 보여드리고 싶다. 고객을 얻는 것은 서비스가 아니라, 약속을 지키는 실행이라는 말을 기억하자.

Chapter
05
[ 제 5 장 ]
감사합니다,
고객님

"감사합니다. 고객님, 나는 당신이 지쳐 쓰러질 때 일으켜 주는 사람,
마음의 위로를 주는 담당자가 되기를 희망한다."

01

# 지금 할 수 있는 일

"사람은 가슴속에 합당한 목적을 품고
그것을 이루고자 노력해야 한다. 또 그 목적을 생각의 구심점에 놓아야 한다.
그리하면 이루지 못할 것이 아무것도 없다"

"저 신입사원 챔피언하고 싶어요. 루키라고 부르던데. 그거 하려면 어떻게 해야 해요?"

"루키하기 힘들 텐데... 신입사원 3개월 동안 건수를 많이 하거나, 수당을 제일 많이 받는 FSR에게 주는 상이에요. 도전해 보려구요?"

"네, 저 루키할래요."

매니저님과의 대화이다. '루키' 라는 단어를 들은 것은 신입사원 교육 중 지점 대표님이 보수규정에 대해서 설명하는 중이었다. 루키, 루키 발음 할 때마다 심장이 방망이질 쳤고, 저건 '내 꺼' 라고 주문을 걸었다.

신입사원 챔피언? 그래! 한번 해보지 뭐. 이렇게 시작된 루키의 행진은 실로 피가 마르는 3개월이었다. 내가 도전한 분야는 건수 챔피언이었다. 단순하게 무조건 많이 계약하면 된다. 어떻게 많이 계약하지? 일단 내가 챔피언에 도전하고 있다는 것을 알리자. 만나는 분들마다 신입사원일 때만 받을 수 있는 상이 있는데, 내가 도전 중이라고 이야기했다. '지금 계약을 하신다면, 제가 1등을 하는 것은 고객님 덕분' 이라는 아부성 멘트도 잊지 않았다. 그 상을 너무나 받고 싶다고 속내도 털어놓았다. 당신이 나한테 계약을 하지 않으면, 나는 당신 때문에 그 상을 못 받을 수도 있다는 귀여운 협박도 서슴지 않았을 정도로 루키에 빠져있었다.

전 직장 동료 중 어떤 분은 내가 가입하라고 하면, 있던 것도 깨고 해주시겠다고 했다. 물론 나는 있던 계약을 깨면서까지 계약을 받지는 않았다. 한 건 한 건이 모여 신입사원치고는 나름 많은 건수를 보유하게 되었으나, 다른 신입사원들과 레이싱 중이었기 때문에 방심할 수는 없었다.

한 여름에 캐리어를 끌고 지방순회를 하면서 청약서 한 장이라도 더 추가를 해야 했다. 어디서 누구를 만나서 계약을 해야 할지 막막했다. 쥐어짜도 계약 한 건 나올 곳이 없었다.

“너 내일 사무실에 있니? 너네 사무실 근처 오전에 가는데…”

“네, 선생님. 내일 점심 같이 하실까요?”

“그래. 그러자”

법의학연구소를 그만두고 옮겨간 첫 보험사의 내 멘토 선생님이 전화를 주셨다. 자동차보상의 의료심사들은 워낙 외근을 많이 다니기 때문에, 선생님이 사무실근처를 지난다는 것은 의심할 여지가 없었다. 선생님과 즐거운 수다를 떨며 점심을 먹었다.

“너 신입사원 1등 도전한다며. 잘 되고 있니? 1등 할 수 있겠어? 얘는 별걸 다 하네. 다른 사람들하고 얼마나 차이가 나?”

단체문자로 보냈던 메시지 내용을 기억하시고 물어봐 주셔서 감사했다. 아직까지는 1등인 것 같은데, 변수도 많고 더 이상 계약 나올 때가 없어서 한 숨만 쉬고 있다고 속사정을 이야기했다.

“야, 그래서 내가 온 거다. 내가 너 보험사 들어가면 계약 하나 넣어주려고 했어. 이제야 하나 해 줄 수 있겠구먼. 내꺼 암보험 한 번 뽑아봐.”

“선생님 암보험 많지 않으세요?”

“글쎄… 보험 몇 개 있는 것 같긴 한데, 잘 모르겠네.”

아무리 그냥 들어주신다는 보험이라고 해도, 기존에 가입한 보험증권 분석도 제대로 안 하고 사인을 받기는 싫었다. 일단 선생님을 모시고 사무실로 올라갔다. 가지고 계신 보험회사에 전화해서 보험증권을 팩스로 받았다. 암보험 증권을 확인하고, 암 진단금 증액 콘셉트로 전자청약을 진행했다. 내 딴에는 보장에 대해서 설명을 해본다고 혀를 굴렸지만, 멘토 선생님 앞에서는 한 없이 작아지는 어린아이에 불과한 나였다. 손도 덜덜 떨려서 전자청약도 제대로 진행하지 못하고, 보장 설명도 횡설수설했다.

"야, 나한테는 됐으니까, 다른 고객들한테나 열심히 설명해. 내가 네 설명 듣고 계약하려고 한 거 아니잖아. 너 1등 해야 한다며. 그래서 내가 해주는 거니까, 빨리 사인이나 끝내. 너 하루 종일 이것만 할 거니. 나도 얼른 가야한다."

분명 신입사원 교육 때는 친한 지인일수록 제대로 프로세스를 지켜서 청약을 진행하라고 배웠다. 더 제대로 설명하고, 원칙대로 진행해야 한다고 했다. 느릿느릿 전자청약을 한참 만에 끝내고 나니, 온 몸에 식은땀이 흥건했다. 멘토 선생님은 청약이 끝나자마자 꼭 1등을 하라며 총총 걸음으로 다시 본인의 회사로 복귀하셨다.

내 멘토 선생님뿐만이 아니라, 2015년 7월부터 9월까지의 모든 계약은 내가 입버릇처럼 '신입사원 챔피언 도전 중이에요' 라고 외치고 다니며 이뤄낸 계약들이 많다. 그 당시에는 아침에도 루키루키, 저녁에도 루키루키, 한마디로 루키에 미친 여자였다.

루키 시상은 회사의 3분기 큰 행사에 참석해서 많은 선배님들 앞에서 박수를 받으며 상을 받는 것으로 끝났다. 지금은 이해할 수 없는 내 루키사랑은 그렇게 막을 내렸다. 상을 받을 때보다, 도전하는 과정 자체가 더 기억이 남는다. 그 때 내가 할 수 있는 것은 오로지 루키 하나였다.

지금은 그 때의 계약 건들을 소중히 관리해드리는 게 나에게 남겨진 몫이다. 관리라고 하면 솔직히 별다른 건 없다. 오늘은 작년 12월에 계약한 여섯 분에게 연락을 드렸다. 벌써 계약한 지 일주년이 되었다면서, 잘 유지해주셔서 감사하다고. 시간 참 빠르다고 인사하면서, 상품에 대해서 리뷰도 해드리고 변액상품은 펀드 구성이나 수익률도 언급해드렸다. 생일이신 분께 생일카드를 지난 주에 보내드렸는데, 잘 받았다면서 메신저로 내가 쓴 카드를 찍어 보내주셨다. 투박한 손 글씨에 말재주 없는 식상한 멘트이지만, 생일엽서나 감사엽서를 쓸 때는 꼭 그 고객님을 생각하며 현재 하시는 일이 잘되기를 바라고, 건강하시기를 바라는 마음을 담는다.

《생각이 만드는 기적》에서 제임스 앨런은 말한다.

"사람은 가슴속에 합당한 목적을 품고 그것을 이루고자 노력해야 한다. 또 그 목적을 생각의 구심점에 놓아야 한다. 중략... 위대한 목적을 이룰 수 있을까 염려하는 마음에 아직 준비가 덜 되었다고 생각할 수도 있다. 그런 사람들은 우선, 겉으로는 하잘것없어 보일지라도 자신이 맡은 의무를 실수 없이 이행하는 데 생각을 집중해야 한다. 그렇게 해야만 생각을 하나로 모을 수 있으며 에너지와 결단력이 생겨난다. 그리하면 이루지 못할 것이 아무것도 없다"

2017년 내가 꿈꾸는 그림이 몇 가지 있다. 증권투자 권유대행인 시험 합격, 자격증 합격을 통한 강사 도전, 글쓰기 완성 후 출판사와의 계약, 봄에 초판 발행, 팀후배들과 함께 할 수 있는 병원 보험금 청구 카운터 업무개시, 숨은 보험금 찾기 소그룹 단위 세미나, 온라인을 통한 보험상담 재능기부, 전국의 간호사 후배들을 찾아다니며 선배와의 대화 콘셉트로 강연회하기, 끊임없는 고객창출을 위한 고민은 보너스이다.

이 모든 것을 가능하게 하는 것은 단 하나, 지금 내가 해야 하는 것은 꾸준히 고객님들을 만나는 것이다. 보험 이야기나 소개요청을 직접적으로 꺼내기도 하고, 가볍게 식사나 커피만 마셔도 좋다. 겉으로는 하잘것없어 보일지라도 무조건 고객님들을 많이 만나서 이야기를 나누다 보면 분명 답이 보이고, 내가 왜 이 일을 이토록 간절히 하고자 하는지 또 한 번 깨달게 될 것이다. 생각을 하나로 모으면 에너지와 결단력이 생기고, 이루지 못할 것은 아무것도 없다.

# 누군가에게 도움을 줄 수 있는 삶

"앞으로의 내 삶을 어떻게 살아나가야 할지는 더 중요하다.
그런 의미에서 타로 카드 5번은 내게 충고한다.
타인에게 도움을 주는 삶을 살아라. 대가를 바라지 말아라."

닭들이 일일이 부리로 쪼아보며 취할지 버릴지 행동하듯 나는 궁금하면 알아보고, 하고 싶은 것은 바로 하는 편이다. 내가 닭띠라서 그럴 수도 있다.

동남아 여행을 가서 튜브 없이는 수영도 못하고, 튜브 위에서도 둥둥 떠다니는 내가 초라하게 느껴져 호기롭게 백화점 수영 강습을 3개월이나 결제했다. 수영복, 수영모, 수영장 전용가방 구입까지 초기 비용을 지출했지만, 나는 수영을 마스터해서 휴양지에서 여유롭게 수영하며 보내리라는 청사진에 들떠있었다. 수영 강습 2주차에 들어서니 얼굴까지 물 속에 담그고 잠수를 하며 팔을 내젓는데, 물의 중력이 세서 팔을 뻗어 휘젓기란 쉽지 않았다. 얼굴만 물 안으로 들어가면 숨 쉬기가 힘들고 답답했으며 음파음파 하면서 숨을 내쉬어야 하는데, 자꾸 물만 먹고 팔은 내 맘대로 움직이지도 않아 발만 동동 구르고 있다가 집에 오는 날이 많았다. 결국 한 달도 못 다니고 나머지 비용은 환불받았지만, 지금도 후회는 없다. 나는 수영을 배워봤고, 내가 물 속에 들어가면 공포심이 생긴다는 것을 알았기 때문이다. 4, 5년 전 이야기지만, 그때 시도해 보지 않았으면 지금도 수영을 배워볼까 라는 생각만 하고 있었을 것이다.

최근에 배운 것은 타로 카드이다. 비싼 수강료를 지불하고 두 달 과정을 들었다. 타로 카드를 배운 목적은 고객님과 상담하면서 아이스 브레이크용으로 이야기하고 싶어서였다. 타로는 외워야 할 것도 많고 임상연습도 해야 실력이 향상되는데 나는 상담 시간을 쪼개어 겨우 강습시간 맞춰 가기 바빴기에 예습, 복습은 제대로 할 수도 없었다. 수업시간에 카드에 대해 이야기를 나누는데, 대부분의 수강생들은 타로 카드 한 장을 보면서 많은 이야기를 끄집어냈지만 나에게 타로카드는 난해한 추상화처럼 알 수 없는 그림들로만 보여 입을 떼서 내 의견을 말할 일은 거의 없었다. 그렇지만 두 달 동안 배운 실력으로 생일 날짜를 계산해서 볼 수 있는 생일수 타로는 가끔 고객님들께 이야기해드리는데, 신기하게 맞다고 하셔서 내가 더 놀란 적도 있다.

생일수 공부하는 날에 타로 강사님이 내 생일날짜로 타로를 봐주셨다. 단지 카드 세 장으로 무슨 이야기를 할 수 있을까 라고 생각했던 것은 나의 오산이었다. 강사님은 어렸을 때부터 나를 알고 있던 것처럼 자연스럽게 카드를 읽어냈다. 여자 CEO성향은 3번 여황제 카드에서, 남들과 다르게 생각하고 돌아이 기질이 있는 것은 역시 12번 매달린 사람에서, 고집도 좀 세고 가르치는 것 좋아하는 것은 5번 교황카드에서 나타났다.

"서연 씨는 참 똑똑한 사람이군요. 정말 열심히 살구요. 지금 하는 일이 서연 씨 적성에는 잘 맞으니까, 성공할 거에요. 사교성도 좋지만, 머리가 비상해서 남들과는 다른 관점으로 보기 때문에 의견충돌도 있었겠어요. 사람들이 서연 씨한테 속내도 털어놓고 상담을 많이 하는 편인가요? 주변에 사람이 많아요. 많은 사람들이 서연 씨한테 도움을 요청하다 보면 서연 씨가 힘들어 할 수도 있겠지만 잘 도와주세요. 그리고 도와줄 때는 대가를 바라지 말구요. 교황은 정신적인 지주에요. 정신적인 지주가 돈을 바라면, 그것은 부패한 종교가 되는 거 아시죠? 돈보다는 사람을 보고 많이 도와주시면 그게 결국 서연 씨한테 다 되돌아 올 거 에요. 그래서 이런 점이 서연 씨가 보험하고 잘 맞는다는 거죠."

나는 양손을 꼭 쥐고, '네, 네, 맞아요. 제가 그래요. 어머, 저를 어떻게 그렇게 잘 아세요. 그게 카드에서 다 나오나요? 신기해요.' 라고 연신 맞장구를 쳤다.

여태 내가 살아온 것도 중요하지만, 앞으로의 내 삶을 어떻게 살아 나가야 할지는 더 중요하다. 그런 의미에서 타로 카드 5번 교황은 내게 충고한다. 타인에게 도움을 주는 삶을 살아라. 대가를 바라지 말아라.

사람이 태어나 이 땅에서 어떻게 살다가 죽어야할까. 나는 왜 태어났고, 내가 이 세상에서 이름을 걸고 제대로 한 번 꿈을 펼쳐볼 수 있는 게 뭘까 라는 고민을 내 나이 서른네 살에야 했다. 이 당시 인문학에 심취해서 플라톤, 아리스토텔레스, 논어를 닥치는 대로 읽다보니 자연스레 나에 대한 반문이 생겼다.

"최서연, 너 지금 잘 살고 있는 거 맞니?"

2014년 내 업무는 이랬다. 오전 8시에 출근해서 교통사고 피해자 의료자문 서류를 준비한다. 보상담당자가 준 CD를 보면서 어디에 골절이 있고, 인대가 끊어졌는지 찾아낸다. 급한 합의 건이라면서 서류를 던져주면 검토내용을 적는다. 신규 피해자가 발생해서 추산을 떼어야 하니 환자상태를 작성한 보고서가 필요하면 부랴부랴 피해자를 만나러 병원에 간다. 사고난 지 불과 얼마 되지도 않은 피해자와 가족에게는 보험사 방문은 달갑지 않다. 내가 진짜 다쳤는지 확인하러 왔냐며 내쫓는 분도 있었다. 근처 대학병원을 들러 이전에 맡겨놓은 의료자문 서류 봉투를 양 손에 무겁게 들고 사무실로 들어온다. 조금 전 만난 피해자 면담보고서를 작성한다. 보상담당자가 울상이 되어 서류 한 무더기를 들고 옆으로 온다. 피해자의 요구금액과 합의금액이 차이가 많으니 다시 한 번 봐달라는 것이다. 이미 받아놓은 의료자문 결과로는 합의 자체가 안 된다. 그러면 의료자문 교수님을 찾아가서 장해율이나 장해기간에 대해 다시 논의하고 변경될 여지가 있는지 상의한다. 교수님의 의견이 처음과 동일하여 타진할 의사가 1퍼센트도 없고 피해자도 자문 결과에 순응하지 않으면 제 3의 의료기관에서 다시 자문을 시행한다.

병원에서 자동차사고 피해자의 경우 과대진료 또는 과대치료를 시키는 경향이 있다. 피해자는 당연히 사고로 아프니 병원에서 하라는 검사하고 치료도 받는다. 비급여로 먼저 피해자에게 치료비를 내게 하고, 피해자에게 보험사에 청구하게 한다. 영수증을 받아보면 엄청나게 비싼 검사, 치료 내용이 확인된다. 내가 아파서 내 돈 주고 치료하고 건강보험으로 처리한다면 이렇게까지 하지는 않겠지 싶다. 그런 보험을 처리해주다보면 보험사의 손해율이 높아지기 때문에, 선량한 자동차보험 가입자들의 보험료도 올라간다. 그래서 자동차보험사에서는 치료비 심사기준이 있다. 그 기준에 맞춰 심사를 하면 백발백중으로 피해자의 민원이 들어온다. 의사가 치료하라고 해서 한 거고 계속 아픈데 왜 치료비를 안 주냐고 말이다. 보상담당자는 민원을 막아야 하고, 나는 심사기준에 의해 양심에 거리낌 없이 적정 심사를 해야 하니 또 둘의 의견이 충돌한다.

숨쉬기도 바쁜 업무가 끝나고 나면, 퇴근 후 책을 탐닉하면서 사색에 빠져들었다. 내가 이 땅에 태어난 이유는 뭘까. 내가 제대로 살고 있나. 인문학 책을 몇 권 보다 보니 이해하기가 어려워 쉽게 읽히지 않았다. 한 사람의 삶을 통해서 인문학적인 내용이 어떻게 삶에 영향을 미쳤는지 알 수 있을 좀 더 생생한 글이 필요했다. 그때 정주영 회장의 《이 땅에 태어나서》와 김구 선생의 《백범일지》를 읽었다.

"2014. 06. 26(목)

어제는 6.25였는데 브라질 월드컵 때문이었는지, 군인 탈영 때문이었는지 조용했던 것 같다. 리영희 님의 '대화' 라는 책을 읽다가 우리나라 식민지, 전쟁, 통일 등 이야기에서 김구 선생 이야기가 나왔다. 어렵다고만 생각했던 백범일지를 읽고 싶어 드디어 책을 집어 들었다.

오늘 아침 출근길 지하철에서 이봉창 의사는 '영원한 즐거움' 을 위해 웃으며 사진을 찍는다는 내용을 봤다. 나도 모르게 눈시울이 붉어지고 내가 부끄러워졌다. 풍족한 지금의 삶, 내 중심, 심지는 얼마나 굳건한가. 사회를 위해 내가 무엇을 해야 하고 할 수 있을까. 그의 파란만장한 일생을 단 한 권의 책으로 너무 쉽게 읽어버려 죄송스런 마음까지 든다."

《쉽게 읽는 백범일지_돌베개사》앞 장에 적혀있는 투박한 나의 서평을 옮겨봤다. 내가 백범일지 서평에 이봉창 의사 내용을 쓴 까닭은 이렇다. 백범일지 내용 중 그의 활짝 웃는 사진이 삽입되었는데, 일제 강점기에 찍었다고는 볼 수 없을 정도로 표정이 밝았다. 대부분 열사들의 사진은 결연한 의지를 담고, 입술을 꽉 물고 있는 사진들이 많은데, 그는 왜 웃고 찍었을까. 그는 김구 선생에게 폭탄 두 개를 받았다. 하나는 일본천왕 죽이는 데, 하나는 자살용이다. 천왕을 죽이면 그 곳에서 즉시 일본 군인들에게 잡히기 때문에 바로 자살을 감행해야 했던 것이다. 그가 사진 속에서 나를 보며 웃고 있다. 그런데 이봉창 의사가 김구 선생에게 했던 이야기를 읽고, 다시 그의 사진을 보니 활짝 웃는 모습이 아니었다. 내 나이보다 어린 당시 서른한 살의 그는 거사를 치르기 전 마지막 사진을 찍으며 오히려 김구 선생을 위로하고 있었다.

"저는 영원한 즐거움을 누리기 위해 떠나는 것이니, 기쁜 얼굴로 사진을 찍읍시다."

거사가 성공해도 그는 자살을 해야 했고, 실패해도 일본 군인에게 죽임을 당하는 운명이었다. 이봉창 의사는 그 상황을 영원한 즐거움을 누리기 위해 떠난다고 표현하며, 어찌 보면 억지웃음을 지으면서 우리에게 사진 한 장을 남겼다. 오늘 내가 땅을 밟을 수 있고, 맑은 하늘을 바라 볼 수 있는 것은 이름조차 남기지 않은 많은 분들의 희생 덕분이라고 생각한다면 나 또한 내가 받은 그것을 누군가에게 나눠줘야 하지 않을까.

12번 타로 카드(매달린 사람)를 가지고 있는 나는 참 생각이 많다. 나를 스스로 나무에 묶어놓고 끊임없이 질문을 한다. 내가 오늘 할 수 있는 일은 뭐지? 이 일을 하면 고객님에게 어떤 도움을 드릴 수 있지? 보험설계사로서 내가 가진 강점을 가지고 어떤 틈새시장을 공략할 수 있지? 나를 더 잘 알릴 수 있는 방법은 뭐지?(내가 명예욕이 있는 것은 3번 여황제 카드 때문인가?) 내가 고객들한테 도움드릴 수 있는 방법이 있더라도, 고객님들이 나를 만나주지 않으면 소용이 없다. 어떻게 하면 고객님들의 마음을 열 수 있을까? 불안정한 소득으로는 아무리 일을 열심히 하고 싶어도 내가 먼저 지친다. 그리고 열심히 하는데 소득이 오르지 않는 것도 이상하다. 안정적인 소득을 유지할 수 있는 방법은 뭐가 있을까? 온통 의구심 투성이다.

내 블로그 꿈노트 폴더에 2013년 7월 2일 비공개로 올린 글이다.

제목: 10년 안에 내 사업 꾸리기

월매출 1억!

소자본 일인기업으로 시작하여

월매출 1억 달성하는

여성 CEO가 되자.

사람을 우선으로 하고

시대의 흐름에 따라

유동적으로 변하고

항상 이벤트가 끊이지 않는 나의 사업을 하자.

그로 인해

수백 수만 명이 행복해지는 공간

최서연

너를 믿는다.

너만이 할 수 있고

너니까 할 수 있고
너로 인해 번창하는 사업으로
봉사하는 삶을 산다.

월매출 1억이라니 꿈도 야무지다. 아무리 꿈을 크게 가지라고 한들 이렇게 될까 싶은 짧은 꿈노트지만, 이때나 지금이나 봉사하는 삶과 사람을 우선으로 하겠다고 적어놨으니 이 꿈 하나는 확실히 이루어야겠다.

5번 타로 카드(교황)처럼 살자. 나에게 도움을 구하러 오는 분들께는 진정으로 귀 기울여 듣고, 최선을 다해 도와드리자. 주변에서는 나처럼 일하면 남 좋은 일만 시킨다고 실속 좀 차리라고 한다. 그렇게 남만 도와주고 다니면 내가 먼저 지쳐 버릴 거라고 말이다. 그것도 맞는 말인 것 같긴 한데... 아직은 내가 하고 싶은 대로 더 해봐야겠다. 난 사방팔방을 돌아다니며 부리로 먹이를 하나씩 쪼아서 확인을 해야 직성이 풀리는 닭띠이니까. 내 고집대로 밀어붙이자.

이봉창 의사는 영원한 즐거움을 위해 이 세상을 등졌지만, 나는 이렇게 숨을 거두고 싶다.

이 세상 참 즐겁게 잘 살았노라고, 내 평생의 즐거움은 여기서 다 누렸다고 말이다.

# 보험은 끝이 아니라 시작이다

"보험은 가입이 끝이 아니다. 이제부터가 시작이다.
잘 유지해야 하고, 내 건강에 더욱 신경 쓰고 관리도 해야 한다.
보험설계사와의 관계도 가입하면 끝이 아니다."

**"이제 다 된 거죠?** 이거 하나면 다 보장받을 수 있는 거죠? 더 이상 보험들 일은 없겠네."

"고객님. 이번에 여기저기 보험 알아보느라 힘드셨죠? 제가 보험증권을 많이 분석해보니, 한 번 가입해놓고 평생 그 하나의 보험으로 보장을 받는다는 것이 쉬운 일은 아니라고 느꼈어요. 자녀분이 만 15세가 넘어서 어른보험으로 준비하신 것은 정말 잘 하신 일이에요. 태어나서 지금까지 고객님께서 잘 케어해주고, 아이가 건강히 자라서 보험가입이 수월했지만, 만약 아프거나 다쳐서 치료를 받고 있었다면 고객님이 원하는 대로 가입이 되지 않았겠죠? 지금부터 고객님은 아이가 제대로 된 보장을 계속 받을 수 있도록 보험료를 매달 잘 납부해주셔야 하구요. 아까 더 이상 보험 가입할 일은 없으면 좋겠다고 하셨는데... 지금 자녀분에게는 적정한 보장이 준비되었지만, 아이가 성인이 되면 본인의 급여수준에 맞게 또 한 번 보장을 업그레이드해야 해요."

보험은 한 번 가입하면 최소 10년에서 20년 이상은 보험료를 내야 하는 장기 상품이기에, 고객님들의 선택은 쉽지 않다. 나는 10만 원짜리 원피스 하나 사려고 아울렛 매장을 층수 별로 돌아다니고, 매장 가서 입어본 후에는 같은 상품을 온라인에서 더 싸게 구입할 수 있는지 확인까지 해본다. 온라인이 싸면 각 사이트별로 쿠폰까지 적용해가며 제일 저렴한 곳에서 원피스 하나를 겨우 구입한다. 가격비교로 치면 몇 천원 차이지만, 구매자의 입장에서는 최저가를 찾아내서 구입했다는 것은 꽤 기분 좋은 일이다.

원피스 하나 사는 것보다 더 중요한 보험을 가입하는 일이니, 고객님들은 신중할 수밖에 없다. 상품에 대한 가치, 납입 여력까지 충분히 고려해야 한다. '할까 말까? 굳이 지금 해야 하나? 다음 달에 해도 되지 않나? 이 사람을 믿고 가입해야 하나? 더 싼 데 없나? 괜히 가입하는 거 아닌가? 다른 곳 좀 더 알아볼까?' 고객은 보험 생각으로 머리에 쥐부터 난다.

보험 가입 후 보험료만 계속 내시는 분들도 있고, 몇 달 되지 않아

작은 사건사고로 바로 보험의 혜택을 보시는 분들도 있다. 그 중 한 분은 정말 특이한 인연으로 맺어진 분이다. 내가 입사할 때 우리 팀은 매니저님 포함 네 명의 인원이 전부였다. 나와 동기 간호사 출신 두 명이 입사하면서 팀원이 다섯 명이 되었다. 그 당시 매니저님은 간호사를 타깃으로 계속 리크루팅을 하고 있었다. 병원에서만 일하던 간호사들에게 보험 영업은 한 번 해보고 싶은 도전거리로서 충분한 매력이 있다.

업무에 적응해서 여유가 생길 무렵, 매니저님의 제안으로 후보자 미팅 서포터를 맡았다. 취업 사이트를 통해 이력서가 들어오면 나는 이력서를 제출한 후보자들에게 연락을 한다. 채용설명회에 대해 안내하고, 참석여부를 확인하기 위해 한명의 후보자와 두세 번의 연락을 주고받는다. 채용설명회 당일에는 매니저님이 설명회를 진행하시도록 돕고, 설명회 전에는 이름표, 안내판, 음료를 준비하고 설명회가 끝나면 후보자 마중 및 뒷정리를 했다.

서포터를 시작한 지 얼마 되지 않았을 때 남자 간호사 C선생님을 알게 되었다. 요양병원에서 과장직급으로 일하던 분이었는데, 보험 영업을 해보고 싶다고 했다. 성향이 좋으신 분이라 같이 일하면 좋겠다고 생각했으나 결혼해서 자녀까지 있는 상태로 와이프의 심한 반대가 예상되었다.

C선생님 혼자 설명회를 듣고 와이프를 설득하는 것보다, 부부가 함께 들어보는 방법이 더 좋을 것 같아서 같이 설명회에 오시도록 안내했다. 다행히 와이프와 설명회를 같이 들었으나, 아내는 남편의 보험 영업이 불안하게 보였나 보다. 설명회 내내 와이프의 차가운 기운이 느껴져 매니저님과 나는 C선생님의 입사가 어려울 것이라 생각하고 맘을 접고 있었다. 며칠이 지나 해보고 싶은 것은 하라는 와이프의 동의를 얻었다면서 기쁜 목소리로 연락이 온 C선생님의 전화에 천장에 머리를 박을 정도로 나는 뛸 듯이 기뻐 소리를 질렀다. 1차 면접을 당당히 합격하고 2차 면접이 남은 시점에서 C선생님이 장문의 문자를 보내왔다. 전 직장에서 팀장 제안을 받았다. 수입도 고정적으로 들어오니까 아내가 그 곳에서 일하기를 바란다. 그런 아내의 간절한 눈물을 못 본 척 할 수 없다는 내용이었다.

C선생님은 사람이 진지하면서도 진솔하여 거짓이 없어보였다. 나에게는 리크루팅 서포터 시작 후 맺은 첫 인연이라 마음이 쓰여, 다른 직장으로 입사한 후에도 연락은 몇 번 주고받았다. C선생님도 미안한 마음에 입사하면 밥 한번 같이 먹자고 했던 터였다. 식사 약속을 잡으려 했지만 입사초기라 많이 바쁘다고 퇴짜 맞기를 몇 달째가 되니 나도 슬슬 오기가 생겼다.

"선생님, 연락 기다리다가 목 빠졌습니다. 제 연락 부담되시면 더 이상 연락 안 드리겠습니다." 생콩하게 문자를 보냈다. 아무래도 내가 보험설계사이니, 만나는 걸 부담스러워 할 법도 했다. 나름 끝인사라 생각하고 문자를 보냈는데, C선생님이 그날 오후에 보자는 연락이 왔다.

신도림 약속장소에 도착해서 식사를 하고 차를 마셨다. 몇 달 동안 약속만 잡다 드디어 만났는데 어색해서 무슨 말부터 꺼내야 하나 서로 눈치만 보게 되었다. 간호사였고 보험설계사이지만 나는 지금도 당황하면 얼굴이 홍당무가 되고, 쑥스러움을 잘 타는 사람이다. 여럿이 모이는 자리에서는 구석자리에서 술이나 홀짝거리다가 몇 마디 말을 나누고, 상대방의 이야기만 듣고 조용히 있다가 중간에 바람같이 사라지는 소심함도 있다. 보험설계사라고 해서 모두가 얼굴색 하나 변하지 않고 멋들어지게 이야기하고, 또 분위기를 압도할 만한 매력을 발산한다면 너무 천편일률적이라 재미없지 않을까.

몇 달 동안 서로 어떻게 지냈는지 호구조사를 하고, 앞으로 자주 연락하고 지내자며 자리를 마무리 하는 시점이었다. C선생님이 본인의 보험 관련해서 물어볼 데를 찾고 있었다면서, 나한테 상의를 해도 되는지 조심스레 물어왔다. "당연히 되죠. 내가 하는 일인데."

그날 저녁 집에 가서 바로 보험증권을 사진 찍어 보내주셨고, 증권을 분석한 결과 리모델링이 필요한 상황이었다. 다음날 바로 사무실 근처로 찾아뵙고 보장을 준비해드렸다.

C선생님은 청약 후 몇 달 뒤 업무 스트레스와 상해가 겹쳐서 디스크 진단을 받고 신경 성형술까지 받게 되었다. 수시로 통화하면서 치료에 관련된 보험안내를 했고, 무사히 신경 성형술을 받은 후에는 보험금 청구까지 도와드렸다. 내가 있어 든든하다는 기분 좋은 칭찬을 들은 지 얼마 되지 않아 이번에는 교통사고로 입원치료를 했다. 이번에 큰 사고가 나지 않은 것을 감사히 여기며 운전자보험이 필요하니 가입하자고 했지만, C선생님은 도통 내 말을 듣지 않았다. 교통사고 치료 후 경과가 궁금하여 연락을 드렸더니 연말에 가족끼리 놀러 다녀오다가 또 교통사고가 났다는 것이다. 다행히 어린 아들과 와이프는 다치지 않았지만, 신경 성형술을 한 C선생님은 계속 몸이 안 좋아서 치료를 시작했다.

차를 가지신 분들은 의무적으로 법적으로 자동차보험에 가입을 해야 한다. 그러면서도 운전자보험 가입에 대해서는 왜 굳이 해야 하냐며 귀찮다고 하지 않는다. 자동차보험과 운전자보험을 같은 보험이라고 생각하기 때문에 그러시는 것이다. 운전자보험의 가장 큰 목적은 내가 운전을 하다가 타인에게 중상해를 입혀 형사 고발된 경우 벌금,

형사처리 지원금, 변호사 선임비용을 보상받는 것이다. 운전하면서 내가 저 사람 다리 하나 부러뜨려야지 작정하고 돌진하는 사람이 어디 있겠는가. 예상치 못한 사고, 아이들이 갑자기 도로가로 뛰어나온다거나, 차 사이에 끼어드는 오토바이를 피하려다 중앙선을 침범하다가 마주 오는 차와 부딪히는 경우 등등 사고는 예측할 수 없는 시나리오 투성이다.

안되겠다 싶어서 무조건 운전자보험 청약서를 들고 가서 사인을 받았다. 운전자보험료는 매월 만 원대이다. 하루에 500원이면 충분하다. 여성은 300~400원이다. 7000~8000원짜리 점심 먹고, 5000원짜리 커피는 아무렇지 않은 듯 마시면서 월 만 원대의 보험료는 그냥 무조건 싫다고 하신다. 버려지는 돈이라고 여기고 가입해도 커피 이상의 값어치는 분명히 있다. 나는 운전면허증도 없는 여자이지만, 운전자보험에 가입을 했다. '뭐라구요? 운전자보험은 운전하는 사람이 가입하는 건데, 지금 설계사님 뭐 잘못 알고 계신 거 아닌가요?' 벌금비용 등은 가입하지 않더라도, 자동차 부상(비운전)으로 특약을 준비하면 차를 타고 가다가, 보행 도중의 사고도 보상을 받을 수 있다.

옛날 어느 약방에 "세상에 아픈 사람만 없다면 선반 위의 모든 약이 먼지가 되어도 좋으리" 라고 쓰여 있었다고 한다. 약방은 약을 팔아야 돈이 생기고, 그 돈으로 생계를 꾸려나가는 곳이다. 이 세상에 태어난 사람 어느 누구도 질병, 사고에서는 벗어날 수는 없기에 약이 먼지가 될 리는 만무하다. 약방 선반 위에 쌓인 약들은 그저 하나의 풀뿌리에 지나지 않는다. 아픈 사람에게 제대로 된 처방이 되어 환자의 몸에 들어간 순간, 비로소 제 역할을 다하는 것이다.

보험증권도 지금은 그저 돈 먹는 하마로만 보이실 것이다. 내가 저거 한 번 못 타먹고 보험사 좋은 일만 시키는 애물단지로 느껴지신다면 그 감정을 감사의 기운으로 바꿔보시기를 바란다. 고객님들 말대로 보험 한번 못 타 먹은 건 그동안 내 몸이 안 아프게 나를 잘 살 수 있도록 도와준 덕분이지 않은가. 기계처럼 부품을 교체할 수 없는 사람의 몸은 때가 되면 쇠하고 여기저기서 자기 좀 봐달라면서 동시다발적으로 아파온다. 계속 잔병치레만 하면서 사는 경우도 있고, 지금까지 감기 한번 안 걸리고 건강에 자신하며 살다가도 하루아침에 떠나시는 분도 있다.

우리 집 장롱 속에 던져놓은 보험증권을 조심히 꺼내어 오밀조밀 자세히 보셨으면 좋겠다. 지저분하다고 버리지만 않으면 먼지 쌓인 약방의 약들도 다 제 구실을 한다. 한 달에 몇 만원, 몇 십 만원을 내는 보험증권을 보험사별로 정리도 해보고, 보장성과 저축성은 어떻게 구성되어 있는지 확인해보자. 내가 아프면 암 진담금은 이만큼 나오고, 저축을 이렇게 하고 있는데 65세가 되면 내가 연금을 이 정도는 받을 수 있겠구나 등 미래의 청사진을 떠올려 보자. 현재도 행복하게 살아야 하지만, 미래의 행복은 지금 내가 만들어 놓는 것이다.

보험 가입은 끝이 아니다. 이제부터가 시작이다. 보험도 잘 유지해야 하고, 내 건강에 더욱 신경 쓰고 관리도 해야 한다. 보험설계사와의 관계도 가입하면 끝이 아니다. C선생님처럼 고객이 된 이후에 더 많은 연락하며 안부를 묻고, 보험 청구로 도움을 드리면서 인연을 이어가고 있다. 숫자 0은 마침표가 없는 연속성을 가지고 있다. 한 바퀴를 돌면 끝이겠지 싶지만, 돌고 또 도는 인생과 닮아 보험은 우리들의 삶과 뗄 수 없는 관계가 되었다.

04

# 내가 행복해야 고객이 행복할 수 있다

"그 일을 할 때 얼마나 행복한지,
얼마나 열심히 할 수 있는지, 얼마나 절실한지가 중요하다. 지금 당신의 행복을 찾아라.
그 행복이 당신의 삶을 단단하게 만들어 준다."

글쓰기가 내 삶에 깊숙이 침투해서 나를 바꿔 놓았다. 이것저것 일 벌리기만 좋아하고 결과물은 내지 못하는 내 냄비 같은 성격(타로, 수영, 킥복싱, 테디베어, 비즈공예, 십자수, POP글쓰기, 피아노 등 배우다 만 것들이 이렇게도 많다)으로는 당연히 중간에 포기해야 나다운 모습이다. 글 쓰는 습관을 들이기 위해 매일 책상 앞에 앉아 앞뒤도 안 맞는 글을 써내려가는 나를 발견하고는 멋쩍게 웃는다.

"It' s OK?"

지금까지 포기하지 않고, 저녁 약속은 줄이고 취소할 수 없는 약속이면 술은 자제하고 어떻게든 하루에 한 번씩은 글을 쓰려는 나에게 글쓰기는 이제 습관이 되어가고 있다. 글을 쓰다 보면 내가 행복해지고, 내가 몰랐던 내 마음을 글로는 표현할 수가 있게 된다. 글을 쓰기 시작하면서 독서의 깊이와 양이 이전과는 비교되지 않을 정도로 깊고 풍부해졌다. 하루에 겪는 모든 일이 글쓰기의 소재가 된다. 스쳐지나가는 장면도 글로 써보면 내가 눈으로 봤을 때와는 다른 감정을 발견할 수 있다. 평면으로 그려진 만화가 3D 애니메이션으로 변한다. 감정 상한 일이 있으면 짜증만 내던 나다. 지금은 기분 나빴던 일을 감사일기로 쓰면서 부정적인 에너지를 하나씩 떨쳐내고 있다.

냄비 근성의 예이다. 뮤지컬에 한번 빠지면 몇 달 동안은 뮤지컬만 검색해가면서 일주일에 두세 편씩 볼 때도 있었다. 영화보다는 비싸지만 잘 검색해보면 할인을 받아 얼마든지 멋진 공연을 관람할 수 있다. 코팅까지 해서 뮤지컬 티켓들을 보물처럼 보관해놓은 나란 여자도 참 소녀스럽다. 뮤지컬의 감동은 내 마음속에 오래 남기 때문에 그럴만한 가치가 있다. 공연을 보고 난 후 뮤지컬 OST를 따라 부르며 배우의 연기, 노래, 무대의 배경을 떠올린다. 예를 들어 맨 오브 라만차의 OST가 시작하면 나는 산초와 돈키호테의 장난기어린 수다스러움, 산초의 우직함과 순수함, 돈키호테의 열정이 눈앞에 그려진다. 내가 즐겨듣는 정성화의 '이룰 수 없는 꿈' OST는 어떤 명언보다 더 강렬하다.

그 꿈, 이룰 수 없어도

싸움, 이길 수 없어도

슬픔, 견딜 수 없다 해도

길은 험하고 험해도

정의를 위해 싸우리라

사랑을 믿고 따르리라

잡을 수 없는 별일지라도

힘껏 팔을 뻗으리라

이게 나의 가는 길이요

희망조차 없고 또 멀지라도

멈추지 않고, 돌아보지 않고

오직 나에게 주어진 이 길을 따르리라

내가 영광의 이 길을 진실로 따라가면

죽음이 나를 덮쳐 와도 평화롭게 되리

세상은 밝게 빛나리라

이 한 몸 찢기고 상해도

마지막 힘이 다할 때까지

가네 저 별을 향하여

무모해보이기만 한 돈키호테의 행보이다. 잡을 수 없는 것을 알면서도 손을 뻗어 잡으려 하고, 이길 수 없는 것을 알면서도 정의를 위해 싸우려 하고, 희망조차 없어도 멈추지 않고 그는 앞으로 걷는다. 남들이 미쳤다고 손가락질해도 그는 앞만 보고 걷는다. 그게 그의 길이기 때문이다. 나는 지금 돈키호테처럼 나만의 저 별을 향하여 암흑과 같은 터널을 걸어가는 중이다.

간호학과 졸업여행으로 우리학교는 제주도를 갔는데, 그때까지 나는 여행 다니는 것을 병적으로 싫어해서 졸업여행도 가지 않았다. 엄마가 힘들게 번 돈으로 여행을 간다는 생각은 나에게 과소비라 여겼기 때문이다. 첫 해외여행은 간호사생활을 하고 몇 년이 지나서, 교회에서 선교여행으로 필리핀을 갔을 때이다. 그 후로 간호사 후배와 태국여행, 간호사를 그만 두고 일본 도쿄 여행, 언니와 앙코르와트 여행, 스페인 여행, 베트남 여행을 다녀왔다. 엄마와는 일본 온천여행도 갔고, 혼자서 터키, 유럽 배낭여행을 즐겼다. 회사 시상으로 홍콩과 사이판도 다녀왔다. 일 년에 한두 번은 혼자서 제주도를 훌쩍 다녀올 정도로 지금은 언제든 떠날 수 있고, 항상 여행을 꿈꾸는 사람이 되어버렸다.

항공사 마일리지가 많이 쌓여서 어디로 좀 떠나볼까 싶은 생각에 심장이 근질근질하다. 따뜻한 동남아로 갈까? 향수병에 힘들었던 파리로 다시 가서 파리지앵 놀이 좀 해볼까? 어디든 좋다. 내가 여행을 떠날 수 있다는 마음을 가지고 있다는 것만으로도 말이다.

나는 자전거도 못 타고 운전도 할 줄 모르며, 등산은 세상에서 제일 싫어하고 운동이란 취미를 가져 본 적도 없는 여자이다. 우연히 접하게 된 라틴댄스 살사가 몸을 움직이는 유일한 내 취미이다. 라틴댄스에는 살사, 차차, 바차타, 메렝게 등 다양한 장르의 춤이 있는데, 그 중 기본은 살사이다. 감성 풍부해지는 라틴 음악에 맞춰 스텝을 밟고 턴을 돌면서 춤을 추다보면 종종 나를 잃어버릴 때가 있다. 완전히 음악에 몰입해서 3분 동안 미친 듯 춤을 추고 나면 그렇게 행복할 수가 없다. 열 번 추면 한 번 느낄까 말까 할 정도로 음악, 파트너, 내 컨디션의 궁합이 맞아야 얻어지는 산물이다. 그 한 번의 느낌을 얻기 위해 이번 주말에도 나는 살사를 즐기러 가려고 한다.

외근 중이나 출퇴근 중에 나는 수시로 독서를 한다. 최근 관심을 가지고 읽고 있는 책은 나탈리 골드버그의 《뼛속까지 내려가서 써라》, 하브 에커의 《백만장자 시크릿》, 신달자의 《엄마와 딸》, 구제 고지의 《감정 정리의 힘》, 트렌드 코리아 2017 등이다. 책을 펼 수 없는 곳에서는 오디오 북을 통해 《데일 카네기의 행복론》을 듣고 있다. 피곤해서 집에 가기도 힘든 날, 속상해서 울고 싶은 날 나는 서점으로 달려가 책을 산다. 책 속에 파묻혀 있으면 나는 행복하다.

저녁마다 맥주 한 캔씩 마시고 잘 정도로 나는 맥주 덕후인데, 맥주를 입에 대지 않은 지 한 달이 되어 간다. 맥주 한 캔과 바꾼 내 몸무게가 더 이상 감당이 되지 않을 정도로 불어났고, 옷을 입어도 푸짐해 보이는 내 팔뚝과 뱃살과 결별하고 싶어서 내린 결단이다. 첫 며칠은 맥주 없이 저녁을 보낸다는 것은 악보에 음표가 빠진 것처럼 흥이 나지 않았다. 맥주를 마시면서도 살을 뺄 수 있지 않을까 하는 악마의 속삭임에도 넘어갈 뻔했으나, 지금은 거의 입에 대지 않고 있다. 설령 이 글을 보신 분이 이후 언제라도 내가 맛있게 맥주를 마시는 모습을 보신다면, 그건 내가 원하는 몸무게에 도달했기 때문이라고 생각하고 넘어가 주시길 바란다. 평생 맛좋은 맥주를 안 마신다면 그건 정말 가혹한 일이다.

《서른의 경쟁력은 간절함이다》의 김연우 저자는 말한다.

"성공에 있어 재능은 그리 많은 부분을 차지하지 않는다. 중요한 것은 그 일을 할 때 얼마나 행복한지, 얼마나 열심히 일할 수 있는지, 얼마나 절실한지이다. 지금 당신의 행복을 찾아라. 그 행복이 당신의 삶을 단단하게 만들어 줄 것이다."

지금의 내 일을 행복하게 할 수 있는 원동력은 나의 다양한 취미 덕분이다. 그 덕에 감성이 메마르지 않기 때문이다. 그것은 내가 원하는 일이고, 원하는 일을 하는 것이 즐거워서이다.

나는 SNS에 다양한 모습을 보여드리려고 가감 없이 사진을 올리는 편이다. 가족들과의 식사 모습, 화장기 없이 안경 쓰고 주말에 출근하는 모습, 놀러가서 즐거워하는 모습, 음식을 먹느라 입을 쫙 벌리고 일그러진 못난 표정, 닭살 돋는 셀카 사진도 있다. 내가 행복한 모습을 포장 없이 보여드리면 고객님들도 조금이나마 나란 사람에 대해 이해하고 따뜻한 마음을 가져주시겠지? 내 모습을 먼저 보여드리면, 자연스레 고객님들도 지금보다 더 많이 마음을 여시겠지?

05

# 보험설계사라고 말하라

"미국에서는 보험설계사가 존경받는 직업 중
상위그룹에 속한다고 한다. 우리나라의 경우는 초창기 보험 영업의
흑역사 때문에 아직은 부정적인 인식이 팽배해있다."

누구나 주변에 보험 영업하는 사람 한둘은 알고 있다. 가족, 친구, 친척. 우리 집에서는 내가 그런 사람, 처음으로 보험에 발을 들인 사람이다. 언니들은 "우리 막내 동생이 설계사하는데, 상담 좀 받아볼래?" 조카는 "우리 이모가 보험설계사인데, 여행갈 때 여행자보험 가입해야 한대." 엄마는 "우리 막내딸이 보험회사 다니는데, 자동차보험 할 때 꼭 연락해." 라고 주변에 홍보를 해준다. 소개가 나오지 않아 만날 사람이 없으면 전화라도 해서 수다 떨 수 있는 것이 가족이다.

"언니, 그때 그 학원 원장님 소개 좀 시켜줘. 일단 만나게만 해줘라."

"안 그래도 이야기했는데, 시간 맞추기가 어렵네. 내가 사람들 만날

때마다 이야기하니까 기다려봐."

가족들에게 의지해서 성공을 보장받기 위해 소개를 부탁하는 것은 절대 아니다. 나 아니어도 누군가에게 보험가입을 할 분이라면 당연히 욕심을 내서 나한테 보험가입을 시키는 것이 맞다고 생각한다. "보험가입을 안 한다면 모를까, 하시려면 저한테 가입하셔야죠." 라고 나는 배짱두둑하게 이야기할 수 있는 여자이다. 그런데 의외로 가족을 통해 소개를 받아 본 것은 엄마가 두 번, 넷째 언니가 한번, 총 세 번으로 실적이 저조한 편이다. 보험은 가족을 내 편으로 만드는 것이 제일 어렵다는 말에 공감한다. 나를 소개해줄 때는 '보험 필요하면 연락해봐' 가 아닌 '한 번 만나보면 너한테 꼭 도움될 거야.' 로 부탁드린다.

"언니들!! 보험설계사인 동생을 자랑스럽게 여기고 소개 좀 해줘. 나 소개시켜 주고 욕 먹을까봐 안 시켜주는 건 아니지?"

보험설계사로 이직을 한 사람들의 전직은 참 다양하다. 우리 팀만 해도 간호사(수술실, 회복실, 중환자실, 산부인과), 응급구조사, 회계업무, 학원강사 등등의 전직을 가졌다. 우리는 왜 보험설계사가 되었을까. 다른 사람들의 이야기가 궁금하다. 흔히 억대 연봉이라는 말에 현혹되어 돈을 많이 번다고 해서 일까? 일반 직장에 비해 출퇴근 시간이 자유로워서일까? 직장생활에 답답함을 느껴서일까? 가족이 아파서 크게 고생하고 보니 보험이 절실하게 필요함을 알아서일까? 시작한 계기는 모두 다르겠지만, 한 분에게라도 제대로 된 보장을 전달해드려야겠다는 마음가짐은 모두 똑같다.

이제야 우리 팀 이야기를 해보려 한다. 내가 속한 팀은 20대 중반부터 40대 초반까지 다양한 연령으로 구성된 조직이다. 매니저님의 성향이 워낙 조용하고 사람 잘 챙기고 싫은 소리도 잘 안 하시는 분이라 그런지, 팀원들의 성격도 모난 구석 없는 좋은 사람들만 모였다. 각자의 색깔은 다 다르지만, 튀지 않고 잘 어우러진다.

내 블로그를 통해 입사하게 된 간호사 출신 후배 H는 조용히 다니면서 척척 계약을 하고 소개도 곧잘 받아온다. 예쁜 것은 물론이고, 선배로서 그녀의 활동력이 존경스럽기까지 하다. 바쁘다는 핑계로 최근에는 밥을 같이 먹어본 적이 없다. 내일은 그녀에게 데이트 신청해서 맛있는 점심을 먹으며 수다 좀 떨어야겠다.

E와 J는 동갑내기 간호사 출신이다. 내 큰조카와 동갑이고 나와는 10년 차이이다. 보험설계사를 해보겠다고 채용설명회에 왔던 E와 J의 첫 모습이 떠오른다. 앳된 얼굴에 저마다 사연이 있어 병원을 그만둔 상태로 왜 이일을 하고 싶은지에 대해 이야기를 나누었다. E는 요즘 달콤한 연애에 빠져 행복한 모습이고, J는 살이 쪘다고 운동을 시작했

다. 사무실에 있을 때면 후배들이 고객들과 통화하는 것을 어쩔 수 없이 듣게 된다. 마냥 어리게만 보이던 후배들이 고객들과 어떤 이야기를 나누는지 궁금했는데, 고객 질문에 대답도 척척 잘 하고 고객이 오해하는 부분은 예를 들어가며 논리적으로 상담해주는 모습에 내심 기분이 좋았다.

S는 지금 신입사원 교육을 받고 있는데, 신경외과 중환자실에서 근무하던 남자 간호사 출신이다. 앞에 말한 E, J, H보다 더 먼저 만났고 앞서서 입사 결정을 했던 후배이다. 재무 설계에 관심이 많은 간호사인데, 자세한 설명을 듣고 싶다고 블로그를 통해 연락을 해왔다. 채용설명회를 들은 그는 우리와 일하고 싶어 했으나 간호사 경력 1년은 채워야겠다면서 우리를 긴장하게 했지만, 끝까지 병원 업무를 잘 마치고 1월에 입사했다. 가만 보면 S는 매니저님과 성향이 비슷하다. 조용하지만 이루고자 하는 것은 시간이 걸리더라도 결과물을 내는 사람이다. 병원 기숙사를 나와서 회사 가까운 곳으로 이사도 했다. 며칠 전에는 신입사원 교육이 일찍 끝났는데도 집에 안 가고 사무실에 남아서 공부를 하고 있는 모습을 보았다. 집에 가서 쉬라는 나의 말에 S가 수줍은 듯 웃으며 했던 말이 떠오른다.

"제가 주변 분들한테 병원 그만두고 보험회사 입사한다고 이야기했거든요. 병원 선생님들이 꼭 찾아오라고 했어요. 저한테 가입해주신다구요. 저는 잘 할 거라고 하셨어요."

보험을 처음 시작하는 사람에게 이만한 멋진 응원이 또 어디 있을까. 나는 S가 병원생활을 그만큼 잘 해서 다른 선생님들이 좋게 봐 준 거라고 칭찬했다. 다음 달부터는 그도 신성한 전쟁터에 입성하게 된다. 한 고객을 사이에 두고 다른 회사 보험설계사와 맞붙을 때도 있을 것이고, 때론 제일 친한 사람에게서 큰 상처도 받을 것이다. 하지만 내가 봐온 그는 묵묵하면서 진실하게 일하는 사람이기에 잘 이겨내고, 반드시 성공하리라 믿는다.

I는 입사 2개월 차 응급구조사 출신이다. 우리 팀의 유일한 흡연자이기도 하다.(스트레스 받아서 피우는 건 알겠지만, 올해는 아빠도 되는데 금연 한번 해보는 건 어때?) 빡빡 깎은 머리에 야구 모자를 쓰고 큰 운동가방을 들고 사무실로 찾아왔던 첫 모습이 기억난다. 그와 이야기를 나누다보면, '이 사람 거짓말 한 번 안 하고 착하게 살았네. 가정교육 잘 받은 사람이네' 라는 느낌이 온다. 내 건너편에 앉아 있다 보니 나도 모르게 그의 표정을 흘깃흘깃 볼 때가 있다. 고객에게서 받은 보험증권을 들고 혼자 중얼거리기도 하고, 미간을 찡그리며 한숨만 쉬고 있을 때는 내가 먼저 다가가 뭐 도와줄 게 없는지 물어본다. 모른다고 무조건 물어보지 않고 혼자 고민해보는 그의 모습이 예뻐 보인다. 쉽게 배운 건 쉽게 잊어버리기 때문이다.

L은 우리 팀의 첫 남자 팀원이다. 그 전까지는 여탕이었다가 듬직

한 L이 들어오면서 한동안 누나들의 귀여움을 독차지했다. 병원 개척도 열심히 다니는 L. 지금 힘든 시기에 있지만, 더 좋아질 거라고 나는 믿는다. 누나가 응원한다, L!!

M언니는 간호사 출신으로 올해 설계사 9년 차이다. 팀 선배로서 경력도 화려하고, 시상 경력도 화려하다. 실적도 좋아서 같은 팀이라는 것만으로도 영광이다. 후배들과 밥 먹을 때면 항상 밥을 사주는 언니라서 입 발린 소리 하는 것은 절대 아니다. O언니는 작년에 우리 팀에 합류했는데, 딱 맏언니 스타일이다. 나는 바쁘면 후배들 말을 건성으로 듣는 못된 선배인데, 언니는 '그렇지, 그렇지, 맞아.' 맞장구도 쳐주고 차분히 가르쳐 주는 착한 언니이다. Y언니는 예전에 우리 회사에서 일하다가 퇴사했고 결혼 후 다시 입사해서 새로운 마음가짐으로 일하는 중이라고 했다. 수학 강사를 했다고 하는 언니의 차분하면서도 똑 부러지는 발음과 목소리가 부럽다. Y언니와도 더 친해져야겠다. 언니 술 한번 먹어요!

P언니와 나는 한 살 차이고 우리의 관계는 톰과 제리 같다. 언니는 사람 이름을 잘 못 외우는데, 그녀의 매력은 이름을 모르면 대놓고 '너 이름이 뭐였지?' 라고 물어보는 것이다. 나한테도 몇 번이나 다른 이름을 불러서 장난인가 싶었고, 살짝 기분이 좋지 않을 때도 있었다. 예전에는 마주보고 앉아서 이야기도 곧잘 했는데, 이제는 떨어져 앉아서 인사만 하는 정도이다. 언니는 오랫동안 대기업 비서로 일하다가 아이

를 낳고 보험설계사가 되었다. P언니는 육아와 영업을 병행하면서도 많은 업적을 척척 이뤄냈다. 나는 일을 할 때 시끄럽게 여기저기 떠벌리고 하는 편인데, 언니는 강단이 있어서 조용하게 큰 건의 청약도 쓱 해온다. 역시 강한 여자!

R은 임산부의 몸으로 외근을 다니며, 계약을 깨나 잘 했고 말하는 것도 야무진 똑순이다. 얼마 전 건강한 둘째 아들을 출산했다고 한다. 몸조리 잘 하고 따뜻한 봄날 만나자.

K언니는 나이로는 우리 팀의 큰 언니이다. 사무실에 있을 때는 같이 치맥도 자주 즐겼는데. 이제는 다른 사업을 병행하다보니 한 달에 한 번 보기도 어렵다. 언니 사업이 더 번창하기를 바라고, 앞으로 사무실에서 자주 뵈었으면 좋겠다.

이 글을 쓰는 사이에도 몇 명의 후배가 입사를 했다. 꿈을 이루기 위해 같이 노력하는 선후배가 되기를 바라며, 더 많은 후배들이 입사해서 즐겁게 일하는 공간을 만들고 싶다.

보험설계사는 1인 CEO이다. 그래서 팀이 더 중요하다. 고객의 거절을 당하고 쓰린 속을 달래며 무거운 가방을 들고 사무실로 들어오면, 팀원들이 어떻게 됐냐며 이야기보따리를 풀게 한다. 고객이 이랬어요, 저랬어요 이야기하다 보면 어느새 속상한 마음이 풀려졌다. 보험증권을 분석하다가 약관을 찾아봐도 모르겠으면 든든한 언니들에게 물어보면 된다. 약관 공부를 해서 보험금 청구를 도와드린다고 해도, 거의 10년이 되어가는 선배들에 비하면 나는 경험치가 너무 낮다. 보험금 청구를 하다가도 긴가민가한 내용들은 쪼르르 언니들에게 달려가 물어본다.

한동안 세스 고딘 작가의 매력에 빠져 헤어 나오지 못했다. 톡톡 튀는 문체로 글 읽는 재미도 있었고, 진부하지 않은 소재라 마케팅 공부 목적으로도 읽어볼 만했다. 그와 만났던 첫 번째 책《보랏빛 소가 온다》의 일부 내용이다.

"리마커블(remarkable)은 이야기할 만한 가치가 있다는 뜻, 주목할 만한 가치가 있고, 예외적이고, 새롭고, 흥미진진하다는 뜻이다.

당신의 사업에는 성공할 수 있는 좋은 기회가 많다고 생각한다. 그래, 부족한 건 아이디어가 아니다. 그런 아이디어를 실행에 옮기려는 의지가 부족한 것이다. 이 책을 통해 내가 달성하고자 하는 목표는 위험한 길이 오히려 안전한 길이라는 사실을 일깨워줌으로써, 독자들로 하여금 정말로 놀랄만한 일을 하고야 말겠다는 의지를 불태우도록 하는 것이다. 낡은 방법이 결국 실패로 끝날 것이라는 사실을 알게 되면, 이제 남은 것은 '얘기할 만한 가치가 있는' 제품을 만들어내는 길밖에 없다."

미국에서는 보험설계사가 존경받는 상위 직업에 속한다고 한다. 우리나라의 경우는 초창기 보험 영업의 흑역사 때문에 부정적인 인식이 팽배해있다. 지금도 한탕주의로 큰 돈 한번 벌어보겠다고 업계에 뛰어들어 선량한 고객들에게 상처를 주고 떠나는 설계사가 부지기수이다. 다행히도 열심히 제대로 일하는 보험설계사들은 그보다 더 많다. 그 사람들 중에 나는 작은 점에 불과한 존재이다. 그저 묵묵히 일하고 있으면 '고객님이 알아서 계약해주시겠지' 라고 생각하면서 일 하기에는 답답하고 수동적인 느낌이라 내 성격과 맞지 않다.

내 스스로가 '리마커블' 해져야 한다. 천 마리의 흰 소들 사이에서도 언제나 튀는 보랏빛 소 같은 존재 말이다. 고객들 사이에서도 나는 이야기할 만한 가치가 있는 보험설계사가 되고 싶다. 지금도 해피콜이 들어오지만, 면담 건수의 80퍼센트는 고객님들과 수차례의 연락을 통해 겨우 만들어진다. 보험설계사에게 만날 사람이 없다는 것은 곧 OUT이라는 뜻이므로 무조건 만나야 한다. 그만큼 약속을 잡기가 어렵다. 나는 리마커블한 보험설계사가 되어, 고객님들의 해피콜과 소개만으로 영업하는 날을 꿈꾼다. 편하게 일하겠다는 뜻이 아니다. 만나보면 도움이 되고, 예외롭고, 흥미롭고 새로운 느낌의 보험설계사로 입소문의 주인공이 되어 고객님들에게 만족감을 드리고 싶다.

얼마 전 이관 고객님을 뵈러 갔다. 관리하던 보험설계사 이야기가 나왔는데, 회사를 그만두고 다른 보험사로 이직했음에도 전 담당자에 대한 자부심이 대단하셨다.

"제 전 담당자 아세요? 그 분은 연봉 10억 벌던 분이에요. 이번에도 스카우트 돼서 좋은 곳으로 가셨다고 하던데요."

보통의 이관 고객은 담당자가 그만 둔 것에 대해 불만을 이야기하시는데, 이 분의 눈에서는 자랑스러움이 묻어났다. 담당자의 영향력이 좋으면 회사를 그만둬도 고객님이 이런 반응이 나오는구나 싶었다.

내 이야기를 하면 고객님의 눈에서 자랑스러움이 묻어나는 담당자가 되어야겠다고 다짐했다. 보험설계사가 쉬워서 이 일을 선택하지는 않았다. 우리 팀원들도 모두 마찬가지일 것이다. 가슴에 비전, 사명감 하나씩은 가지고 일한다. 남들이 위험하다고 말리는 이 길을 우리는 손에 손잡고 서로를 감싸주며 한발자국씩 걸어 나간다. 서로의 성공을 위해 언제나 응원과 박수를 쳐줄 수 있는 좋은 동료로 남기를 희망한다.

# 선한 영향력을 가진 자

"레몬이 시다고 던져버릴 것이 아니라
레몬주스를 만들어 내어놓을 수 있는 긍정의 힘을 가지고 언제나
최고의 빛나는 나로 이 세상에 공헌하기를 꿈꿔본다."

사람은 태어나 타인에게 긍정적, 부정적 영향을 미치면서 살아간다. 내가 누군가에게 받은 긍정의 에너지를, 다시 타인에게도 전해 줄 수 있다면 얼마나 뿌듯할까. 부정보다는 긍정의 영향을 끼치는 어른으로 늙어가고 싶다.

아빠가 일찍 돌아가시고, 엄마 혼자 가장노릇을 하다 보니 엄마는 참 알뜰했고 무서웠다. 외풍이 센 오래된 주택에서 보일러는 추울 때 잠깐 돌려서 냉기만 가라앉히는 기계에 불과했다. 한정된 사이즈의 전기장판에 들어가서야 몸을 녹일 수 있었고, 집에서 외투를 껴입는 것은 기본이었다.

"옷 하나 더 입으면 되지, 기름 값 아깝게 뭔 보일러여?"

비틀어진 허리로 하루 종일 미싱질을 하며 수의를 만들던 엄마는 10원 짜리 동전 하나를 쓸 때도 벌벌 떠셨다. 대학병원 간호사로 막 돈을 벌기 시작할 때, 소비의 재미를 느낀 나는 편하다는 이유로 택배를 집으로 주문했다. “너 그렇게 힘들게 번 돈으로 택배나 시키고 그럴 껴여? 돈은 함부로 쓰는 것이 아니여. 아껴놨다가 나중에 써야지.” 엄마의 무시무시한 잔소리로 귀에 딱지가 내려앉았다. ‘독립하면 그깟 택배 내 맘껏 시켜야지’ 라고 볼멘소리를 냈던 나이다. 이제는 생필품도 온라인으로 주문해서 택배를 받는 시대가 되다보니, 엄마도 이제는 나 못지않게 택배 신봉자가 되었다.

SNS에 사진 한 장을 올렸는데, 댓글에 피식 웃음이 났다. ‘보일러 좀 틀고 사세요. 집에서 무슨 옷을 그렇게 많이 껴입고 있습니까.’ 사진을 보니 집 안에서 나는 외투에 목도리까지 칭칭 감고 있었던 것이다. 아랫집 아주머니 집에 놀러 갔는데, 추운 겨울에 집에서 반팔을 입고 계시는 모습에 놀라 물었다.

“아주머니, 우리 집은 정말 추운데 왜 이렇게 따뜻해요? 외벽 공사하셨어요?”

“보일러를 빵빵하게 틀어야지! 보일러 좀 틀고 살어, 아가씨.”

얼굴이 후끈거렸다. 엄마한테 했던 말을 내가 들을 줄이야. 엄마의 악착같은 절약이 싫었다. 도로가의 외풍 심한 주택에서 오들거리며 추위에 떨고 장갑까지 끼고 책상 앞에 앉아있으면 찬바람에 얼굴이 시려왔다. 그건 사람답게 사는 게 아니라고 생각했다. 보일러에는 분명 기름이 들어있지만, 보일러가 시원하게 돌아가는 소리를 들어본 적이 없었다. 나는 엄마의 주머니 사정을 알면서도, 짜증을 부리는 철부지 막내였다. 그런데, 혼자 살면 보일러 따위는 펑펑 틀면서 반팔 입고 살거라 생각했는데 그게 쉽지가 않았다. 어렸을 때부터 귀에 못이 박히도록 들어서일까. 매달 고지서에 찍히는 도시가스 비용이 아까웠고, 그래서 옷 몇 개 껴입고 있다가 잘 때는 전기장판에서 자는 습관이 들어버렸다. 엄마는 나에게 보일러에 대한 생각을 이렇게 고정시켜 버렸다. 몇 번이나 내 의식에 반항하려 했지만, 따뜻한 내 집이 불편했다. 지금도 보일러는 윙윙 돌아가고 있다. 하지만 오늘의 글쓰기가 끝나면 보일러도 곧 쉬게 될 것이다.

일회성 또는 평생에 걸쳐 한 번이라도 누군가의 삶에, 그의 행동과 언어에 영향을 준다는 것은 멋지고 가치 있는 일이다. 나는 끊임없이 누군가에게 긍정적 영향을 받기 위해 책을 보고 모임을 찾아다니고 있다. 그 에너지를 타인에게 선한 영향력으로 전달할 방법을 고민해본다.

착한 영향력, 긍정적 영향력, 좋은 영향력 등 다양한 수식어가 붙을 수 있겠지만, 선하다는 말 만큼 마음을 정화시켜 주지는 못한다. '선하다'의 사전적 의미는 '올바르고 착하여 도덕적 기준에 맞는 데가 있다' 영어사전에서는 'good, nice, good-natured, good-hearted'로 기록되었다.

보험설계사가 선한 영향력을 끼칠 수 있는 것은 무엇이 있을까? 좋은 마음씨를 지니고 착하게, 올바르게 일하기만 하면 되는 것일까? 대부분의 설계사들이 아침부터 저녁까지 고객을 찾아다니며 부족한 보장의 준비를 제안하고, 치료 후에는 보험금 청구를 도와준다. 착하고 올바른 행동이긴 하지만 과연 이것으로 충분할까. 물론 안 하는 것보다는 하는 것이 낫고 당연한 보험설계사의 업무이다. 그렇다고 이것을 선한 영향력으로 볼 수 있을까. 내 블로그 프로필에 '선한 영향력을 가진 자'라고 적어놓고도 고민이 많았다.

독서를 하던 중 마쓰다 미쓰히로의《청소력》의 한 구절에서 답을 발견했다.

"최고로 빛나는 자기 자신을 이 세상에 제공하는 것입니다. 최고로 빛나는 자기 자신이란 자신의 강한 부분에 있습니다. 좀 더 깊게 이야기하면, 당신 자신밖에 가지고 있지 않은, 당신의 개성으로부터 풍부하게 넘쳐 나오는 재능을 이 세상에 제공하는 것입니다. 자신의 강한 점을 발견하는 것은, 마이너스를 제거하는 청소력을 지속적으로 반복해서 실천하고 있는 사이에 나타납니다.

당신 속에 넘치고 있는 것을 이 세상을 위해서 제공하십시오. 이것은 드러커 식으로 하면 공헌에 해당합니다. 코틀러 식으로 말하면 Social Marketing에서 말하는 사회성이라고 생각합니다.

현실 사회에서 살아가는 우리는 주면 주는 것만큼 없어진다고 느낍니다. 실제로 물건을 나눠 가지면 그만큼 줄어듭니다. 그래서 많은 사람들은 줄어들지 않도록 자기 자신을 지키면서 살아갑니다. 많은 사람들이 충만하지 못한 인생을 살아가고 있는 이유가 거기 있습니다.

그러나 저는 오히려 당신에게 '주라' 고 말하고 싶습니다. 주면 줄수록 받게 됩니다. 이것이 성공으로 가는 절대 조건이고, 대우주의 법칙입니다. '언제나 최고의 자기를 제공하고, 많은 사람에게 공헌한다' 라는 마음으로 살고, 삶 속에서 이를 실천했을 때야말로 최고의 성공 속에서 사는 것이 가능합니다."

또한 《카네기의 행복론》에서 데일 카네기는 폭풍은 바이킹을 만든다고 했고, 운명이 레몬을 주었다면 그것을 레몬주스로 만들라고 했다. 사물의 부정적인 면을 긍정적으로 바꿔야 한다고 충고한다.

전 직장을 다닐 때까지만 해도 '내가 할 수 있는 일이 뭘까. 내가 이 세상에 태어난 이유는 뭐지. 한철 활짝 피어나는 꽃도 사람들에게 기쁨을 안겨주고 사라지며 내년을 기다리게 만드는데, 나는 무엇을 할 수 있지?' 라는 고민을 수도 없이 했다. 영업을 시작하면서부터는 무엇을 할 수 있을지에 대한 걱정은 없어졌지만, 그것을 어떤 방법으로 풀어나가야 할지는 여전히 숙제로 남아있다.

주변에는 존경할 만한 업계 선배님들이 많이 계신다. 며칠 전 자동차보상 교육을 듣고 왔다. 자동차보험회사 의료심사로 5년을 근무했지만, 나는 의료업무였기 때문에 보상은 겨우 용어만 아는 수준이었다. 그나마 용어라도 알아서 자동차보험 청약을 받기는 했으나 특약들이 궁금했고, 실제 어떻게 보상이 되는지에 대해 고객들에게 안내를 해드리려면 공부가 절실했다. 자동차보험 갱신 때마다 제일 싼 보험사 찾아서 계약 하나 넣어주는 것은 의미가 없다고 느꼈다. 자동차보험을 잘 모르고 가입해서 또는 설마 내가 사고가 나겠냐는 생각에 싸게 가입했다가 보상한도가 적어서 치료도 제대로 못 받는 분들을 많이 봐왔기에 가입의 중요성을 알지만, 고객들을 납득시키기에는 더 깊이 있는 지식이 필요했다. 외부 강의를 가서 보니, 강사도 보험설계사였다. 보험설계사가 보험설계사에게 강의를 한다. 아무리 생각해도 대단하고 멋진 일이다. 강사의 수많은 노하우는 평범한 보험설계사는 따라갈 수 없는 수준의 것이었다. 나는 이것을 선한 영향력이라 부르고 싶다. 자신의 노하우를 전달하는 것, 제대로 된 보험을 가입시키기 위해 동종 업계 사람들을 모아놓고 지식을 전달하고 행동하게 하는 것 말이다.

비록 내가 만나본 적도 없고 이름도 알지 못하는 분들이 온라인 상으로 도움을 청해 와도 기쁜 마음으로 보험 상담을 해드리는 것, 내 노하우가 쌓일수록 더 많은 고객, 동료들에게 도움이 되는 정보를 공유하는 것, 나도 어디서든 당당히 내 노하우를 이야기하며 선한 영향력으로 강의할 수 있는 날을 기대한다. 레몬이 시다고 던져버릴 것이 아니라 레몬주스를 내어놓을 수 있는 긍정의 힘을 가지고 언제나 최고의 빛나는 나로 이 세상에 공헌하기를 꿈꿔본다.

## You raise me up

"한 사람이 인생을 살아가며 인격을 형성하고,
삶의 이야기가 겹겹이 쌓여가면서 누군가는 도움을 받고 누군가는
도움을 주는 관계가 자연스럽게 형성된다."

살아가면서 나에게 힘을 주는 사람을 일일이 헤아릴 수 있을까. 앞에서 손잡고 이끌어 주는 사람들, 뒤에서 보이지 않게 응원과 기도로 지치지 않게 받쳐주는 사람들, 나는 그분들에게 감사함을 다 전할 수 있을까.

서울에 올라와 반지하를 전전하다가, 2년 만에 1층에 전세로 집을 구하게 되었다. 화분도 몇 개 사다가 애지중지 키우고, 햇빛 들어오는 창문 앞에 서서 일광욕을 하며 이게 사람 사는 거다 싶었다. 모아놓은 재산으로는 전세금이 턱 없이 부족해서 대출을 받아야 했다. 은행 직원은 내가 계약직이라는 이유로 대출이 어렵다고 했다. 내가 왜 서울에 올라와서 이러고 살아야하나 싶었다. 무슨 자존심 때문인지 그래도 이대로 고향에 내려가고 싶지는 않았다. 그때 둘째 언니의 도움으로 무사히 전세금을 마련해서 햇빛을 보며 살게 된 것이다. 전셋집에서 쫓겨나 다른 원룸으로 전세금을 올려 이사를 갈 때도, 지금의 내 보금자리를 마련할 때도 둘째언니의 큰 도움이 있었기에 가능했다.

큰 형부는 전라도 소재 중학교 교장 선생님을 맡고 계신다. 영어교사로 시작해서 장학사, 교감에서 교장 취임까지 끝없이 노력의 결과물을 만들어내는, 내가 존경하는 분이다. 초등학교 4학년 때 큰언니는 결혼을 했다. 딸 부잣집의 맏사위이다. 결혼식 저녁에 아빠가 쓰러지시고 며칠 만에 돌아가셔서 신혼여행도 제대로 즐기지 못하고 언니와 형부는 집으로 돌아왔다. 어린 나에게 형부라는 존재는 어색하기도 했지만 아빠 대신인 것 같아 좋았다.

유창하게 영어를 구사하지는 못해도, 영어에 대한 거부감이 없는 것은 형부 덕분이다. 섬에 근무하신 형부는 방학이면 광주에 오셨다. 중학생이었던 나는 언니 시댁에 가서 형부에게 영어를 배웠다. 우리 때는 문법 위주의 시험이었기 때문에, 형부의 과외 덕분으로 영어시험 점수는 고등학교 때까지 좋은 편에 속했다. 대학생이 되었을 때는 운전면허시험 비용을 대줄테니 면허증을 따라고 하셨지만, 나는 운전이 무서워서 지금까지 면허증을 따지 않았다. 내가 간호사가 되었을 때는 공부해서 외국으로 가보는 건 어떻겠냐고 조언도 해주셨다. 직장을 자주 옮긴다 싶을 때는 걱정이 돼서 큰 언니한테 한마디씩 하셨다고 한다. 형부는 표현을 잘 하시는 편은 아니지만, 그렇기에 가끔 건네주시는 한마디가 나에게 힘이 되기도 하고 무서운 아빠의 잔소리 같기도 하다.

내 멘토 P선생님은 주변사람들이 말릴 정도로 나를 많이 혼내셨다. 내가 모르기도 했고 실수하기도 해서 혼났기 때문에 나를 혼내주신 선생님께는 지금도 감사한 마음을 지니고 있다. 보험사에 처음 입사하여 자동차 상해급수, 맥브라이드장해, 향후치료비 추정서 등 도통 알아먹기 어려운 용어들을 익히기도 전에, 나는 보상담당자들에게 합의금 산출과 관련된 의료적 의견을 제시해야만 했다. 순진했던 20대 후반의 나에게 보상에 도가 튼 담당자들은 상대하기 버거운 대상이었다. 때론 나를 무시하는 선임과장들로 인해 화도 났지만, 지식이나 연륜으로 내가 당해낼 재간이 없었다. P선생님은 내가 그렇게 풀죽어 있는 모습이 안타까우셨나 보다. 나를 더 혼내고 정신 차리게 해서 맷집을 키우게 하고, 보상담당자들과 당당히 이야기할 수 있도록 트레이닝 시켜주셨다. (멘토 선생님이 내가 못해서 혼내셨다고 해도, 나는 이렇게 생각하고 지내고 있다.) 피해자 보고서를 겨우 작성해서 떨리는 마음으로 '이렇게 쓰면 될까요?' 라고 슬쩍 내보이면, 차라리 병원에 가서 차트나 쓰라고 하신 적도 있다. 혼날 줄 알면서도 혼나야만 하나라도 더 배우니까 자꾸 물어 볼 수 밖에 없었다. 눈물이라도 비치면 멘토 선생님은 '내가 혼내서 우는 거니?' 라고 물어보셨다. 나는 '선생님이 혼내서 우는 게 아니고요. 제가 저 자신한테 화나서 그런 거에요.' 라고 하면서 더 서럽게 울었다.

누군가를 가르친다는 것은 내 에너지를 쏟아야 가능하기 때문에 보통 일이 아니다. 내 정신건강을 위해서도 가르쳐 주기보다는 무관심한 편이 나을 수도 있다. 대충 잘 한다, 잘 한다 하면서 넘어갈 수도 있었겠지만, P선생님은 하나부터 열까지 관심을 가지고 가르쳐 주셨다. 한비야 작가는 자신을 만든 것은 바람이 팔 할이라고 했던가. 지금의 나를 만든 것은 십 할이 멘토 선생님의 가르침이었다. 지금도 업계에서 의료 강의를 하고 계시고, 또 다른 위치에서 팀장의 직책으로 열심히 사시는 모습을 뵈면 나도 후배들에게 이런 모습을 보여줘야겠다고 다짐한다.

웨스트라이프의 노래지만, 코니 탤벗이라는 어린 소녀가 불러 더 감동이었던 You raise me up이란 노래를 들으면 눈물이 흐르고, 누군가 나를 위로해주고 있다는 감정이 들 때가 많다. 마음이 따뜻해지고, 내가 너를 응원하니까, 너라면 할 수 있다고 말해주는 것 같아 힘들 때 무한반복으로 듣는 음악이다.

When I am down and, oh my soul, so weary

When troubles come and my heart burdened be

Then, I am still and wait here in the silence

Until you come and sit awhile with me

You raise me up, so I can stand on mountains

You raise me up, to walk on stormy seas

I am strong, when I am on your shoulders

You raise me up. To more than I can be

내가 힘들어 내 영혼이 너무 지칠 때에

괴로움이 밀려와 내 마음이 무거울 때에

당신이 내 옆에 와 앉으실 때까지

나는 고요히 이곳에서 당신을 기다려요

당신이 일으켜 주시기에 나는 산 위에 우뚝 설 수 있고

당신이 일으켜 주시기에 나는 폭풍의 바다 위를 걸을 수 있어요

당신의 어깨에 기댈 때에 나는 강해지며

당신은 나를 일으켜 나보다 더 큰 내가 되게 해요

한 사람이 인생을 살아가며 인격을 형성하고, 삶의 이야기가 겹겹이 쌓여 가면 누군가는 도움을 받고 누군가는 도움을 주는 관계가 자연스럽게 형성된다. 내가 받았던 사랑과 관심을 이제는 당신에게 전해주고 싶다. 지친 하루를 살아도 나로 인해 10초라도 웃을 수 있었노라고, 내 덕분에 위로가 되었다고, 나와 함께여서 힘든 시간을 잘 이겨냈다고 토닥토닥 등 두들겨 줄 수 있는 사람이 되고 싶다.

보험설계사로 살아가면서 사명감을 가지고 일을 한다는 것이 거창하게 들려 듣기 거북하다고 느끼실 분도 있을 것이다. 단순히 보험 하나 파는 걸 가지고 뭘 그렇게 사삭스럽게 구냐고 하실 수도 있다. 야채 하나를 팔아도 손님을 위해 최고의 재료만을 찾아 전국을 돌아다녔던 이영석 사장은 그만의 철학을 가지고 야채가게를 운영하고 직원들을 가르쳤다. 그리고 지금은 자타가 공인하는 성공을 이루었다.

〈야채와 보험〉. 신선한 식재료는 일단 눈으로 보기에도 훌륭하고, 먹고 나면 우리 몸을 건강하게 한다. 제대로 된 보험을 준비해놓으면 아파도 치료 못 받아 걱정할 일도 없고, 마음의 위로가 된다. 아무리 신선한 채소를 비싼 돈 주고 사도, 먹지 않고 냉장고에 넣어 놓기만 하면 일주일, 한 달이면 썩어서 버릴 수밖에 없다. 내가 해지만 하지 않으면 보험은 썩지도 않고 도망가지도 않고, 서랍 속에 조용히 웅크리고 앉아 나를 지켜준다. 한 번 가입하면 10년에서 20년 이상 보험료를 내야하고, 내 몸이 다하는 종신까지 보장받는 보험을 준비해드리는 보험설계사의 마음가짐이 야채를 파는 분보다 더 비장해야 하지 않을까? 나는 당신이 지쳐 쓰러질 때 일으켜 주는 사람, 마음의 위로를 주는 담당자가 되기를 희망한다.

Epilougue | **마치는 글**

# "나도, 당신도 아름다운 꽃이다"

꽃은 향긋한 내음으로 주변 사람들을 미소 짓게 하며,
아름다운 색깔과 모양으로 눈을 기쁘게 해 준다.
신이 초대한 인생이라는 파티에서 우리는 꽃으로 살 것인가? 잡초를 자처할 것인가?
어쩔 수 없는 보험쟁이라서 이 말을 드리고 싶다.

이제는 잘 사는 것(well-being)과 더불어 잘 늙는 것과 잘 죽는 것(well-aging)의 시대에 우리는 살고 있다.

사이토 히토리는 중학교 학력으로 1993년부터 2005년까지 12년간 '일본 사업소득 전국 고액납세자 종합순위 10위 안에 들었고, 2004년까지 누계납세액 총 173억 엔으로 일본 1위 부자가 되었다. 그는 《부자의 운》이라는 책에서 어떻게 돈을 잘 벌 것인지에 대해서 이야기하지 않는다. 그저 즐겁게 일했고, 시련에도 감사하다고, 본인은 운이 좋은 사람이라고 이야기한다. 사람들과 올바른 관계를 유지하다

보니 자연스레 부자가 됐다고 말한다.

"신은 인간을 창조할 때 화려한 꽃으로 만들었습니다.

그런데도 어른들은 자식한테 '남들의 눈에 튀지 않게 조심하라' 고 가르쳐 왔죠. 이래서 꽃이 잡초로 자랄 수밖에 없는 겁니다.

어른들은 '튀어서는 안 된다' 고 말했는지 몰라도, 사회에 나가면 눈에 띄어야 살아남을 수 있습니다. 꽃은 꽃으로서 눈에 띄어야만 하는 거지요.

알다시피 사람의 인생은 한 번뿐입니다.

신은 여러분을 한 번뿐인 파티에 초대한 겁니다. "참 멋있네요!"라는 말을 들을 만큼 멋진 모습으로 파티에 참석하는데, 나쁠 게 뭐가 있겠습니까?

자기 자신을 더욱더 멋있는 모습으로 바꿔보세요. 한 번뿐인 파티에 초대받았으니 축제를 마음껏 즐기시고요. 꽃으로 당당하게 살아가는 겁니다.

꽃이 잡초처럼 살아가면 불쌍하게 보입니다. 자신이 만약 꽃이라면 어떤 모습을 하고, 어떤 표정을 짓고 있을지를 생각해보세요. 이제부터 자신을 가꿔서 스스로를 다시 한 번 창조해보기 바랍니다.”

이보다 더 좋은 삶에 대한 희망을 불러일으키는 말이 또 있을까? 깊은 구렁텅이에 빠진 줄로 착각하고 지나가는 사람의 발소리에만 귀 기울었던 삶이 있었다. 내가 먼저 팔 뻗어 빠져나가려고 시도해 보지도 않았고, 도와달라고 소리치지도 않았다. 구렁텅이로 들어간 건 나였음에도, 하늘이 나를 버렸다고 생각하고 나 이외의 것들에서 실패의 원인을 투사한 적도 있다.

나도, 당신도 아름다운 꽃이다. 꽃은 향긋한 내음으로 주변 사람들을 미소 짓게 하며, 아름다운 색깔과 모양으로 눈을 기쁘게 해 준다. 신이 초대한 인생이라는 파티에서 우리는 꽃으로 살 것인가? 잡초를 자처할 것인가? 어쩔 수 없는 보험쟁이라서 이 말을 드리고 싶다.

‘비바람과 뜨겁게 내리쬐는 햇볕을 참아내고, 아름답게 피어난 최서연 꽃이 당신의 삶에 잡초를 제거하고 달콤한 향이 나는 꽃을 피도록, 보험이라는 울타리를 선물해드리고 싶습니다.’

웰빙과 웰에이징을 위해서는 내 몸을 관리하는 것과 함께 제대로 된 보장을 준비하는 것이 필수이다. 이 책을 통해 1퍼센트라도 보험, 보험설계사에 대한 인식이 바뀌셨다면 내 인생의 보호막인 보험증권을 한번 씩은 살펴보시기를 부탁한다. 나도 좋고 주변에 믿을 만한 보험설계사가 있다면 보장 분석을 통해 부족한 부분은 없는지, 과한 것은 없는지 확인이 필요하다.

'보험설계사가 보험이나 팔지 무슨 글쓰기냐. 얼마나 대단하기에 글을 쓴다는 거냐.' 주변의 비웃음이 귓가에 들리는 듯했으나 쓸데없는 걱정이었다. 간호설계사 최서연으로 일하면서 인연을 맺은 소중한 고객님들에게 감사한 마음을 표현할 방법을 글쓰기에서 찾았다. 모든 분들의 이야기를 적지는 못 했지만, 한 분 한 분의 스토리는 내 마음 속에 기록되어 있다.

정주영 회장, 백범 김구 선생에 이어 닮고 싶은 인물이 한 명 더 생겼다. 일본 소프트 뱅크의 손정의 회장이다.

《일본의 제일 부자 손정의》에서 간염으로 2년 넘게 생사의 고비를 넘기며 인생에 대해서 생각했다.

"얼마나 오래 사느냐는 인생에서 결코 중요한 문제가 아니다. 얼마나 스스로를 불태웠느냐가 중요하다. 하늘이 내린 운명에 자신의 모든 것을 내맡길 수 있느냐가 중요한 것이다."

나는 일상이 도전인 삶을 살아가는 보험설계사로, 신이 초대한 파티에 주인이 되어 즐기고 있으며 인생의 깊이 있는 삶을 추구하는 사람이다. 이런 내가 당신에게 린치핀과 같이 대체할 수 없는 존재가 되기를 간절히 소망하면서 글을 마치고자 한다.

자나 깨나 서울에 혼자 떨어져 사는 막내딸이 걱정되어 기도해주시고, 전화 끝엔 항상 사랑한다고 말해주시는 엄마, 저도 사랑해요. 1번 경자언니, 2번 은자언니, 3번 윤정언니, 4번 혜선언니... 언니들이 내 언니라서 고마워. 언니들을 사랑해주는 형부들에게도 감사의 마음을 살포시 남깁니다. 멋진 글쓰기 세계에 발을 들이게 해준 《모멘텀》의 황상열 작가님과 선한 영향력으로 끝까지 코치해주신 《내가 글을 쓰는 이유》의 이은대 작가님께도 감사한 마음을 가득 담아 전해드립니다. 마지막으로 책 한번 내보지 않은 보험설계사의 초고를 보시고, 좋은 글이라고 칭찬해주시며 출판의 기회까지 마련해주신 프로방스 조현수 대표님 감사합니다.

오늘도 행복을 퍼주는 여자, 최서연